GOLDMANN

Buch

Christopher Kenyon Paget ist Investigator beim EEC-Ausschuß für Wirtschaftskriminalität in Washington – einer Behörde, die sich mit Aktienschwindeleien, Konsumentenbetrug und politischer Korruption beschäftigt. Als der EEC einen Hinweis erhält, daß jemand den Firmenaktienkurs des Industriellen William Lasko hochtreibt, wird Paget auf den Plan gerufen, um die Sache zu untersuchen. Aber was nach einem reinen Routinejob aussieht, entpuppt sich nur zu schnell als höchst brisanter Fall, in den anscheinend hochrangige politische Köpfe verwickelt sind. Paget hat alle Hände voll zu tun: mit seinem übellaunigen Chef McGuire, der ihm einen Knüppel nach dem anderen zwischen die Beine wirft, mit der ebenso schönen wie undurchsichtigen Juristin Mary Carelli und nicht zuletzt mit William Lasko selbst, dessen Verbindungen bis ins Weiße Haus reichen. Und als der erste Zeuge ermordet wird, dämmert es Paget langsam, daß Lasko jedes Mittel recht ist, um seine dubiosen Interessen zu verteidigen.

Das Recht zu schweigen – eine brillante Mischung aus Wirtschaftsthriller und Politreißer in der Tradition von *Die drei Tage des Condor,* ein skalpellscharfer Insiderblick hinter die Kulissen der Macht, punktgenau, packend, authentisch.

Ausgezeichnet mit dem Edgar Allan Poe Award.

Autor

Richard North Patterson war selbst Anwalt, bevor er sich höchst erfolgreich aufs Schreiben verlegte. Für seinen Erstling *Das Recht zu schweigen* wurde er mit dem Edgar Allan Poe Award ausgezeichnet. Zu seinen weiteren Romanen zählen der Medienthriller *Verurteilt* (Goldmann TB 42359) sowie sein Megabestseller *Das Maß der Schuld,* mit dem er Autoren wie Scott Turow und John Grisham auf die hinteren Plätze der Bestsellerlisten verwies.

Richard North Patterson

Das Siegel des Schweigens

Roman

Aus dem Amerikanischen
von Karl Georg

GOLDMANN VERLAG

Die amerikanische Originalausgabe erschien 1980 unter dem Titel
»The Lasko Tangent« bei Ballantine Books, New York

Umwelthinweis:
Alle bedruckten Materialien dieses Taschenbuches
sind chlorfrei und umweltschonend.
Das Papier enthält Recycling-Anteile.

Der Goldmann Verlag
ist ein Unternehmen der Verlagsgruppe Bertelsmann

Deutsche Erstveröffentlichung 5/95

Umschlaggestaltung: Design Team München
Druck: Elsnerdruck, Berlin
Verlagsnummer: 42437
Lektorat: Sky Nonhoff
Herstellung: Stefan Hansen
Made in Germany
ISBN 3-442-42437-2

1 3 5 7 9 10 8 6 4 2

Für Aileen Taylor

I

Es war am Montagmorgen, bevor sie ihn umbrachten. Damals wußte ich noch nicht einmal, daß es ihn gab. Oder daß ich dabei helfen würde, dies zu ändern. Normalerweise hatte ich es mit Betrügern zu tun, nicht mit Mördern.

Ich überquerte gerade den Capitol Hill, den Teil, von dem aus man hinunter auf die Pennsylvania Avenue in Richtung des Weißen Hauses blickt. Vor zehn Minuten erst hatte ich mein Apartment verlassen, doch der Morgenmief hatte sich bereits in meinem Hemd festgesetzt. Die Luft fühlte sich an wie der Dampf in einem abgeschlossenen Badezimmer nach einer heißen Dusche. Eine fahle Sonne drang durch den feuchten Dunst und die stinkenden Auspuffgase. Washington im August, bei Inversionsklima.

Drei Jahre hatten mich für diesen Marsch programmiert. Er führte mich über die Constitution Avenue in Richtung D Street, vorbei an den Wasserspielen und dem spiegelnden Teich. Die Kirschbäume, die den Weg säumten, hatten längst ihre Blüten verloren und wirkten nun müde und erschöpft. Auf der anderen Seite der D Street thronte klobig in protzigem weißen Marmor das Bürogebäude der Teamsters, von dankbaren Mitgliedern für verdiente Funktionäre errichtet.

Ich hielt mich entlang der D Street und ging auf den mächtigen, aus der Zeit des New Deal stammenden Zementbau mit den Hunderten von Glasfenstern zu.

Auf einem blau-weißen Schild davor stand »United States Economic Crimes Commission«. Ich stieß die Glastüren auf und schob meinen Ausweis dem uniformierten schwarzen Beamten zu, der die Behörde vor der Öffentlichkeit und anderen subversiven Elementen schützte. Seine Obsidianaugen betrachteten mich leidenschaftslos. Tagtäglich versuchte ich mir vorzustellen, was er dachte. Tagtäglich mißlang es mir. Er schob die Karte zurück.

»Danke, Officer Davis.«

»Danke, Mister Paget.«

Ich schritt durch das mit Holzimitat getäfelte Foyer und nahm den Fahrstuhl zum dritten Stock, der durch ein kleineres weiß-blaues Schild als »Prosecution Bureau« gekennzeichnet war. Das Bureau kümmerte sich um die großen Aktienschwindeleien, Konsumentenbetrug und politische Korruption, die Lieblingsbeschäftigung des engagierten Staatsdieners. Doch drei Jahre hatten mich verändert. Ohne jede Eile spazierte ich zu meinem Büro.

Auf dieser Etage säumten statt der Holztäfelung graue Bimssteinblöcke die Wände der verworren wie ein Rattenbau angelegten Flure. Ich ging durch die grauen Katakomben und vorbei an der als »Special Investigation Section« markierten Tür. Dahinter befand sich ein großer, von Büros umgebener Raum voller Metallschreibtische und Sekretärinnen. Die Abteilung war bis zum letzten Zentimeter ausgenutzt; aus jedem Büro blickten zwei glückliche Gesichter. Ich schielte über die Schulter zu einer Art Klassenzimmeruhr. Viertel nach neun. Ich kam wieder einmal zu spät. Ich ging zu dem mit »Christopher Kenyon Paget, Trial Attorney« gekennzeichneten Büro, schritt über den Boden aus amtlichen grauen Teppichfliesen zu meinem extra aus unzerstörbarem grauen Plastik gegossenen Armsessel und setzte mich an meinen antiquierten Metallschreibtisch.

Meine Sekretärin spähte zaghaft herein, als wolle sie erst die Stimmung testen.

»Guten Morgen, Chris.«

»Selber guten Morgen.« Doch ich lächelte dabei. Ich mochte Debbie – mal abgesehen davon, daß sie tippen konnte. Sie lächelte zurück, während sie in der Tür stand.

»Wie ist es Ihnen ergangen?«

»Prima. Genaugenommen habe ich mein Königreich inspiziert. Wie ist der Kaffee heute morgen?«

»Was haben Sie denn bloß immer mit dem Kaffee?«

»Ich denke mir, wenn ich jemals Perwoll mit gequirltem Kuhmist probiert hätte, würde ich's wissen.« Sie zog die Mundwinkel hoch, dann lächelte sie. Sie war dunkelhaarig und hübsch, und ihr Lächeln war noch hübscher. Ich sah es gern.

»Sie sind gut gelaunt.«

»Ich habe die ganze letzte Nacht drüber nachgedacht, was McGuire mit dem Fall Hartex gemacht hat. Eigentlich sollte ich mir das verkneifen.«

Mißbilligend schüttelte sie den Kopf, wenn auch etwas übertrieben. »Fehlgeleiteter Idealismus. Haben Sie jemals daran gedacht, alles hinzuschmeißen und sich Reverend Moon anzuschließen?«

»Der kleine, fette Maharishi ist eher nach meinem Geschmack. Mal abgesehen davon, daß ich wahrscheinlich für jede Religion ein ziemlich schwerverdaulicher Brocken bin.« Sie lächelte wieder. »Da wir gerade davon reden«, fügte ich hinzu. »Wenn Sie an diesem Kaffee einen Exorzismus durchführen müssen, dann tun Sie's.«

»Sie können den Kaffee in McGuires Büro probieren. Er hat vor zehn Minuten nach Ihnen verlangt.«

Ich war nicht in der Stimmung dazu. »Worum geht's?«

»Er hat mich nicht eingeweiht«, sagte sie trocken. »Klang bloß verärgert, weil Sie zu spät dran waren.«

Ich stand auf und machte mich unwillig auf die Socken.

McGuires Büro lag abseits des zentralen Bereiches. Die Vorzimmer dort waren mit Holzschreibtischen und Polstersesseln ausgestattet, beherbergten, als weiteres Kennzeichen ihres föderalistischen Status, nur eine Person und boten einen ungehinderten Blick auf den Capitol Hill. Auf dem blauen Schild neben McGuires Tür stand »Joseph P. McGuire, Chief, Prosecutions Bureau«. Daneben war Joseph P. McGuire persönlich, der grimmig von einem gerahmten *Newsweek*-Cover mit der Schlagzeile »Der harte Antreiber des EEC« starrte. Drum herum waren etliche Bilder von McGuire beim Gespräch mit anderen bedeutenden Männern angeordnet, wie zum Beispiel Lyndon B. Johnson. Der leere Platz in der Mitte der Sammlung stellte Richard Nixon dar, nun eine Unperson.

Unmittelbar darunter saß die Kuratorin dieses Personenkultes, McGuires Sekretärin, blond, pummelig und um die Vierzig. Wie üblich wirkte sie wie eine selbstgefällige Zwergin. Sie wandte mir ihre rundliche kleine Gestalt zu. »Mister McGuire und Mister Feiner erwarten Sie«, sagte sie mit ihrer rundlichen kleinen Stimme. Ein mißbilligender Unterton schwang darin mit.

»Komme ich etwa zu spät?« fragte ich unschuldig.

Sie kniff die rundlichen kleinen Augen zusammen, und ihr Ton wurde aalglatt. »Sie können gleich reingehen.«

Ich fügte mich.

McGuires Büro entsprach dem bei leitenden Bundesbeamten üblichen Standard: holzgemaserte Plastiktäfelung, dollargrüner Teppichboden, hölzerner Schreib- und Konferenztisch sowie Jalousien. Abgesehen von einer gravierten Stiftablage – ein Geschenk seiner Untergebenen – war der Schreibtisch bar jeder persönlichen Note, und die Wände waren genauso blank. Alles in allem wirkte das Zimmer, als würde es monatlich angemietet.

Der einzige Fixpunkt war McGuire. Er saß am Ende des Konferenztisches und machte einen ausgesprochen unruhigen Eindruck. McGuire war der einzige Mann, den ich kannte, der sozusagen im Sitzen auf- und abschreiten konnte. Doch davon abgesehen hätte er durchaus als ein sich mühsam über Wasser haltender Lexikonvertreter durchgehen können. Er hatte rotbraune Haare, war durchschnittlich gebaut und hatte mit zunehmendem Alter einen Schmerbauch angesetzt. Seine Kleidung war ein sackartiges Beiwerk. Was seiner atemberaubenden Vitalität jedoch nicht den geringsten Abbruch tat. Selbst sein Wanst wirkte aggressiv.

Mein unmittelbarer Vorgesetzter stellte das Publikum dar. Feiner hatte lockige schwarze Haare und wirkte versunken und asketisch, wie jemand, der von einer zwingenden inneren Vision in Beschlag genommen wird. Ich hatte zwei Monate gebraucht, bis ich erkannte, daß es sich bei dieser inneren Vision um McGuires Posten handelte. McGuire war entweder zu sehr von sich eingenommen oder fühlte sich zu sicher, um sich darum zu scheren; er ließ Feiner wie einen abgezehrten Schatten hinter sich herhecheln. Ich vermutete, daß McGuire Tiere lieber mochte als Menschen.

McGuire sah mich aus stechenden blauen Augen an. »Wo, zum Teufel, haben Sie gesteckt?«

»Mit meiner Sekretärin gesprochen.« Ich setzte mich gegenüber von McGuire hin und bemühte mich um eine interessierte Miene. »Was steht an?«

McGuire starrte mich einen längeren Augenblick an, als hätte ich ihn soeben beleidigt. Dann lehnte er sich zurück und musterte die Decke, als ob er seine Gedanken sammle. Feiner zog ein ernstes Gesicht. »Es geht um eine sehr sensible Sache«, begann McGuire.

Ich war überrascht. »Sensibel« gehörte keineswegs zu McGuires üblichem Wortschatz. »Warum?«

»Kennen Sie William Lasko?« fragte McGuire.

»Klar. Der Lieblingsindustrielle des Präsidenten.«

McGuire nickte. »Während Sie weg waren, haben wir einen Hinweis erhalten, daß irgend jemand Spielchen mit dem Kurs seiner Firmenaktien treibt.«

»Wer ist ›wir‹?«

»Ich. Letzte Woche rief mich jemand an.«

Inzwischen war doch mein Interesse geweckt. »Und das ist alles, was man Ihnen gesagt hat?«

»Ja.«

Ich schielte zu Feiner hinüber. »Was ist mit Ikes Börsenbeobachtern? Haben die irgendwelche Auffälligkeiten bei den Aktien entdeckt?«

»Nein.«

»Irgendeine Ahnung, wer angerufen hat?«

»Nein. Er wollte es nicht sagen.«

»Und soviel, daß Sie's erraten könnten, hat er nicht erzählt?«

»Nein.« McGuire wirkte unstet, so wie jemand, der gezwungen ist, mit seinem zwölfjährigen Sohn Stadt-Land-Fluß zu spielen. »Er verstellte seine Stimme. Damit habe ich Ihnen im Grunde schon alles gesagt, was ich weiß.«

»Viel ist es nicht.«

Eigentlich wollte ich damit nur die Tatsachen festhalten. Doch McGuire verstand es als Kritik. »Wir können das nicht auf sich beruhen lassen. Lasko ist umstritten. Wenn ich das nicht nachprüfe und nachher mit runtergelassenen Hosen erwischt werde, muß ich drüben am Capitol Hill Rede und Antwort stehen.« McGuire benutzte wieder das für ihn übliche »Ich«. Der Grund dafür war sattsam bekannt. »Die Sache muß vorsichtig angegangen werden. Und ich möchte, daß mir bei jeder neuen Entwicklung Bericht erstattet wird.«

Ich nickte. McGuire lehnte sich zurück, verschränkte die Hände über dem Bauch und bedachte Feiner mit einem verkniffenen Lächeln. »Und was«, hakte McGuire schulmeisterlich nach, »gedenken Sie nun zu tun?«

Angesichts meiner dreijährigen Berufserfahrung war das eine Beleidigung. McGuire wußte das; er wollte Feiner daran erinnern, daß er mich zu Kunststücken zwingen konnte. Ich fragte mich, ob ich mich auf den Rücken werfen und betteln oder Pfötchen geben sollte. »Was gedenken Sie zu tun?« fragte er wieder.

»Ich gedenke, Lasko anzurufen und ihn um ein Geständnis zu bitten.«

McGuires Reaktion war überraschend sanft. »Jetzt mal ernsthaft, bitte.«

Ich entschied mich für eine zivile Antwort. »Ernsthaft werde ich mir Transaktionsunterlagen von den großen New Yorker Börsenmaklern besorgen und checken, wer wann Aktien von Lasko Devices ge- und verkauft hat. Ich werde über unsere örtliche Niederlassung eine Offenlegung der Transaktionsunterlagen der Firma verlangen. Sollten mir irgendwelche Aktientransaktionen merkwürdig vorkommen, werde ich den Makler zum Verhör herzitieren. Und ich werde im *Journal* die frühere Entwicklung der Aktienkurse nachprüfen.«

Wieder dehnte sich McGuires Gummilächeln, diesmal für mich. »Während Sie abwesend waren, habe ich über Ike« – er wedelte mit dem Daumen in Richtung Feiner – »einen Offenlegungsbescheid an Lasko Devices verschicken lassen. Sie sitzen in Boston. Jim Robinson hat im *Journal* nachgesehen und die Transaktionsunterlagen erhalten. Und ich habe das Zentralregister gebeten, Ihnen die Akte Lasko zu schicken.«

Ich lächelte zurück, teils wegen McGuires Kunst, anderen eine Nasenlänge voraus zu sein, teils, weil ich eingestehen mußte, daß er etwas von seinem Job verstand. »Vorausgesetzt, die Trottel vom Register haben Laskos Akte nicht verbummelt«, sagte ich. Sein Lächeln wurde noch breiter. Höchste Zeit zu gehen.

»War's das?« fragte ich.

»Nein.« McGuire blickte auf seine Uhr. »Ich habe Mary Carelli für zehn Uhr herbestellt.«

Bei mir klingelte dabei gar nichts. »Wer ist das?«

»Mary Carelli ist Chairman Woods' Assistentin.«

»Und?«

McGuires abwehrender Tonfall überraschte mich. »Lassen Sie es mich klar und deutlich sagen. Alle unsere Fälle müssen per Abstimmung von den Ausschußmitgliedern gebilligt werden, die über diesen Laden das Sagen haben. Billigen die etwas nicht, können wir es nicht verfolgen. Der Chairman hat das Sagen über die anderen Ausschußmitglieder, und Woods ist gerade vom Stab des Weißen Hauses zu uns gestoßen. Lasko ist der Freund des Präsidenten. Wenn wir Lasko weh tun, tut es dem Weißen Haus weh, und das tut wiederum uns weh. Also sage ich Chairman Woods, was wir vorhaben. Entweder wir kommen klar, oder wir können das Ganze vergessen. Also«, schloß er, »vermasseln Sie's nicht.«

Ich sah ihn an. »Vielleicht sollten Sie mich lieber

einweihen, Joe. Wer hat in diesem Fall das Sagen – wir, Woods oder der Stab des Weißen Hauses?«

McGuire wirkte gequält. »Gegen eine Unterredung mit unserem eigenen Chairman ist wohl kaum etwas einzuwenden«, versetzte er. Formal hatte er damit recht. Doch die Wiederholung der Worte »Weißes Haus« schien ihm einen Dämpfer zu versetzen. Sein rastloser Körper sackte zusammen. Ich fragte mich zum erstenmal, ob McGuire vielleicht selbst Ausschußmitglied werden wollte.

McGuire löste sich aus seinem Tagtraum. »Versuchen Sie einfach, mit Miss Carelli klarzukommen. Ich habe Sie auf den Fall angesetzt, weil Sie gut sind. Vermasseln Sie's nicht.«

Das hatte er schon mal gesagt. »Hab ich noch nie«, antwortete ich ruhig.

Er wußte, daß es stimmte. Ein paar andere Leute wußten es ebenfalls. Das war der Hauptgrund dafür, daß ich in McGuires Büro saß, statt mein eigenes auszuräumen. Doch der Haken lag nicht bei Hartex oder bei mir. In McGuires Psyche war irgend etwas umgekippt. Der Drang, etwas zu bewirken, hatte sich in eine Sucht nach Lob gewandelt. Sein Personal äffte ihn nach, und Außenstehende beweihräucherten ihn. Es war, als führe McGuire seinen eigenen Begräbniszug an. *Newsweek* hatte ihn geschafft.

2

McGuires Zwergin öffnete die Tür und unterbrach das unbehagliche Schweigen. »Miss Carelli ist da«, säuselte sie.

Hinter ihr stand eine hinreißend junge Frau. Groß und schlank, die langen Haare genauso schwarz wie die Augen, die uns mit einem raschen, glanzlosen Blick erfaßten. Die Augen waren das Bestechendste an ihr; weit standen sie über hohen, indianischen Jochbeinen auseinander. Ich schätzte sie auf etwa mein Alter, neunundzwanzig, doch sie strahlte eine geradezu urtümliche Kraft aus.

Die Wirkung wurde durch ihr verzögertes Lächeln etwas abgemildert; die blitzenden weißen Zähne verliehen ihr einen amüsierten, abenteuerlustigen Ausdruck. »Meine Herren«, sagte sie nickend. Es klang leicht hämisch, so, als sei sie durch einen Zufall plötzlich unter das gemeine Volk geraten.

Gekonnt wie ein Butler rückte Feiner einen Stuhl für sie zurecht. Kurz sah man ihre langen Beine, die sie unter dem schlichten weißen Kleid übereinanderschlug. Das Kleid betonte eine dunkle Sonnenbräune, die sie einige Mühe gekostet haben mußte. Ich konzentrierte mich wieder auf das Geschehen und lehnte mich zurück.

»Besten Dank für Ihre kostbare Zeit, Mister McGuire.« Ihre Stimme war tief und sorgsam moduliert. Sie klang fast übertrieben nach guter Kinderstube.

McGuire war ungewohnt förmlich. »Keine Ursache. Der Fall Lasko ist eine komplizierte Angelegenheit.«

Sie nickte. »Chairman Woods hat mich gebeten, den Fall im Auge zu behalten. Ich möchte, daß mich hier jemand auf dem laufenden hält.« Wortwahl und Ton klangen wie eine Mischung aus Befehl und Ersuchen. Doch den Augen entging nichts. Ich revidierte meine Meinung. Sie war nicht unters gemeine Volk geraten – sie betrieb anthropologische Studien.

McGuires Interesse an der Frau hatte nicht das geringste mit ihr zu tun; er redete sie an, als sei sie ein unmittelbar ans Ohr des Chairmans angeschlossenes Mikrofon. »Das werden wir gerne tun. Ich habe Chris hier« – sein Daumen zielte auf mich – »dazu abgestellt, daß er Ihr Büro informiert.«

Sie hatte meinen Namen vergessen. Sie musterte mich abschätzend wie ein Wissenschaftler, der sich im Hundezwinger nach Versuchstieren umsieht. Ich hoffte, sie würde mich übergehen.

»Und wer sind Sie?«

»Ich bin Christopher Paget.«

Sie nickte schroff. »Okay, ich wäre Ihnen dankbar, wenn Sie heute nachmittag in mein Büro kämen.« Es war keine Bitte. Die Gegenwart des Chairmans wurde immer spürbarer.

»Sie dürfen mit mir rechnen«, sagte ich trocken.

McGuire rutschte unbehaglich hin und her und starrte durch die Decke vier Stockwerke hoch zum Büro des Chairmans. Die Frau überlegte. »Ich rufe Sie an. Wir können dann einen Termin vereinbaren.«

Ich nickte. Sie schaute mich noch einen Sekundenbruchteil lang an, dann wandte sie sich wieder McGuire zu. Sie sprach jetzt mit mehr Sicherheit, so als wisse sie, daß mein Verdruß auf McGuires Einverständnis schließen ließ. »Alles, was mit Lasko zu tun hat, ist überaus heikel. Der Chairman möchte über jeden Ermittlungsschritt unterrichtet werden. Ihm ist daran gelegen, daß die Behörde durch diesen Fall keinen Schaden nimmt.« Sie funkelte mich an. »Wir dürfen keinerlei Aufsehen erregen.«

McGuire nickte. »Chris wird den Kontakt aufrecht erhalten. Können wir sonst noch etwas tun?« Seine beflissene Stimme schien sich nach oben zu schwingen.

»Derzeit nicht.« Miss Carelli wußte, wann sie abtreten mußte. Sie erhob sich rasch. »Besten Dank.« Sie bedachte uns mit einem kurzen, verbindlichen Blick und ging hinaus.

»Großartig«, sagte ich zu niemand Speziellem.

McGuire drehte sich um. »Belastet Sie irgend etwas?«

»Abgesehen von der Pechmarie?« Genausogut konnte ich gleich damit herausrücken. »Der Fall Hartex. Der hier fängt so an, wie die Hartex-Sache aufgehört hat.«

McGuires Blick verhieß nichts Gutes. »Weiter«, verlangte er.

»Sehen Sie, ich habe ein Jahr lang an der Hartex-Sache gearbeitet. Ich habe mit Leuten geredet, die ihr letztes Hemd verloren hatten. Ich habe ihnen erklärt, daß wir ihnen helfen würden. Dann gehe ich eine Woche in Urlaub. Ich rufe letzten Donnerstag an und erfahre, daß Sie den Fall eingestellt haben. Während ich weg bin, schicken die Leute von Hartex eine Wall-Street-Type runter, einen Kerl, der mal Staatssekretär im Außenministerium war. Er versichert Ihnen, wie sehr er Sie schätzt, redet davon, wieviel Staub durch die Sache aufgewirbelt wird. Im Gegenzug für eine Haftverschonung stimmt er einer Verfügung zu, in der seine Klienten versichern, niemals mehr jemanden zu betrügen. Das brauchen sie auch nicht, weil sie sich nämlich stinkreich in den Ruhestand verdrückt haben. Und wir geben eine Presseverlautbarung heraus, in der wir die Sache als den größten Coup hinstellen, seit Tricky Dick Nixon wieder zum Würstchen zurechtgestutzt worden ist. Ich sage Ihnen, Joe, es ist schon erstaunlich, wie wir das Spiel hier betreiben.«

McGuire schaute vor Überraschung blöde drein. Langsam wandte er seinen Blick dem Capitol zu, als wolle er dort um Beistand bitten. Offensichtlich bekam er welchen. Mit dem Ausdruck aufrichtiger Verachtung fuhr er herum. »Sehen Sie, ich leite diesen Laden nicht zu Ihrem Vergnügen. Jedes Jahr muß ich vor dem Ausschuß und dem Kongreß meinen Etat rechtfertigen – denen zeigen, daß ich meine Fälle zur Zufriedenheit abschließe. Was glauben Sie denn, wie ich hierher gekommen bin?« McGuire schrie jetzt; er sah aus, als wolle er mich gleich über den Tisch hinweg anspringen. »Ich kann nicht zulassen, daß Sie hier irgendwelche persönlichen Kreuzzüge starten. Ihre Aufgabe ist es, Zeugen zu befragen und Fakten für mich zu besorgen, aber keine Politik zu machen. Und wenn ich nicht die Zeit habe, mich jedesmal mit Ihnen abzusprechen, ist das halt Ihr Pech.«

McGuires Gesicht war krebsrot. Feiner sah so trostlos zufrieden aus wie ein Jesuit, der gerade die Ketzerei ausgerottet hat. »Die Leute von Hartex hätten angeklagt, vor Gericht gestellt und eingesperrt gehört. Und wir hätten dafür sorgen können, daß etwas Geld zurückfließt. Statt dessen haben wir mit unserer Verfahrenseinstellung die Anteilseigner angeschmiert. Wenn das irgendwo gut aussieht, dann allenfalls in unseren Presseverlautbarungen und Berichten an den Kongreß. Und die sind ausgemachter Quatsch.«

McGuire schlug mit der Hand auf den Tisch, als

wolle er irgend etwas unter seiner Faust zermalmen. Feiner zuckte zusammen. McGuire starrte mich an. »Von den anderen Jungs höre ich solchen Mist nicht.« Feiner nickte im Namen der anderen Jungs.

Ich zuckte die Achseln. »Das liegt nicht an mir, Joe.«

»Und weshalb sind Sie so mutig?« Die Frage war der reine Sarkasmus.

»Weil ich mich selbst ausstehen können muß.«

Letzteres klang mir unselig schwülstig in den Ohren. Plötzlich hatte ich McGuire satt, den Streit satt und mich satt. Am meisten hatte ich den widerlichen Zynismus satt, der den ganzen Raum zu durchdringen schien.

McGuire hatte nur mich satt. »Vielleicht müssen Menschen wie Sie ja für nichts geradestehen«, sagte er mit tonloser, unverbindlicher Stimme.

Jetzt hatte die Auseinandersetzung einen weinerlichen Unterton angenommen; ich fühlte mich McGuire meilenweit überlegen und verachtete mich dafür. Zeit, das Spiel zu Ende zu bringen. »Okay, ich habe alles gesagt, was ich loswerden wollte.«

McGuire zögerte, als sei er beunruhigt, weil er nicht das letzte Wort hatte. Der Gedanke trieb ihn zu persönlicher Hochform. »Sie glauben wohl, weil Sie eine Spitzenkraft sind, muß ich mich damit abfinden. Tu ich aber nicht.«

»Stimmt. Das tun Sie nicht.« Eines Tages, dachte ich, würde ich es zu weit treiben. Doch Feiner erinnerte mich an all das, was ich nicht sein wollte. Vor lauter Aufmerksamkeit war sein McGuire zugewandtes Gesicht zur Maske erstarrt. Irgendwie kam mir der Gedanke, daß er seine Nächte damit zubrachte, jedes von McGuires Worten in Marmor zu hauen.

McGuire musterte mich von oben bis unten, als

wolle er mich vor dem Rausschmiß noch einmal abschätzen. »Halten Sie sich lieber an die Anweisungen«, sagte er schließlich.

Dazu gab es nichts mehr zu sagen. Ich erhob mich und spürte seine Griesgrämigkeit in meinem Nacken, als ich hinausging.

Ich lief zurück in mein Büro. Ich war alles andere als froh. Der Fall Lasko hatte es in sich, das Interesse des Weißen Hauses, einen sich einmischenden Chairman und eine hochnäsige Juristin eingeschlossen. Ich wurde an einer sehr kurzen Leine gehalten und hatte keine Ahnung, wer das andere Ende hielt. Also entschloß ich mich, Jim Robinson anzurufen.

»Hallo?« meldete er sich.

»Was hat es mit Mary Carelli auf sich?«

»Weiß ich nicht, Chris. Vielleicht vergeht es, wenn du Penizillin nimmst.«

Ich lachte. »Ich interessiere mich vor allem für die politischen Verbindungen, wie sie an ihren Job gekommen ist – und so weiter.«

»Bist du heute Jurist oder Reporter?«

»Ich will bloß wissen, mit wem ich's zu tun habe.«

Er schwieg kurz. »Ich kümmere mich darum.«

»Danke. Ich schau heute nachmittag bei dir vorbei.«

Ich drückte auf die Gabel und rief Lane Greenfeld bei der *Washington Post* an. Danach bekam ich die Akte Lasko. Ich blätterte etwa eine Stunde darin herum. Dann blickte ich auf meine Uhr und ging außer Haus.

3

Greenfeld und ich verabredeten uns zum Mittagessen am Capitol Hill.

Ich war eher in dem Restaurant und besetzte einen an die Seitenwand des dunklen Raumes gerückten Tisch. Die Ausstattung war Herrenclub total: Ziegelwände, fleckige braune Balken und schwere Möbel. Ich bestellte einen hellen Rum mit Tonic und besah mir die Klientel. Intensive Gespräche, schallendes Gelächter, freundlich-verbindliche Mienen. In einer Ecke stieß ein gedrungener Mann mit dem satten Selbstvertrauen des typischen Lobbyisten mit seinem Wurstfinger nach einem düster und besorgt wirkenden Jungsenator. Aus lauter Langeweile beschloß ich aufzupassen, ob die Aufmerksamkeit des Senators nachließ. Er war noch ganz Ohr, als Greenfeld mir die Sicht versperrte.

Er grinste. »Ist das *déjà vu, malaise* oder *ennui?*«

Ich tat so, als dächte ich ernsthaft über die Antwort nach. *»Fin de siècle«,* schloß ich. Ich musterte seinen Cardin-Anzug. »Willst du mit aller Gewalt Paris-Korrespondent werden?«

Er setzte sich. »Bloß Moderedakteur.« Greenfeld war die stramme Verkörperung eines guten Stoffwechsels. Er hatte schwarze Haare, große, wache Augen und einen leicht amüsierten Gesichtsausdruck. Die Augen deuteten an, daß er sich amüsierte, weil er mehr kapierte als alle anderen. »Und du« – er dehnte die Worte – »siehst aus wie der Inbegriff des fest verwurzelten kapitalistischen Privilegs.«

Ich lächelte. Das Geplänkel war typisch. Greenfelds Bericht war knapp und spartanisch; die Liebe zum Exzeß äußerte sich nur in seiner Redeweise. Er liebte Wortspiele, tönende Phrasen und verbalen Schlagabtausch. Jedes Gespräch mit ihm war ein Vergnügen, das manchmal ganze Aufmerksamkeit erforderte. Ich hatte ziemlich häufig das Vergnügen; wir waren das, was man unter Menschen, die normalerweise zu beschäftigt sind für nähere Bekanntschaften, als enge Freunde bezeichnen könnte. Das Wissen darum erinnerte mich unangenehm daran, wie wenig Zeit ich seit der Schule gehabt hatte.

Greenfeld bestellte einen Old-Fashioned. »Wie läuft's im Ausschuß?«

»Kafka lebt.« Ich grinste. »Und bei der *Post*?«

Er zuckte leicht mit den Schultern. »Sie halten den Druck aufrecht.« Er schien nicht sonderlich beeindruckt. Es war eine der Eigenschaften, die ich an ihm mochte.

Ich hatte ihn seit etwa zwei Wochen nicht mehr gesehen und mußte nachdenken, wie seine momentane Freundin hieß. Es fiel mir wieder ein. »Wie geht's Lynette?«

Das jungenhafte Gesicht wurde verschlossen, und er starrte auf seine Manschetten. Schließlich redete er seinen Old-Fashioned an. »Sie hat sich in letzter Zeit nicht blicken lassen«, sagte er mit ziemlich gezwungener Stimme.

Ich blieb dran und polterte weiter. »Was ist passiert?«

Er rutschte unruhig hin und her. »Es hat nicht funktioniert.« Über Persönliches sprach Greenfeld nur auf Umwegen. Ich nahm an, daß er Schluß gemacht hatte.

Doch seine Freundschaft verlangte die Anerkennung von bestimmten Grenzen, die ich wohl besser kannte als die meisten. Ich versuchte es mit einer freundlichen Schlußbemerkung.

»Du bist ein harter Bursche, Lane.«

Greenfeld bedachte mich mit einem säuerlichen Lächeln. »Ich nehme an, so was gehört einfach dazu, wenn man heutzutage cool sein will.« Mit der Floskel wollte er sich über seine eigene Abgeklärtheit lustig machen. Sonderlich heiter klang er trotzdem nicht.

Greenfeld wurde plötzlich bewußt, daß seine zweite Persönlichkeit mit der ersten haderte. »Ich kann dir eine ziemlich gute Zusammenfassung über Lasko geben. Er ist ein schillernder Bursche.« Greenfeld hatte sich rasch wieder im Griff; er klang jetzt lebhaft, als habe ihm sein berufliches Können plötzlichen Halt gegeben.

»Einer von Amerikas Helden«, sagte ich lächelnd. »Sag mir, was du weißt.«

»Sag mir, was du weißt, und ich fülle die Lücken.«

»Okay. Lasko ist etwa fünfundvierzig. Sehr pfiffig. Sohn eines Stahlarbeiters aus Youngstown, Ohio. Hübscher Ort. Hat sich in seiner Jugend mit einer ziemlich harten Truppe herumgetrieben. Offenbar hat er noch ein paar Freunde von früher. Wurde eingezogen und aufgrund seiner Gabe, Menschen umzubringen, eine Art Held im Koreakrieg. Ging danach mit der Überbrückungshilfe aufs College und wurde diplomierter Betriebswirt. Bislang eine herzerwärmende, aber typische Aufstiegsgeschichte. Dann gelang ihm irgendwie der Einstieg ins Immobiliengeschäft in Florida, und damit machte er sein erstes Geld. Dazu kamen ein paar Grundstücksgeschäfte in Arizona. Ziemlich schmutzige vermutlich – häufig handelte es sich um unerschlossenes Land, das er gutgläubigen Rentnern andrehte, auch wenn er wahrscheinlich nicht unbedingt was dagegen hatte, auch Witwen und Waisen auszunehmen. Nach einer Weile wurde ihm das zu kitzlig, und so stieß er seine Anteile ab und kaufte sich eine Reihe von Pflegeheimen. Anscheinend hatte er beschlossen, sich auf die Alten zu verlegen. Dem Hörensagen nach waren die Pflegeheime zwar besser als Bergen-Belsen, aber schlechter als Fort Benning. Kurz bevor sich die Behörden zu einer Ermittlung aufraffen konnten, verkaufte er sie mit beträchtlichem Gewinn. Womit er zwar wohlhabend, aber unterbeschäftigt war.« Greenfeld sah mittlerweile wieder amüsiert drein. Gelegentlich kniff er die Augen zusammen, als wolle er die eine oder andere Tatsache seinem eigenen Kenntnisstand hinzufügen. Ich hielt inne. Er nickte mir aufmunternd zu.

»Das nächste betrifft uns schon mehr. Lasko beschloß, ein hohes Tier in der Industrie zu werden. Anfang der Sechziger kaufte er in Boston einen kleinen Laden namens Technical Instruments, der in Computern und Elektronik machte. Lasko benannte ihn in Lasko Devices um und baute ihn aus. Zu seinen Methoden gehörten neben Industriespionage vermutlich auch Bedrohung und Erpressung von Konkurrenten. Nachgewiesen wurde es ihm nie. Als die Firma Mitte der Siebziger größer wurde, ging er an die Börse. Die Aktien wurden über den New York Exchange gehandelt. Außerdem folgte er dem Trend zu Mischkonzernen und wurde verklagt, weil er eine der aufgekauften Firmen ausplünderte. Er konnte das außergerichtlich beilegen.

Sein Hauptinteresse aber gilt nach wie vor Lasko Devices. Er hat ein paar gute Verträge mit dem Verteidigungsministerium abgeschlossen, und seine Firma hat immer größere Bereiche der elektronischen Industrie übernommen. Zu seinem Erfolg trugen auch ein paar geringfügigere Verstöße gegen die Kartellbestimmungen bei, zum Beispiel Preisdrückerei. Vor etwa vier Jahren strengte das Justizministerium eine Klage gegen Lasko an, um ihn zu zwingen, eine Reihe von Anteilen an Lasko Devices abzustoßen, damit er kein Monopol auf dem Elektronikmarkt aufbauen konnte. Dies würde ihm wirklich weh tun, und er ist deswegen vor Gericht gegangen. Daneben hat Lasko seine Akte bereinigt. Hat auf großen Saubermann gemacht. Vorträge an Wirtschaftsinstituten. Besuche im Weißen Haus. Audienzen beim Papst. Hält Seminare über die Armut in der Dritten Welt. Er ist berühmt. Er ist ein Prinz. Ich liebe ihn.« Mir war der Stoff ausgegangen. »Reicht das?«

»Na ja, für den Anfang ganz passabel.« Greenfeld sagte das so fröhlich und herablassend wie der Klassenschlaumeier, den der Lehrer immer dann aufruft, wenn sonst keiner die Antwort weiß. Ich störte mich nicht daran. Greenfelds Arroganz wirkte erfrischend ungezwungen.

»Deine Fakten sind soweit okay«, fuhr er fort, »aber sie ergeben letzten Endes keinen Sinn, solange man sie nicht im Zusammenhang sieht. Ich hatte das Vergnügen, dem Mann von Zeit zu Zeit zu begegnen. Er ist ein ziemlich eindrucksvoller Bursche, groß und dominierend, mit einer sehr tiefen Stimme. Er strahlt jede Menge Selbstvertrauen aus. Ich bin immer wieder erstaunt, wie sich bei manchen Menschen Körpergröße auswirkt.« Greenfeld war eher klein. »Natürlich bin ich beim Zusammentreffen mit Prominenten immer wieder davon beeindruckt, wie gewöhnlich sie eigentlich sind. Es ist einfach so, daß sie immer ein Stück mehr vom Kuchen wollen. Aber zurück zu Lasko. Ich habe erfahren, daß er durchaus umgänglich sein kann. Wäre interessant zu erfahren, was ein guter Psychoanalytiker in ihm sehen würde.« Er schwieg einen Augenblick, als wäge er ab, was ein guter Psychoanalytiker in uns allen sehen könnte. Ein Kellner mit einer verwegen sitzenden schwarzen Perücke kam und wollte unsere Bestellung entgegennehmen. Rasch trafen wir unsere Wahl, und der Kellner verzog sich in die Küche. Greenfelds Blick folgte ihm. »Hübscher Bursche. Sieht aus, als wäre irgendwas auf seinem Kopf verendet.«

»Sonst noch was?«

»Woran du zweitens denken mußt, ist die Politik. Er hat in Florida zwielichtige Grundstücksgeschäfte gemacht, wurde aber nie angeklagt. Er hat seine Pflegeheime mit Gewinn abgestoßen, bevor die Ermittlungen begannen. Sein Glück beruht nicht nur auf einer Laune der Götter. In Florida hat er eindeutig ein paar Politiker in der Tasche. Heutzutage hat er umfangreiche Verträge mit dem Verteidigungsministerium, nimmt Filmsternchen zu Partys ins Weiße Haus mit und speist mit dem Papst. Das sind nicht nur die Folgen seines jungenhaften Charmes. Er ist ein mächtiger Mann, hart und skrupellos. Er stinkt seit Jahren nach Korruption, aber erwischt hat ihn noch nie einer.« Er machte eine Kunstpause. »Niemals. Und inzwischen ist er sogar mit dem Präsidenten befreundet. Ich will gar keine Korruption unterstellen. Soweit es mich angeht, mag ihn der Präsident einfach. Da spielt es keine große Rolle, daß Lasko kein allzu feiner Kerl ist. Der Präsident ist auch kein allzu feiner Kerl. Und er bewundert Lasko, weil der stinkreich ist. Na ja, und Lasko wiederum weiß, was eine gute Freundschaft wert ist. An deiner Stelle«, schloß er sarkastisch, »würde ich also nicht darauf zählen, daß dieser Fall deiner Karriere dienlich ist.«

»Und warum versucht das Justizministerium dann, Lasko Devices zu knacken?«

»Nun, wegen der Anklage weiß ich ja über Lasko Bescheid. Sie wurde unter der vorherigen Regierung angestrengt, bevor der neue Präsident kam. Er hat die Anklage sozusagen geerbt, sonst wäre sie wahrscheinlich nie angestrengt worden. Derzeit passe ich unter anderem aus beruflichen Gründen auf, ob sie vorangetrieben oder fallengelassen wird. Ich halte gewissermaßen Ausschau nach Druck aus dem Weißen Haus, einem Kuhhandel zwischen Lasko und dem Präsidenten – derlei Zeug. Im Blatt sind sie ziemlich scharf darauf.«

»Irgendwas entdeckt?«

Er schüttelte den Kopf. »Bloß Schönfärberei. Lasko will unbedingt, daß Lasko Devices zusammenbleibt. Eine Aufsplitterung würde ihn wirklich treffen. Die menschenfreundlichen Unternehmungen sind Laskos Versuch, ein moderner Andrew Carnegie zu werden – ein Ruf als Wohltäter könnte ihm bei seinen rechtlichen Problemen nützen. Er hat dazu extra eine New Yorker PR-Firma engagiert. Sie schreiben ihm seine Reden, setzen Seminare an und geben ihm andere nützliche Hinweise. Wie auch immer, für Lasko haben sie bereits eine Menge erreicht. Er hat seinen eigenen Philantropieverein gegründet, die Lasko Foundation, und hat geistiges Wohlbefinden zu seinem persönlichen Anliegen erkoren. Spendet reichlich für psychiatrische Einrichtungen. Falls er also jemals zur Psychoanalyse gehen will, hat er jede Menge Fachkräfte an der Hand.« Greenfeld hatte es heute mit den Psychiatern. Er grinste spöttisch, und seine Stimme nahm einen gekünstelten deutschen Akzent an. »Und so sehen Sie, meine lieben Studenten, wie alle Fakten«, er hob den Finger, »im Zusammenhang betrachtet werden müssen. Nur so läßt sich das wahre Ausmaß der Dinge, ihre wahre Bedeutung erkennen.« Zur Betonung schlug er mit der Faust auf den Tisch und blickte dann lächelnd auf. »Das wär's dann also, Chris«, sagte er mit seiner normalen Stimme.

Das Essen kam und war überraschend gut. Während des Essens gaben wir uns einer angeregten Unterhaltung über ausländische Filme hin. Wir mochten beide Bertolucci und Truffaut. Ich hielt Fellini für überschätzt. Er hielt Buñuel für zu bizarr. Wir einigten uns schließlich darauf, uns gemeinsam den neuen Wertmüller-Film ansehen zu wollen. Die ganze Zeit über wirkte Lane, als kaue er neben dem Essen auf einem Gedanken herum. Beim Kaffee kam er damit heraus.

»Wieso hast du nicht einfach mit den Jungs in deinem Ausschuß über Lasko geredet?« Greenfeld war immer noch bei der Sache; als Reporter hatte er einen sechsten Sinn für Widersprüche.

Die Hartex-Sache konnte ich ihm auf keinen Fall erklären. »Na ja, die Informationen eines Reporters sind eben durch nichts auszuwiegen.«

Lane schluckte das nicht, wollte es mir aber im Augenblick offenbar durchgehen lassen. »Du hast am Telefon eine Ermittlung erwähnt. Worum geht's da?«

»Ganz im Vertrauen: Wir haben einen anonymen Hinweis, daß jemand am Kurs der Lasko-Aktien herumdreht. Wir wissen nicht, ob es stimmt, oder ob Lasko darin verwickelt ist, wenn es denn stimmen sollte.«

Unbewußt verfiel Greenfeld in seinen Pressekonferenzrhythmus. »Und wieso dann das Interesse?«

»Reine Routine«, sagte ich und versuchte, ihn so offen wie möglich anzusehen. Doch er blickte über meine linke Schulter, und zwar solange, daß ich neugierig wurde. »Was siehst du da, Lane? Den Vizepräsidenten in Stöckelschuhen?«

»Das nun nicht gerade. Aber jemanden, über den du stolpern könntest.«

»Um wen geht's?«

Greenfeld blickte weiter hin. »Der Typ ist einer der inoffiziellen Talentsucher des Weißen Hauses. Sehr einflußreich. Hilft bei der Ernennung zu Spitzenposten in der Regierung, zum Beispiel bei deinem Verein. Hat eine Anwaltskanzlei hier in der Stadt. Vertritt auch deinen Freund Lasko.« Er blinzelte etwas. »Kennst du den Kerl neben ihm?«

Ich drehte mich halb um. Greenfeld deutete auf einen etwa fünfzigjährigen Mann in einem blauen Nadelstreifenanzug. Er redete ruhig über einen Ecktisch hinweg. Über seinen Zuhörer war ich allerdings leicht überrascht. Offenbar hatte Greenfeld McGuire noch nie zu Gesicht bekommen.

Ich wandte mich wieder meinem Kaffee zu. »Ziemlich durchschnittlich aussehender Bursche«, sagte ich leichthin. Es kostete mich einige Mühe. Ich fühlte mich, als hätte ich gerade eine Kammer voller toter Ratten entdeckt. McGuire und Laskos Anwalt. Das war ein Duo, das ich nun ganz und gar nicht erwartet hatte.

Greenfeld blickte noch einen Moment hin, bevor der Kellner mit der Rechnung auftauchte. Wir zahlten, und Greenfeld gab dem Kellner zuviel Trinkgeld. »Das war für die Haartransplantation«, erklärte er auf dem Weg nach draußen. McGuire war noch immer ins Gespräch vertieft, als wir vorbeigingen. Der andere Mann hielt gerade einen Monolog. Keiner von beiden blickte auf.

Vor der Tür blieben wir stehen.

»Viel Glück«, sagte Greenfeld. »Ich habe gehört, euer – wie heißt er doch – McGuire hält euch mit Spesen ziemlich knapp.«

Es war komisch, auf eine ganz und gar nicht lustige Art.

»Kann man wohl sagen«, gab ich zurück und fühlte mich dabei ziemlich hinterfotzig. Ich war eben doch mehr Bürokrat, als mir bewußt war. Trotzdem war es manchmal besser, wenn man bestimmte Dinge für sich selbst behielt.

Greenfeld wirkte nachdenklich. »Weißt du«, sagte er schließlich, »als Lasko sich seinerzeit vergrößern wollte, weigerte sich einer seiner Konkurrenten, seinen Betrieb zu verkaufen. Eines Nachts wurde der Typ erstochen, als er aus einem Lagerhaus kam. Die Bullen pfuschten damit rum, sprachen von versuchtem Raub und gaben es schließlich auf. Aber der Tote hatte seine Brieftasche noch. Und Lasko kaufte anschließend den Betrieb. Billig.«

Das bremste mich. »Stimmt das wirklich?«

»Wie immer.«

Ich lächelte. »Dann kannst du mich in zwei Wochen wahrscheinlich in einer Kalkgrube mit Jimmy Hoffa finden.« Es war nicht gerade meine schlaueste Bemerkung. Doch zu der Zeit, mit Greenfeld, war es bloß Gerede.

Greenfeld lächelte wieder ironisch. »Wie auch immer, laß mich wissen, wie es weitergeht.«

Ich nickte. »Soweit ich kann. Und wegen dem Film rufe ich dich an.«

»Einverstanden.« Er sah mich an. »Nun denn, zurück zum Capitol. Ich habe meine tägliche Ration Lügen, Ausflüchte, Schwachsinn und Bockmist noch nicht abgeholt.«

Bei den Lügen und Ausflüchten war ich mir nicht so

sicher. Aber da hatte er mir schon die Hand geschüttelt und war bereits unterwegs, ganz der unter Hochspannung stehende Hintergrundreporter. Ich sah ihm eine Weile nach. Er war vollkommen von sich eingenommen. Niemand wäre auf den Gedanken gekommen, ihn nach Lynette zu fragen.

4

Ich war schon wieder in meinem Büro, bevor ich daran dachte, die Post durchzusehen. Sie paßte zum übrigen Tag.

Die ersten beiden Briefe stammten von Hartex-Aktienbesitzern, die mich daran erinnerten, daß ich sie verraten und verkauft hatte. Das nächste Schreiben kam von einem Ex-Börsenmakler, der sich an meinen Polizeistaatsmethoden stieß und eine Kopie an die Bürgerrechtler von der American Civil Liberties Union geschickt hatte. Als Absender stand auf dem Umschlag die Adresse einer Bundeshaftanstalt: »Danbury Federal Penitentiary«. Ich legte ihn in meinem Papierkorb ab. Dann kritzelte ich: »Zur Kenntnis: Joseph P. McGuire« auf die Hartex-Briefe und legte sie zur Hauspost. Es schien mir das mindeste, was ich tun konnte.

Die Anrufbenachrichtigung war besser. Jim Robinson habe etwas für mich, hieß es da. Ich ging über die Flure nach links, dann nach rechts und klopfte an die mit »James H. Robinson, Senior Investigator« gekennzeichnete Tür.

»Herein.«

Robinson saß in einem kaninchenstallgroßen Büro, hatte eine Brille auf und trug wie üblich eine erstaunt zweifelnde Miene zur Schau. Sie veränderte sich zu einem Grinsen. »Christopher Kenyon Paget«, hob er an. »Der Letzte der Unabhängigen.«

»Eher der Eunuch des Königs. Hast du gesehen, daß Hartex eingestellt worden ist?«

Er nickte, noch immer lächelnd. »Setz dich, Chris. Das hier könnte was für dich sein.«

Ich setzte mich, froh, ihn zu sehen. Robinson war Ende Dreißig, hatte ein rundliches Gesicht, und seine kurzen braunen Haare waren von den ersten grauen Strähnen durchzogen. Die zweifelnde Miene erweckte den Eindruck, er sei harmlos und freundlich. Doch dahinter verbargen sich ein untrügliches Gedächtnis und ein enzyklopädisches Wissen um Aktienbetrügereien. Außerdem hatte er ein untrügliches Gefühl für die innere Logik von Ereignissen. Mit drei oder vier Fakten brachte Robinson das zustande, was Paläonthologen mit verstreuten Dinosaurierknochen bewerkstelligen: einen komplexen Aufbau umreißen, der Rückschlüsse auf das noch verborgene Gesamtbild zuläßt. Ich hatte ihn nach Abschluß eines schweren Falles einmal auf diese Ähnlichkeit hingewiesen. Er hatte damals gegrinst und mir erklärt, ich hätte dieses Talent ebenfalls. Ein angenehmeres Kompliment hätte er mir kaum machen können.

Robinson wartete. Mir fiel auf, daß er ziemlich selbstzufrieden wirkte.

»Irgendwas Bahnbrechendes im Fall Lasko, Jim?«

»Vielleicht. Erinnerst du dich noch an Sam Green?«

»Der schmierige Sam? Klar. Ein Typ, der mit Schokoriegeln auf Kinderspielplätzen rumlungern würde, wenn er nicht mit Aktienschwindeleien beschäftigt wäre. Was hat der denn damit zu tun?«

Robinson setzte eine gebieterische Miene auf. »Ich erzähl's der Reihe nach. Erstens: Zwischen dem dreizehnten und dem fünfzehnten Juli ging der Kurs für Lasko-Aktien heftig in die Höhe. Sechs Punkte in zwei Tagen, von zehn auf sechzehn. Doch es gab keinerlei besondere Ereignisse, gute Nachrichten oder irgendeinen anderen Grund, weshalb der Kurs derart hoch gehen konnte. Der Preis ging hoch, weil sich der Umfang der Aktientransaktionen an der Börse nahezu verdoppelte. Es gab jede Menge Nachfrage nach den Aktien. Wieder ohne jeden Grund. Doch diese ganze künstliche Nachfrage treibt den Kurs hoch. Deshalb habe ich die Unterlagen von McGuire überprüft. Dabei stellt sich heraus, daß drei Maklerbüros am vierzehnten und fünfzehnten Großaufträge zum Kauf von Lasko-Aktien hatten. Gemeinsam sorgten sie dafür, daß sich das Volumen verdoppelte. Also habe ich ein paar Freunde in den Büros angerufen. Rat doch mal, wer die Aufträge erteilt hat.«

»Green?«

»Hmm.«

»Irgendeine Ahnung, warum?«

»Da gibt's mehrere Möglichkeiten. Ich sag dir eine. Ich mußte über den Zeitpunkt nachdenken – warum das am vierzehnten und fünfzehnten über die Bühne gegangen war. Folglich habe ich in unseren Akten über Lasko Devices nachgeschlagen. Am sechzehnten Juli ging Lasko Devices mit dreihunderttausend neuen Anteilen an die Börse. Da sich der Preis der neuen Anteile nach dem Handelswert der Aktie vom Vortag richtet, verkaufte sich jeder Anteil zu sechzehn Dollar statt zu zehn Dollar, das war nämlich zwei Tage vorher der Kurs. Sechs Mäuse mehr mal dreihunderttausend Anteile bedeutet, daß Lasko Devices mit dem Angebot zusätzlich eins Komma acht Millionen Dollar verdient hat. Und all das wegen Sam Green.«

»Also hast du dir gedacht, vielleicht hat ihn jemand in der Firma darauf angesetzt.«

»Möglich wäre es.«

Ich lehnte mich zurück. »Schaun wir mal, wie so

was funktioniert. Green könnte das Angebot erwartet und billiger gekauft haben. Deshalb stinkt der Zeitpunkt. Was mich dabei beunruhigt, ist Lasko. Lasko Devices braucht keine zusätzlichen eins Komma acht Millionen Dollar. Die machen genug Geld. Und angesichts seines Kartell-Ärgers mit dem Justizministerium kann er nicht auch noch Schwierigkeiten mit uns gebrauchen. Außerdem kommt mir das Ganze ziemlich plump vor.«

Robinson nahm die Brille ab und untersuchte sie nach Flecken. Er entdeckte einen und wischte geistesabwesend darüber. »Ich hätte es nie entdeckt, wenn McGuire nicht diesen Hinweis erhalten hätte.«

»Trotzdem frage ich mich, warum Feiner, mein genialer Boß, nicht darauf gestoßen ist. Er hat doch seine Marktaufseher, die die Börse genauestens auf so was hin überwachen.«

Robinson zuckte die Achseln. »Über Tote will ich nichts Schlechtes sagen. Meiner Ansicht nach ist Feiner schon vor Jahren dem Gehirntod erlegen.«

Ich lächelte. »Okay. Ein paar Fragen noch. Warum sollte sich die Firma an Sam wenden? Und was springt für ihn dabei raus? Soweit ich mich erinnere, stand er schon beim letzten Mal mit einem Fuß im Knast, bevor er sich Straffreiheit erkaufte, indem er seine Freunde verpfiff.« Ich hielt inne. »Wie viele Anteile hat Sam denn gekauft?«

»Etwa zwanzigtausend.«

Ich rechnete hoch. »Selbst wenn man den Preisanstieg berücksichtigt, sind das etwa dreihunderttausend Dollar. Woher hat er das ganze Geld?«

Robinson wirkte ebenfalls neugierig. »Deshalb solltest du ja Sam hierherbestellen und ihm ein paar Fragen stellen, unter Eid.«

»Das werde ich auch tun.«

Robinson sah mich verblüfft an und wartete. Ich machte trotzdem weiter. »Hast du dich nach Mary Carelli erkundigt?«

Er dachte eine Sekunde nach und sah mich dann mit hellen, ehrlichen Augen an. »Chris, bei jedem anderen würde ich annehmen, daß er bürokratischen Schmutz zusammentragen will. Aber du vernachlässigst dein Selbstinteresse bis zur Verantwortungslosigkeit. Du überprüfst Mary Carelli genauso, wie du Lasko überprüfst. Schau, du bist der hellste Jurist, den ich hier je erlebt habe. Vermaßle es dir nicht. Du mußt lernen, gewisse Dinge auf sich beruhen zu lassen.«

Ich überlegte, wie ich ihn um Hilfe bitten konnte. Aber er unterbrach meine Gedanken. »Chris, was möchtest du in fünf Jahren machen? Dich als Anwalt niederlassen? Okay, du könntest eine Menge Geld verdienen, aber du könntest es auch hier schaffen, wenn du nur wolltest. Deine Personalakte ist großartig.«

Meine beruflichen Möglichkeiten laut ausgesprochen zu hören, versetzte mich in trostlose Stimmung. »Also, was ist Sache?«

Er antwortete mir indirekt. »Wie ich gehört habe, hattest du mal wieder eine Auseinandersetzung mit McGuire.«

»Neuigkeiten verbreiten sich schnell.«

Robinson warf mir ein Lächeln zu, das nicht zu seinem Blick paßte. »Schau, McGuire und Feiner sind bereits sauer auf dich. Wenn du auf die falschen Füße trittst, könnten sie dir mächtig ans Bein pinkeln. Auch außerhalb. Glaube ja nicht, daß die Kanzleien in der Stadt nicht rumfragen, bevor sie einen Juristen von der Regierung engagieren. Wenn McGuire irgendwas Negatives durchsickern läßt, kannst du demnächst als Gebäudereiniger anfangen.«

Ich wußte, daß er recht hatte. Es ist nicht schwer,

Einsicht zu zeigen, wenn die Fakten auf der Hand liegen. »Ich bin dir dankbar für das, was du gesagt hast, Jim. Aber ich mußte gerade den Fall Hartex wegstekken. Die Sache kotzt mich an, das kannst du mir glauben.«

Er wirkte beunruhigt. »Das kann passieren.«

»Jedenfalls geht meine Zeit hier zu Ende.«

»Wenn du Karriere machen kannst, dann hier. Ich würde das nicht so leicht abtun.«

»Das tu ich bestimmt nicht, Jim.«

Robinson sah mich nachdenklich an. »Okay«, sagte er schließlich. »Ich habe einen Freund beim Civil Service angerufen. Die Carelli hat ihr Jurastudium zur gleichen Zeit wie du abgeschlossen. University of Chicago, unter den oberen zehn Prozent. Begabtenstipendium. Laut Akte hat sie als Angestellte beim Wirtschaftsausschuß des Senats gearbeitet. Folglich habe ich jemanden angerufen, den ich in dem Ausschuß kenne. Aber soviel wußte er über sie auch wieder nicht. Diese Carelli schweigt sich über ihr Privatleben aus. Seiner Aussage nach ist sie knallhart und streitbar. Sie rangierte keineswegs über ihm, aber als er ihr mal in die Quere kam, hätte er beinahe seinen Job verloren. Wie sich rausstellte, hat sie Einfluß bei irgendeinem Senator. Folglich ist mein Freund nicht gerade ihr größter Verehrer. Aber er gibt zu, daß sie sehr schlau ist. Das wär's dann«, schloß er ungerührt. »Eine für Washington typische Biographie. Wenn man in dieser Stadt Menschen aufhängen wollte, weil sie sich politisch betätigen, würde keiner mehr übrigbleiben, der das Telefon abnimmt.«

Er musterte mich nach wie vor. »In Ordnung«, sagte ich lächelnd, »ich behalte das im Hinterkopf.«

Robinson wirkte erleichtert. Ich stand auf. Dann fiel mir McGuires Mittagessen ein. »Ich habe gerüchteweise gehört«, fabulierte ich, »daß ein Ausschußmitglied ausscheidet.« Tatsächlich hatte ich ganz und gar nichts Derartiges gehört. »Aber ich habe vergessen, wer. Hast du was davon mitbekommen?«

»Ja, sicher. Ich habe neulich mit Ludlows Assistent zu Mittag gegessen. Er hat erzählt, daß Ludlow wieder in seine Anwaltskanzlei geht. Aber behalte das für dich. Er hat noch nichts Offizielles verlautbaren lassen, und das Weiße Haus ist noch nicht mit dem Nachfolger rübergekommen.«

Joe McGuire würde sich da bestens machen. »Schade. Ich habe Ludlow gemocht. Tja, ich mach mich jetzt besser an die Vorladung für Sam Green. Ist dir der kommende Montag recht?«

»Bestens.« Er lehnte sich zurück. »Weißt du, derlei Fälle können der Karriere ziemlich abträglich sein. Halte dich also an Lasko und laß die anderen in Ruhe.«

Ich wußte, was er meinte. Robinson dachte viel lieber über Green und Lasko nach als über Mary Carelli. Er war ein Mann mit klaren Ansichten. Carelli, er und ich waren die Vorzeigbaren, Green und Lasko waren Dunkelmänner. Ich konnte es ihm im Grunde nicht verdenken. Auf diese Weise kam man viel leichter durch.

Ich nahm ein paar Akten mit in mein Büro, um an Greens Vorladung zu arbeiten. Außerdem sollte ich Mary Carelli zurückrufen. Das erste Zupfen an der Leine. Ich überlegte, ob ich den Hörer ruhen lassen sollte. Dann ging ich nachsehen, was sie wollte.

5

Der Weg zum Büro des Chairman führte nach oben, sowohl buchstäblich als auch ästhetisch. Die Suite im obersten Stockwerk war eine beruhigend wirkende Zusammenstellung aus rostfarbenen Florteppichen, weißen Wänden, schweren Lederpolstern und impressionistischen Gemälden. Was mich jedoch am meisten beeindruckte, war die Stille, die hier oben herrschte. Ich war die Katakomben im dritten Stock gewohnt – Schreibmaschinengeklapper, Telefone, Schreie und zwischen Kacheln und Bimsstein widerhallende Schritte. Es war, als sei ich aus einer überfüllten U-Bahn in eine Bibliothek geraten. Ein angenehmes Gefühl. Ich fragte mich, was McGuire wohl dabei empfand.

Die Empfangsdame paßte zur Räumlichkeit. Es handelte sich um eine dünne, vogelartige Frau, die eine Verwahrerin seltener Bücher hätte sein können. Ich verkniff mir den Drang, nach der *Summa Theologica* zu fragen, und erkundigte mich statt dessen nach Mary Carelli. Kaum hatte ich mich in einen der Ledersessel sinken lassen, als mich Chairman Woods überraschte.

»Sie sind doch Chris Paget, nicht wahr? Ich bin Jack Woods.« Er war groß – knapp unter eins neunzig –, breitschultrig und hatte kurze braune Haare. Er bot mir eine breite, kräftige Hand und deutete mit der anderen zu seinem Büro. »Kommen Sie und lassen Sie uns einen Moment plaudern. Mary hat sich etwas verspätet.« Meiner Schätzung nach war er Ende Dreißig, und er hatte eine tiefe, volle Stimme und ein jugendlich schiefes Lächeln, durch das er um einige Jahre jünger wirkte. Alles war sehr demokratisch. Ich folgte ihm in sein Büro.

Woods setzte sich hinter einen schlichten Kirschholzschreibtisch. Ich nahm mir einen weiteren Polstersessel und blickte mich um. Die Wände waren mit zwei leuchtenden Chagall-Drucken geschmückt, wozu sich ein offizielles Bild des Präsidenten gesellte, dessen stumpfe Freudlosigkeit meiner Meinung nach den Gesamteindruck eher schmälerte. Die Bibliothek umfaßte neben Wälzern über Finanzen auch die *Selbstbetrachtungen* von Marcus Aurelius, etliche Faulkner-Romane und einen Gedichtband von Dylan Thomas. Ich suchte in Woods' Gesicht nach Hinweisen darauf, ob er auch welche davon gelesen hatte. Die dunkelblauen Augen, das kräftige Kinn und das breite, offene Gesicht wirkten angenehm, ohne viel über ihn auszusagen. Interessanter war seine Nase; sie war einst raubvogelartig gewesen, wies nun aber zwei, drei Knicke nach rechts auf. Ich erinnerte mich, daß er früher Football gespielt hatte; irgendein Ellbogen hatte seinem Gesicht Charakter verliehen. Irgend etwas in seinem Gesicht vertrug sich nicht mit dem Bild vom netten Jungen von nebenan. Außerdem verriet es mir nichts über die Bücher.

Er hatte meinen Blick verfolgt. »Ich habe heutzutage nicht viel Zeit zum Lesen. Dieser Job ist eine Lebensaufgabe.« Das gewinnende Lächeln erschien wieder. »Ich hoffe, ich werde ihr gerecht.«

Ich war es nicht gewöhnt, daß Berufspolitiker von mir ermutigt werden wollten. »Ich bin sicher, daß Sie zurechtkommen.«

Nachdenklich blickte er zu den Chagalls, als hätten sie irgend etwas mit seiner Arbeit zu tun. »Dennoch mache ich mir Sorgen. Viele Ausschußmitglieder kommen nur des öffentlichen Ansehens wegen zu Behörden wie dieser. Sie holen sich ihren Stempel und gehen wieder. Aber ihren Beruf lernen sie nie richtig. Dazu möchte ich nicht gehören.« Es klang aufrichtig, was er da sagte.

Woods deutete auf das hinter seinem Schreibtisch hängende Jura-Diplom. »Sie sind doch auf die gleiche Universität gegangen, nicht wahr, Chris?«

Ich fragte mich, ob er über McGuires andere neunundneunzig Juristen genausoviel wußte. »Ja, bin ich. Ich bin vor drei Jahren fertig geworden.«

Woods lächelte, dann richtete er seine ehrlichen Augen auf mich. »Ich bin wegen des Falles Lasko sehr besorgt.« Er beugte sich vor, als wäre ich genau der Richtige, um die volle Last seiner Sorgen mit ihm zu teilen.

Ich wählte einen neutralen Ton. »Das ist mir bewußt.«

Die Augen schienen sowohl Vertrauen zu vermitteln als auch Aufmerksamkeit zu fordern. Er war sehr, sehr gut. »Ich mache mir aus mehreren Gründen Sorgen. Vor allem möchte ich nicht, daß diese Behörde ohne Fingerspitzengefühl vorgeht. Das heißt insbesondere, daß ich keine unberechtigten Anschuldigungen gegen Lasko haben möchte, die auf den Präsidenten abfärben könnten. Ist das nachvollziehbar?«

Ich sagte, das sei es. Er fuhr fort. »Aber vor allem möchte ich eine gute Ermittlung. Ich möchte nicht, daß jemand sagt, wir hätten die Sache fallenlassen oder uns diskret zurückgezogen. Daran, wie eine Behörde Fälle wie diesen handhabt, wird letztlich gemessen, ob sie grundsätzlich integer oder nur eine Gefälligkeitsinstanz ist. Sicher, ich bin Politiker. Aber ich bin hierher gekommen, um eine Aufgabe zu erfüllen.« Seine Augen wirkten eindringlich, entschieden. »Und ich glaube, daß es auf lange Sicht die beste Politik ist, wenn ich diese Aufgabe so anständig und ehrlich wie möglich erfülle.«

Wenn das stimmte, war ich mit Haut und Haaren dabei. »Ich werde Ihnen dabei helfen, soweit ich kann.«

»Bleiben Sie einfach in Kontakt mit Mary«, sagte er ruhig. »Ich möchte wissen, was in der Sache vor sich geht.« Er senkte die Stimme, und seine Worte kamen wie in einem langsamen, eindringlichen Rhythmus. »Aber wenn Sie etwas benötigen, irgendwelche Hilfe, dann zögern Sie nicht, sich direkt an mich zu wenden. Ich werde alles Vertretbare tun, um Ihnen zu helfen.«

»Danke. Ich werde es mir merken.«

»Gut.« Er erhob sich. »Sie werden mit Mary sprechen wollen.« Ich war mir da nicht so sicher, doch meine Audienz war eindeutig vorbei. Wir gingen gemeinsam zur Tür.

»Danke, Chris.« Wieder schüttelte er mir die Hand. »Wie ich höre, sind Sie sehr gut. Ich freue mich darauf, Sie wiederzusehen.« Die warme Stimme verhieß angenehme Stunden in impressionistischer Atmosphäre, in denen ich meinen Katakomben entrinnen konnte. Er wies die Empfangsdame an, Mary Carelli zu rufen, dann verzog er sich in sein Büro und schloß die Tür. Er hinterließ eine anheimelnde Wärme, wie ein Schuß guter Whiskey. Ich dachte wieder über seine Bücher nach. Höchstwahrscheinlich las er sie und hielt dann ausgewählte Zitate auf Karteikarten fest, um sie in künftige Reden einzubauen.

Ein Blick auf die Uhr sagte mir, daß es bereits Viertel nach fünf war. Mary Carelli kam aus ihrem Büro und winkte mich hinein. Das Studienobjekt war eingepackt und versandfertig. Ich mochte sie weniger denn je. Als ich durch die Tür kam, war sie bereits hinter ihrem Schreibtisch, blickte auf einen Notizblock und wartete, daß ich mich hinsetzte. Also lehnte ich mich an den Türrahmen, bis sie aufblickte. Ihre Augen waren wachsam, und ihr Lächeln wirkte millimetergenau bemessen. Sie nickte zu einem Stuhl hin. »Nehmen Sie Platz.«

Ich blickte bewußt auffällig auf meine Uhr. »Egal, worum es geht, muß es unbedingt noch heute sein?«

Sie richtete sich kerzengerade auf. »Seien Sie nicht so bürokratisch. Wir können uns ebensogut jetzt unterhalten.« Auch ihre Stimme war kühl – eine Spur Verachtung inmitten einer Menge Gleichgültigkeit.

Ich rührte mich nicht. »Ich bin nicht bürokratisch. Aber nach dem, was ich mir heute bereits angehört habe, könnte ich gut einen Drink vertragen.«

Sie saß da, die Ruhe selbst, abgesehen von ihrer linken Hand, deren Daumen und Zeigefinger langsam über das Deckblatt des Blocks rieben. Sie sprach mit genau berechneter Ungeduld. »Und?«

»Wie wär's, wenn wir einen Gin-Tonic auf der Terrasse des Hotel Washington nehmen und den Ausblick auf unsere Hauptstadt bestaunen? Dort könnten wir dann auch das Geschäftliche besprechen, und ich spendiere Ihnen auch gern einen Drink.« Kaum hatte ich sie eingeladen, war ich mir nicht mehr so sicher. Aber es war um einiges besser, als in Habtachtstellung in ihrem Büro zu sitzen.

Sie saß so steif und abwehrend da, daß es fast schon komisch wirkte. Schließlich überwand sie sich. »Einverstanden. Aber ich gedenke nicht, dies zur Gewohnheit werden zu lassen.«

Ich wußte, was sie meinte, stellte mich aber dumm.

»Wieso?« fragte ich unschuldig. »Sind Sie etwa verheiratet?«

Sie blickte mich schief an. »Nein. Geschieden.«

Das glaubte ich ihr gern. Ich wartete, bis sie ihren Mantel geholt hatte.

Von der Terrasse des Hotel Washington blickte man auf den Potomac, das Weiße Haus und die von Grünflächen umgebenen Gedenkstätten für Washington, Jefferson und Lincoln. Von weitem wirkte das schmutzige Braun des Potomac blau, und auf ihm tummelte sich eine Spielzeugarmada schmucker Vergnügungsboote. Der Ausblick war seltsam unwirklich, eine Art Wandgemälde von Washington, wie es sich Touristen vorstellten. Hier konnte man sitzen und sich dem Glauben an das Washington der politischen Phantasie hingeben: Staatsmänner, die sich in wohlgesetzten Monologen ergingen, in denen sie über das Schicksal der abendländischen Zivilisation nachsannen. Das wirkliche Washington befand sich um mich herum: angepaßte Bürokraten, die mit verkniffenem Mund ihren Gin tranken und gesalzene Erdnüsse knabberten, während sie die geringen Chancen auf einen kleinen Profit überschlugen.

Mary und ich saßen betreten schweigend da und betrachteten das Panorama. Sie war so unnahbar wie Marmor. Ich hätte einen gemeinsamen Drink mit dem Washington Monument vorgezogen; es war weniger peinlich, wenn es nicht mit einem redete. Statt dessen bestellte ich zwei Gin-Tonic und wartete, daß etwas passierte. Was aber nicht der Fall war. Schließlich fragte ich sie, was sie von mir wollte. Sie sagte es. Zuletzt gab ich ihr die gewünschte Zusammenfassung. Was ich entdeckt hatte und was ich vorhatte, einschließlich der Vorladung von Sam Green. Letzteres weckte ihr Interesse.

»Haben Sie die Vorladung schon zugestellt?«

»Ja«, log ich.

Sie wirkte wütend und unruhig, aus Gründen, die ich nicht ausloten konnte. Sie saß aufrecht und drückte wieder die Schultern heraus. Sie schien allerhand Energie darauf zu verwenden, sich zu beherrschen. »Ich dachte, Sie hätten verstanden, daß Sie sämtliche Schritte mit Ihrem Büro abklären sollen, bevor Sie etwas unternehmen.«

»Sollte ich das?«

Sie wirkte verärgert wie eine sauertöpfische Lehrerin. »Sie scheinen die Ausmaße des Ganzen nicht verstanden zu haben.«

»Wissen Sie, im Gespräch mit Ihrem Boß hatte ich nicht den Eindruck, als sollten Sie und ich als siamesische Zwillinge auftreten.«

Sie wußte nicht genau, was Woods und ich beredet hatten. Sie gab etwas Boden preis. »Sie zitieren Sam Green aufgrund ziemlich schwacher Beweise hierher nach Washington. Das kann man durchaus als eine Art Schikane bezeichnen.«

Ich dachte an meinen Brieffreund, den einsitzenden Börsenmakler. Ich grinste. »Erzählen Sie's der Bürgerrechtsbewegung. Die haben eine Akte über mich. Sie finden sie unter ›N‹, wie ›Nazi‹.«

Ihre Augen schienen durch mich hindurchzublikken, als wäre ich nicht da. Was offensichtlich ihr Wunsch war. Sie faltete ihre Hände. »Wir müssen diese Situation bereinigen. Ich habe nicht die Zeit, hier herumzusitzen und Ihnen zuzusehen, wie Sie Ihr Ego pflegen. So kann es jedenfalls nicht laufen.«

Ich mußte an Robinsons Freund beim Ausschuß denken, wie er beinahe arbeitslos geworden wäre. Plötzlich wurde mir klar, daß der Tag gar nicht so schlecht gelaufen war; ich wollte diesen Fall nicht verlieren, bevor er überhaupt anfing. »Sehen Sie, Sie müssen ein paar Sachen verstehen. Ich bin eine derartige Aufsicht nicht gewöhnt. Ich halte mich gern an die Fakten, egal, wohin sie mich führen. Jedenfalls ist es reine Routine, wenn ich Sam Green herzitiere, so wie man einen Sittenstrolch nach einem Sexualverbrechen vorführen läßt. Für unsere Verhältnisse ist er ein Knastbruder, und sämtliche Fakten deuten auf ihn hin. Oder wäre es Ihnen lieber, wenn ich Lasko vorlade?«

Letzteres brachte sie eine Sekunde aus der Fassung. Dann tat sie es als müßige Drohung ab. »Nun denn, und wie verstehen Sie dann Ihre Rolle?«

»Ich halte Sie auf dem laufenden, wie gehabt. Wenn etwas Größeres ansteht, sag ich Ihnen Bescheid, bevor ich etwas unternehme. Aber ich kann nicht vor Ihrem Büro rumlungern und auf gute Ratschläge warten wie ein Freigänger bei seinem Bewährungshelfer. So bewirke ich gar nichts.«

Sie war keineswegs besänftigt. »Christopher Kenyon Paget ist ein hübscher Name.« Ihre gemessene Stimme verweilte bei dem »Kenyon«, als verlese sie eine Anklageschrift. Es verriet mir, daß sie meinen Personalbogen gelesen hatte. »Mit so einem Namen nimmt man wohl nicht gerne Anordnungen entgegen. Aber Sie werden es lernen müssen.«

Das reichte mir. »Das Angenehme an Christopher Kenyon Paget« – ich imitierte ihre Aussprache – »ist, daß er seine eigenen Entscheidungen treffen kann.«

Sie traf ihrerseits eine Entscheidung, stellte ihr halb geleertes Glas ab, schnappte sich ihre Handtasche und wollte gehen. »Wie auch immer, ich hoffe, daß die künftige Zusammenarbeit mit Ihnen angenehmer verlaufen wird.«

Wir standen auf und gingen. Dann nahmen wir den Fahrstuhl und liefen zu ihrem Wagen. Sie brach das unangenehme Schweigen lediglich, um mich zu fragen, ob ich nach Hause gefahren werden wollte. Auf dem Weg zu meiner Wohnung schafften wir einen neuen Weltrekord in Kommunikationslosigkeit.

Als wir anhielten, öffnete ich die Tür. »Sie haben vergessen, sich bei mir für den zauberhaften Abend zu bedanken«, sagte ich. Es war selbstironisch gemeint, kam aber falsch heraus, wie alles andere. Sie warf mir einen kalten Blick zu, um mir mitzuteilen, daß sie keine weitere Zeit verschwenden wollte, beugte sich herüber und schloß die Tür.

Ich war von mir begeistert. Paget, der Schlaumeier. Paget, der Charmeur. Paget, der Amateurpsychologe. Ich hatte es mit Mary vermasselt, und wenn ich den Fall behalten wollte, mußte ich lernen, besser mit ihr umzugehen. Wenn es nicht schon zu spät war. Und unterschwellig empfand ich auch ein persönliches Bedauern. Zumindest war sie nicht langweilig. Aber das hatte vermutlich auch mal jemand von Lucretia Borgia gesagt.

Meine Wohnung befand sich im ersten Stock eines an der East Capitol gelegenen, siebzig Jahre alten Wohnhauses aus roten Ziegeln. Mein Vermieter hatte es unlängst entrümpelt, damit er künftig 500 Dollar im Monat kassieren konnte. Die Gegend hatte eine ordentliche Kriminalitätsrate, und ich lief nachts nicht draußen herum. Doch die Bleibe gefiel mir. Der Kamin und die schönen alten Holzdielen waren noch vorhanden. Das Wohnzimmer war groß und verfügte über einen Kronleuchter und mit Läden verschließbare Fenster, von denen aus man auf einen Garten blickte. Außerdem gab es zwei Schlafzimmer und jede Menge Platz für meine Gemälde und Bücher.

Ich öffnete die Tür und stolperte über meinen Tennisschläger. Ich trottete zur Kochnische, schenkte mir achtlos einen Martini ein und steckte eine gefrorene Pizza in den Herd. Ich kippte den ersten Martini und schenkte mir, leichtsinnig gestimmt, einen zweiten ein. Dann holte ich die Pizza aus dem Ofen. Hungrig aß ich sie mit vom Gin desensibilisiertem Geschmackssinn und richtete mich auf einen öden Abend ein. Ich las gerade wieder einmal *Krieg und Frieden,* aber mir stand nicht der Sinn nach Lektüre. Aus lauter Verzweiflung schaltete ich meinen selten benutzten Fernseher ein. Ein besonderer Leckerbissen kam dran, eine Pressekonferenz mit Laskos Freund, dem Präsidenten. Ich empfand weder Abneigung noch Bewunderung. Ich suchte in seinem Abbild nach etwas, das mir entgangen sein mochte. Besonders aufschlußreich waren seine Augen. Er war durchaus selbstsicher, doch gelegentlich zwinkerte er bei einer Frage mit den Lidern, als zweifle er an seiner eigenen Fähigkeit. Ich fragte mich, was der Grund dafür war. Möglicherweise seine in den Medien breit ausgetretene Armut in jungen Jahren. So etwas konnte manche Menschen dazu bringen, daß sie einen Lasko bewunderten und an sich selbst zweifelten.

Ich beschloß, auf seine Worte zu achten. »Und daher gedenke ich in Anbetracht der berechtigten Sorge unserer Bürger, im Kongreß ein Gesetz zur Gewährleistung der Sicherheit auf unseren Straßen und in unseren Wohngebieten einzubringen. Aufgrund meines Studiums der Geschichte bin ich zu der Überzeugung gelangt, daß die Ursache für den Untergang jeder uns vorausgegangenen Zivilisation in deren Mangel an Willen bestand, gegen Verbrechen und Gesetzlosigkeit vorzugehen. Diese Regierung unternimmt bereits Schritte, die Wurzeln der Kriminalität zu bekämpfen – Rassismus, Armut und Entbehrung.« Mißbilligend schüttelte er den Kopf bei diesen Worten. Ich ertappte mich dabei, daß ich mich fragte, wo er sich wohl unter den vier apokalyptischen Reitern einreihen wollte. »Mit der Gewährung von fünf Milliarden Dollar zur Förderung und zum Ausbau der inneren Sicherheit in den Kommunen versprechen wir nun allen Amerikanern, daß sie sich auf ihren Straßen und in den Wohngebieten sicher und unbehelligt fühlen können.«

Ich schaltete den Fernseher aus. Dann trat ich ans Fenster, um nachzusehen, ob das Wohngebiet sicherer wirkte. Ich konnte keinen Unterschied erkennen. In der Ferne heulte eine Polizeisirene. Enttäuscht ging ich zu Bett.

6

Der Tag vor seinem Tod war klar und strahlend.

Ich ging früh ins Büro, schloß die Tür und machte Sam Greens Vorladung fertig. Ich unterschrieb sie gerade, als Marty Gubner anrief.

»Christopher, wie geht's?« Gubners mit einem kräftigen New Yorker Akzent durchsetzte Stimme klang freundlich ironisch. Er war Anwalt und lebte davon, daß er die Leute vertrat, gegen die wir ermittelten. Wir waren gewissermaßen seine Arbeitsbeschaffungsmaßnahme. Gubner und ich mochten einander einigermaßen; wir nahmen unsere Arbeit ernst, pflegten aber einen ungezwungenen Umgang. Schließlich mußten wir miteinander auskommen.

»Bestens, Marty. Weswegen rufst du an? Mir war gar nicht bewußt, daß wir zur Zeit miteinander zu tun haben.«

»Bis heute morgen hab ich's selber nicht gewußt. Wie ich höre, ermittelst du gegen Lasko Devices.«

Ich leugnete es erst gar nicht. »Woher hast du das gehört?«

»Ike Feiner hat Lasko Devices eine Aufforderung zur Offenlegung ihrer Handelsbilanzen zugestellt. Die Aufforderung weist dich als ermittelnden Beamten aus.«

»In Ordnung«, sagte ich. In Gubners Stimme schwang ein seltsamer Unterton mit, unverbindlicher als üblich. Und ich war mir sicher, daß ich mir das nicht nur einbildete.

»Ich rufe im Namen von jemandem an, der über Lasko Devices reden möchte. Er bat mich, ein Zusammentreffen zu vereinbaren.«

»Klar. Um wen handelt es sich?«

»Das kann ich dir jetzt noch nicht sagen.«

Das war eine Premiere. »Du machst Witze«, sagte ich. »Laß mich raten. Ist es Richter Crater?« Das Schweigen war betäubend. »Wie wär's mit Martin Bormann?«

»Ich meine es ernst.«

»Warte mal. Fängt der Name mit einem Konsonanten an?«

»Schau, Chris, ich habe dich angerufen, weil ich dir Informationen zukommen lassen will, und nicht, um mit dir zu flachsen.«

Ich zögerte. Sein Unmut klang echt. »Okay, fangen wir von vorne an.«

»Mein Mann hat unmittelbar mit Lasko Devices zu tun. Als die Aufforderung eintraf, gelangte er zur Ansicht, daß er mit dir reden sollte. Offensichtlich geht dort irgend etwas vor sich, auch wenn er mir am Telefon nicht verraten wollte, worum es sich handelt. Ich fahre heute nach Boston und treffe mich mit ihm.«

»Und warum die ganze Geheimniskrämerei?«

»Ich bin mir nicht sicher. Klar ist, daß er ziemliche Angst hat. Ein Grund, weshalb er seinen Namen nicht preisgeben möchte, ist, daß du ihm so keine Vorladung schicken kannst.«

Auf eine widersinnige Art machte das sogar Sinn, bis auf eine Kleinigkeit. »Und warum rufst du mich jetzt an, wenn er gar nicht sicher ist, ob er mich sehen will?«

»Er will das Ganze schnell hinter sich bringen, wenn er sich zum Reden entschließt. Er steht irgendwie unter Druck; warum, weiß ich nicht.«

»Das klingt aber ziemlich vage.«

Gubner räusperte sich. »Ich habe den Ablauf nicht vorgegeben. Das war er. Ich konnte mich lediglich entscheiden, ob ich ihn vertreten oder ihm sagen sollte, er solle in seiner Angelegenheit zu jemand anderem gehen. Habe ich aber nicht, aus persönlichen Gründen. Willst du dich nun mit ihm treffen oder nicht?«

Ich wurde immer neugieriger. »Was genau hat denn dein mysteriöser Klient im Sinn?«

»Du sollst dich morgen um halb drei am Boston Common mit uns treffen, es sei denn, du hörst anderweitig von uns.«

Meine Bereitschaft überraschte mich selbst. »Erkenne ich dich am Trenchcoat und der Sonnenbrille?«

»Wir treffen uns in dem an der Commonwealth Avenue gelegenen Bereich. Im Public Garden. Soweit ich weiß, kennst du dich in Boston aus.«

»Das ist richtig.«

Die Frage hing in der Luft. Schließlich fragte er: »Du wirst dich also mit ihm treffen?«

»Ja.«

Ich hörte ein leises Ausatmen. »Vielen Dank, Chris. Ich weiß das zu schätzen. Bis morgen dann, hoffentlich.« Er klang erleichtert. Ich fragte mich, welche Beziehung er zu seinem namenlosen Mandanten hatte. Dann verabschiedete ich mich und legte auf.

Ich saß da und dachte nach. Merkwürdig, wie sich die Sache entwickelte. Ich ging Robinson besuchen und berichtete ihm von Gubners Anruf.

»Hast du McGuire Bescheid gesagt?« fragte er.

»Noch nicht. Ich wollte erst mal nachdenken, wie ich's ihm beibringen kann.«

»Er wird nicht besonders begeistert sein.«

»Möglicherweise. Wie würdest du dich verhalten?«

Er dachte einen Augenblick nach. »Ich würde hinfahren. Es ist ziemlich kitzlig, aber du hast nichts zu verlieren.«

Irgend etwas stieß mir sauer auf, ohne besonderen Grund. »Unser Offenlegungsbescheid an Lasko bezieht sich nur auf Einsichtnahme in Unterlagen über Aktientransaktionen. Sie betrifft nicht den finanziellen Kram – beispielsweise die Bücher und Bilanzen oder die Unterlagen der externen Wirtschaftsprüfer zur jährlichen Revision. Glaubst du, du könntest einen weiteren Offenlegungsbescheid entwerfen, damit ich da rankomme?«

Robinson betrachtete seine Fingernägel. »Sicher. Aber eigentlich hast du keinerlei Grund, in den Bilanzen der Firma herumzuschnüffeln. McGuire könnte es dir untersagen – von Woods gar nicht zu sprechen.«

Woods' Name erinnerte mich wieder an Mary Carelli. »Ich werd mir schon was einfallen lassen.«

Robinson lächelte mich skeptisch an. »Okay. Ich beneide dich nicht um deine Aufgabe. Ich schicke den Offenlegungsbescheid heute nachmittag noch raus. Vielleicht solltest du anstandshalber Feiner anrufen, und sei es auch nur um des Falles willen. Du könntest sein einziger Lichtblick sein«, fügte er trocken hinzu, »aber Feiner vergißt nur zu leicht, wie dankbar er dir eigentlich sein sollte. Vielleicht hast du schon die kleinen Messer im Rücken gespürt.«

Ich zuckte die Achseln. »Das hier sollte unschätzbar wichtig sein.« Robinson lächelte wieder leicht, als ich aus der Tür ging.

Feiner saß in seinem mit Büchern überladenen Zimmer. Er blickte wie ein Polizist, der einen tollwütigen Hund einfangen soll. So etwas wie mich hatte er eindeutig noch nicht erlebt, und dabei hatte er sich am Fall Lasko bereits die Finger verbrannt. Ich setzte mich gegenüber einer Büste von Martin Luther King hin, die Feiner in sicherem Zeitabstand zu den sechziger Jahren erworben hatte. »Ich muß nach Boston fahren.«

Feiner dachte darüber nach. »Weshalb?«

Ich erklärte es ihm. Er schnitt eine Grimasse. »Da sollten Sie lieber Joe fragen. Ich halte mich da raus.«

»Ich verstehe, wie Ihnen zumute ist«, sagte ich mit nur allzu verständnisvollem Unterton.

Feiner wirkte verärgert. »Fälle wie dieser sollten von oberster Stelle geleitet werden.«

Vielleicht sollte ich mir das aufschreiben, dachte ich. Statt dessen ging ich.

McGuire war allein, als ich seine Tür aufriß. Er blickte mit verkniffenen Augen auf, als sei er überrascht, mich zu sehen.

Dann fiel ihm wieder ein, daß er über meine Schritte unterrichtet werden wollte. Also erzählte ich ihm von Sam Green, unterschlug aber meinen Krach mit Mary Carelli. McGuire segnete Sam Greens Vorladung ab. Dann weihte ich ihn in Gubners Anruf ein. Er legte die Füße auf den Schreibtisch, faltete die Hände und hörte zu.

»Das ist doch lächerlich«, sagte er schließlich.

Ich hatte das Gefühl, mich verteidigen zu müssen. »Genau das habe ich Marty auch gesagt. Trotzdem – ich würde gern etwas Druck machen und sehen, was dabei rauskommt.«

McGuire verzog den Mund zur einen Seite. »Diese Heimlichtuerei am Boston Common –« Er wedelte wegwerfend mit dem Arm und ließ die Andeutung für sich selbst sprechen.

Ich nutzte die Gunst der Stunde. »Gubner ist kein Idiot. Und selbst wenn es Schaumschlägerei ist, haben wir lediglich einen Tag vergeudet.«

»Und das Geld des Steuerzahlers«, versetzte er.

Das hatte noch gefehlt. »Ich wußte gar nicht, daß Sie der Sparsamkeitsapostel der Regierung sind«, sagte ich.

»Wir dürfen wegen so etwas keine öffentlichen Gelder verschwenden.«

»Herr im Himmel, Joe, wenn Ihnen das Geld der Steuerzahler wirklich am Herzen läge, müßten Sie an die Hälfte aller Staatsbediensteten in der Stadt Zyankalitabletten verteilen. Mal ernsthaft, wie wollen Sie es denn rechtfertigen, wenn wir hier nichts unternehmen?«

»Wenn was schiefgeht, geht's um meinen Arsch, nicht um Ihren«, knurrte er.

Das kommt der Sache schon näher, dachte ich. »Auch wenn's um meinen Arsch ginge, würde ich's machen, Joe.«

McGuire faltete erneut die Hände und starrte sie dann wie beim Gebet an. Er blickte auf.

»Okay. Sagen Sie mir Bescheid, wenn Sie auf etwas stoßen.«

Erstaunt über das Zugeständnis, wartete ich auf mehr. Es kam nichts weiter. Ich fühlte mich, als hätte ich wegen Absage des Gegners gerade in Wimbledon gewonnen. Das schien mir bei weitem zu einfach. Ich kam da nicht ganz mit.

Als nächstes versuchte ich, McGuire für einen Offenlegungsbescheid von Laskos Bilanzen zu gewinnen. Das Vorhaben schien ihn aufzuwecken. »Dieser Bescheid wird auf keinen Fall abgeschickt. Dafür gibt es keinerlei Rechtfertigung.«

McGuire bedachte mich mit seinem entschlossensten *Newsweek*-Blick, gegen den kein Einspruch möglich war. Deutlicher ging es nicht. Ich sah McGuire frustriert an und überlegte, wie ich ihn umgehen konnte. Ich war bereits auf dem Weg nach draußen, als mir eine Lösung einfiel.

Ich ging in mein Büro zurück und rief Mary Carelli an. Sie meldete sich nach dem dritten Klingeln.

»Mary«, sagte ich, »Chris Paget hier. Welche Entschuldigung wäre Ihnen denn am liebsten?«

7

Mary Carelli wohnte in Georgetown. Also ging ich um etwa Viertel vor sechs nach Hause, duschte und zog eine Kordhose und ein blaues, verblichenes Arbeitshemd an. Dann stieg ich in mein Auto und fuhr viel zu schnell in Richtung Kennedy Center, wobei ich die Tasten meines Radios durchprobierte, bis ich einen einigermaßen erträglichen Sender gefunden hatte. Dann langte ich unter den Sitz und tastete nach der kleinen Zellophantüte mit Gras. Alles da.

Das kleine Ritual amüsierte mich. Ich klammerte mich an ein Überbleibsel meiner Studentenzeit, wie eine alte Frau, die mit ihrem Poesiealbum spielt. Ich fragte mich, wie viele meiner Freunde es wohl genauso machten – den Job für ein paar Stunden ausblenden, Bluejeans anziehen und ein bißchen großartiges kolumbianisches Dope paffen, das sie bei ihrem Nachbarn geschnorrt hatten. Wobei man einer Wahrheit trotzdem nicht entgehen konnte: daß man letztlich doch wie Mutti und Vati geworden war. Ich fuhr den Waterside Drive hoch und auf die Massachusetts, vorbei an den Botschaften. Ich stellte das Radio laut und konzentrierte mich bis zur Wisconsin voll auf den Beat. In Georgetown angelangt, war ich wieder allein.

Mary hatte sich im Untergeschoß eines zweistöckigen alten Ziegelhauses an der R Street eingemietet. Es war der gute Teil von Georgetown, wo man noch parken konnte, fernab vom Spektakel an der M Street. Das Haus selbst war mindestens hundert Jahre alt und stand inmitten friedlicher und um ein gutes Stück älterer Eichen, die den dezenten Duft von Geld und gutem Geschmack absonderten.

Mary trug eine weiße Hose, eine grüne Bluse und zeigte ein richtiges Lächeln. »Ich gehe ein ziemliches Risiko ein, indem ich mich mit Ihnen treffe. Am Telefon klingen Sie eigentlich ganz nett.«

»Ich weiß. Bei meiner Krankheit handelt es sich um unheilbare Klugscheißerei. Eines Tages werde ich dran sterben.«

Sie wirkte amüsiert. »Das könnte durchaus passieren. Trotzdem, Ihre Einladung ist Entschuldigung genug. Ich bin selbst auch etwas über das Ziel hinausgeschossen.«

»Dann sagen wir doch einfach, wir sind quitt, und fangen von vorne an.«

Wir stiegen ins Auto und brachen einmal mehr zur Terrasse des Washington auf. In der Stadt gab es nur wenige Bars, wo man im Freien sitzen konnte, und eine angenehme abendliche Brise kühlte die Luft. Wir bestellten wieder zwei Gin-Tonic und schauten über die Stadt.

Mary lächelte. »Da wären wir also wieder«, sagte sie und griff nach ihrem Drink. Ihrer Körpersprache nach zu urteilen, gewährte sie mir Amnestie. Sie blickte mich an. »Sie sind heute abend ziemlich schweigsam. Passiert das immer, wenn Ihnen die schlauen Sprüche ausgehen?«

Ich grinste. »Ich hab mein ganzes Leben lang vertuscht, daß ich verteufelt dämlich bin. Ziemlich scharfsinnig, daß Sie mir so schnell auf die Schliche kommen.«

Sie warf mir ein prüfendes Lächeln zu. »Der Ausschuß scheint voller Leute zu sein, die so gut wie nichts über Sie wissen.«

Ihre Stimme hatte einen leicht herausfordernden Unterton. Ich gab den Ball zurück. »Haben Sie sich über mich schlaugemacht?«

»Ein bißchen. Zwischen College und Jurastudium waren Sie zwei Jahre lang Reporter, angeblich ein guter. Warum haben Sie aufgehört?«

»Es war nur eine Übergangslösung. Na ja, jedenfalls war ich Polizeireporter – habe mit Straßenraub angefangen und mit Mord aufgehört. Nach kurzer Zeit bin ich nur noch Leichen begegnet. Als ich mich schließlich wie ein Pathologe gefühlt habe, wußte ich, daß es Zeit für etwas anderes war.«

»Sind Sie deshalb so ein Zyniker geworden?«

»Sehen Sie sich doch mal um«, sagte ich achselzukkend. »Und was haben Sie sonst noch in Erfahrung gebracht?«

»Daß viele Leute Sie für den besten Juristen halten, den McGuire hat. Daß Sie einige Leute für lange Jahre ins Gefängnis gebracht haben. Und daß Sie Ihre eigenen Wege gehen. Anscheinend weiß niemand viel über Sie – persönlich jedenfalls.«

Ich hatte ihr zugehört. Ihre Redeweise hatte eine beinahe mediterrane Eindringlichkeit an sich, so als habe sie einst unter Menschen gelebt, die mit viel Gefühl redeten, und sich dann die höfliche Ausdrucksweise der Oberschicht angeeignet. Der Gedanke war interessant. Sie ebenfalls.

»Wie war ihr Ehemann?« fragte ich.

»Frank?«

»Hieß Ihr Mann Frank?«

Sie nickte, nahm einen Schluck von ihrem Drink und sah mir in die Augen. »Was finden Sie daran so komisch?«

»Tut mir leid, Mary. Ich habe einen Namenstick. Ich kann mir einfach nicht vorstellen, daß Sie mit jemandem namens Frank verheiratet waren.«

Ein angedeutetes Lächeln. »Sieht so aus, als könnte ich es auch nicht.«

»Was ist passiert?«

Sie strich sich die schwarzen Haare aus dem Gesicht. »Ich glaube nicht, daß ich dieses Thema vertiefen möchte.«

Ich grinste. »Sie unterhalten sich lieber über den Wohlklang meiner Vornamen.«

»Sie sind ein arroganter Mistkerl, nicht war?« stellte sie mit ausdrucksloser Stimme fest.

Ich versuchte sie abzulenken. »Aber ich bin nicht mein Lieblingsthema.«

»Warum nicht?«

Wie viele Gründe möchtest du denn hören, dachte ich. »Weil Selbstanalyse langweilig ist. Weil das meiste, was einem die Leute von sich erzählen, Quatsch ist.« Ich mäßigte meinen Tonfall. »Und wie war Frank?«

Sie zog die Stirn in Falten, als wolle sie sich eine Zusammenfassung zurechtlegen. »Frank war ein braver katholischer Junge. Wir haben zusammen Jura studiert. Er war sehr klug und sehr ernsthaft. Ich dachte, wir kämen gut miteinander aus. Aber sobald wir verheiratet waren, brach seine alte Natur wieder durch. Ich sollte zu Hause bleiben und Kinder kriegen.« Ihr Tonfall wurde spröde.

»Er sagte, ich könnte meine Ausbildung auch daheim gebrauchen. Ich nehme an, er hat gedacht, ich sollte mit Obstflecken auf der Bluse und Babybrei in den Haaren daheim herumhocken und Kindern das Verfassungsrecht beibringen. Ich habe ihm erklärt, derartige Vorstellungen seien mit den Hula-Hoop-Reifen verschwunden. Und damit fing es an.«

»Ich entnehme dem, daß Sie niemals dazu gekommen sind, Frank junior zu bemuttern.«

Sie schüttelte den Kopf. »Ich bin nicht mal dazu gekommen, Frank zu bemuttern.«

»Wann war der Schlußpunkt erreicht?«

»Als wir anfingen, miteinander zu streiten, schien auch alles andere schiefzugehen. Dazu kam, daß ich ihm immer weniger von mir erzählte. Ich habe ein sehr reiches Innenleben entwickelt«, sagte sie mit ironischem Unterton, »in dem Frank nicht vorkam. Und jedesmal, wenn er mich haben wollte, konnte ich Kinder unter dem Bett herumtoben hören.« Sie hielt inne. »Ich denke, Sie wissen schon, daß Sie ein Voyeur sind. Einer, der zuhört. Mögen Sie Ihren Job deshalb?«

»Wer sagt denn, daß ich meinen Job mag?«

»Sie selbst. Indem Sie mit mir darüber streiten.«

Wir bestellten eine neue Runde und blickten hinaus ins schwindende Tageslicht. Ich wandte mich wieder Mary zu. »Drücken wir es mal so aus: Ich mag manche Bereiche in meinem Job.«

Sie warf mir einen amüsierten Blick zu. »Sie und McGuire scheinen eine nette Beziehung zu haben.«

»Ja, eine sehr warme. Er hält mich für den Sohn, den er nie hatte.« Ich sah meine Chance. »Ich habe heute nachmittag übrigens mit Joe darüber gesprochen, daß wir Lasko Davices einen Bescheid zur Offenlegung ihrer Bilanzen zuschicken wollen. Ich war der Meinung, so was sollte erst von Chairman Woods abgesegnet werden.« Ich erwähnte vorsorglich nicht, was McGuire von dieser Idee hielt.

»Warum bereden Sie das nicht morgen mit ihm?«

Das war ein Thema, das ich zu vermeiden gehofft hatte.

»Kann ich nicht. Ich bin morgen in Boston.«

»Wegen diesem Fall?«

Ich versuchte, schnell zu schalten. »Ja, ich treffe mich mit einem Anwalt, der sagt, er hätte ein paar wissenswerte Dinge auf der Pfanne. Ein Mann namens Gubner.« »Warum haben Sie mir das nicht gesagt?« Ihr Tonfall kühlte sich mit einem Mal merklich ab.

»Hab ich doch gerade. Gubner hat mich erst heute angerufen. Ich habe keine Ahnung, was Sache ist, aber sobald ich's weiß, sag ich Ihnen Bescheid.« Vielleicht.

»Wo wollen Sie sich mit ihm treffen?«

»Unser Büro in Boston scheint mir der geeignete Ort.« Ich beschloß, das Gespräch in Gang zu halten. »Die ganze Sache ist mir im Grunde selber etwas rätselhaft.«

»Und was soll die Offenlegung von Laskos Büchern bringen?«

»Im Grunde genommen ist es nur so eine Idee. Ich bin der Meinung, wir sollten diese ganzen Bereiche auf einmal abkämmen und uns dann etwas anderem zuwenden, wenn da nichts ist.«

Sie nickte. »Ich werde morgen früh mit Jack Woods reden.«

Wir leerten unsere Gläser und gingen etwas essen. Auf dem Weg zum Auto spürte ich eine leichte Berührung am Ellbogen – Marys Fingerspitzen. Als wir eingestiegen waren, wandte sie sich mir zu.

»Sie haben mich nach Frank gefragt. Waren Sie schon mal verheiratet?«

»Nein.«

»Beinahe?«

»Ich nehme an, beinahe war's jeder schon mal.«

»Verheimlichen Sie auch Ihre Größe und Ihr Gewicht?«

Ich lächelte. »Ich sollte Ihnen einfach meinen Lebenslauf schicken. Wie auch immer, beim Militär hat man mir gesagt, ich wäre etwa eins dreiundachtzig groß und siebenundsiebzig Kilo schwer.« Ich steuerte den Wagen auf die Pennsylvania Avenue.

»Sie waren beim Militär?« Sie klang überrascht.

»Ja, war ich. Ich war Leutnant der Infanterie. Ich hatte eine niedrige Losnummer und mußte während des Jurastudiums ins Reserveoffizierscorps einsteigen, um der Einberufung zu entgehen. Glücklicherweise war ich zum Schluß ein ausgebildeter Mörder ohne Opfer. Sie behielten mich drei Monate lang in Fort Benning und ließen mich dann ziehen.«

»Wie war es?«

»Ich habe das meiste verdrängt. Ich kann mich nur noch an einen armen Kerl erinnern, der eines Mittags am Hitzschlag gestorben ist, als er nach irgendeinem Eintopf anstand, der wie Hundescheiße aussah. Ich wollte immer den Brief sehen, den sie seinen Eltern geschrieben haben.«

»Meinen Sie das ernst?«

»Das mit dem Hitzschlag? Vollkommen ernst.«

»Ich konnte nie mit dem Tod umgehen.« Ihre Stimme hatte einen seltsam kalten Beiklang, so als ginge sie damit um, indem sie nicht darüber nachdachte.

»Ich nehme an, jeder hat so seine Schwierigkeiten.« Ich jedenfalls hatte ziemliche Schwierigkeiten, mich in ihre Persönlichkeit einzufühlen. Ihre Selbstbeherrschung war zwar einer ironischen Offenheit gewichen, aber trotzdem gab sie so gut wie nichts von sich preis.

Ich hielt an einem Laden an der Connecticut und besorgte einen Achterpack Bier; anschließend fuhren wir zu dem Restaurant. Der kahle und grell ausgeleuchtete Bangkok Room verfügte über einige Sitznischen und Formica-Tische in den Ecken. Das Essen war gut bis großartig. Und es war würzig und billig. Ich erklärte es Mary, während ich feierlich zwei Bierbüchsen aufriß, und fügte hinzu, daß der Bangkok Room keine Schanklizenz für alkoholische Getränke hatte. Sie nahm die Büchse und hob sie an die Lippen.

»Sie lachen mich aus«, sagte sie.

»Wenn Sie's genau wissen wollen: Ich lache, weil nur wenige Frauen so stilvoll aus einer Bierbüchse trinken können. Übrigens, Sie haben mir nie erzählt, was Sie vor Ihrem jetzigen Job gemacht haben.« Was auch stimmte; Robinson hatte es mir erzählt. »Oder haben Sie sich der trauten Zweisamkeit mit Frank hingegeben und seine Hemden gebügelt?«

Sie warf mir einen mäßig feindseligen Blick zu. »Nun, offenbar finden Sie Frank um einiges komischer als ich. Ich war beim Wirtschaftsausschuß des Senats angestellt, habe hauptsächlich Gesetzentwürfe bearbeitet.« Und Skalps gesammelt, fiel mir wieder ein. »Das war meine erste Anstellung. Ich komme direkt von dort.«

»Haben Sie hier in der Stadt studiert?«

»Nein. In Chicago.«

»Was hat Sie hierher verschlagen?«

Sie krümmte die Schultern. »Ich habe mich für Politik interessiert. Warum sind Sie hierher gekommen?«

Ich überlegte kurz, wie weit ich bei der Wahrheit bleiben sollte, und entschied mich für ein gesundes Mittelmaß. »Ich dachte, ich könnte etwas bewirken. Die Wirtschaftskriminalität bekämpfen und all das.«

»Haben Sie sich jemals für Politik interessiert?«

»Ja, sehr sogar. Aber ich habe damit aufgehört.«

»Wann?« Ihre Augen verrieten mir, daß die Frage wichtig für sie war; sie waren wieder im Dienst, taxierten mich.

»Etwa um achtundsechzig. Halten Sie die Politik immer noch für wichtig.«

»Ja, für sehr wichtig sogar.«

»Warum?«

Ihr Antwort klang unduldsam. »Weil es auf die Regierung ankommt, immer mehr sogar. Und derjenige, der in der Regierung das Sagen hat, bestimmt darüber, wie die Menschen leben. Man braucht die richtigen Leute, die die entsprechenden Vorgaben liefern. Und viele andere, die für die Organisation des Ganzen sorgen.«

Ihre Augen wirkten kampflustig; die sorgsam modulierte Stimme war tief und eindringlich. Ich kam zu dem Schluß, daß das Gespräch etwas Auflockerung vertragen konnte.

»Ich möchte mich für meine Frotzeleien über Frank entschuldigen. Er hätte Lance oder Errol heißen sollen. Jedenfalls sollte ich mich glücklich schätzen, daß ich keine Ex-Frau habe.«

Jetzt lächelte sie wieder. »Sie haben recht. Wahrscheinlich sind Sie von den Frauen verwöhnt worden, die Sie kannten.«

Das Essen kam. »Passen Sie auf, Mary. Es ist scharf.«

Ich reichte ihr noch ein Bier.

»Und? Sind Sie verwöhnt worden?«

»Ich weiß nicht. ›Verwöhnt‹ ist ein dehnbarer Begriff. Mir kommt es jedenfalls etwas archaisch vor, so ähnlich wie ›Gefährtin‹ oder ›kleine Frau‹ – ich glaube, Sie verstehen, was ich meine.«

Sie lächelte, bevor sie den ersten Bissen von ihrem Essen nahm. »Wissen Sie, es ist schon großartig, wie Sie Fragen ausweichen«, sagte sie, während sie nach dem Bier griff.

»Ich glaube, Sie haben recht. Das muß an meinem Beruf liegen. Eine Menge Fragen stellen und keinerlei Auskunft geben.«

Sie schüttelte den Kopf. »Bei Ihnen hat das andere

Gründe«, fing sie an, ließ das Thema dann aber abrupt fallen. »Wie sind Sie auf diesen Laden gestoßen?«

Also erzählte ich es ihr. Die Geschichte von meinem verrückten Freund aus dem College, der sich immer zukiffte und dann hierher kam und die Befreiung von Thailand plante. Und ein paar weitere Geschichten, während wir weiter aßen und das Bier niedermachten. Langsam taute sie auf und erzählte mir ein paar lustige Sachen von Frank. In ziemlich gelöster Stimmung fuhren wir zurück nach Georgetown. Mary räkelte sich mit ausgestreckten Beinen auf dem Beifahrersitz. Die ganze Fahrt über plauderten wir locker miteinander.

Ich parkte den Wagen und brachte sie zur Tür. Sie sperrte auf, drehte sich um und blickte mich an. »Ich würde Sie ja gerne hereinbitten, aber es ist schon spät.«

Verwirrt wie ein Oberschüler stand ich da. »Beim nächsten Mal.« Ich dachte über einen eleganten Schlußsatz nach.

»Rufen Sie mich wegen dem Offenlegungsbescheid an Lasko aus Boston an.«

Ich nickte, als sie mir plötzlich die Hand in den Nacken legte und mein Gesicht an ihres zog. Ihr Mund fühlte sich gut an; ihre Finger spielten mit den Haaren über meinem Kragen. Dann lösten sie sich, und sie wich mit einem leichten, amüsierten Lächeln zur Tür zurück. »Gute Nacht, Christopher Kenyon«, sagte sie und schloß leise die Tür hinter sich.

Ich fuhr nach Hause und packte meinen Koffer für Boston.

8

An dem Tag, an dem er ermordet wurde, war ich in Boston.

Ich landete gegen Viertel vor zwölf am Logan Airport und hatte somit noch fast drei Stunden Zeit. Ich stieg aus dem Flugzeug, stopfte etwas Kleingeld ins Telefon und hoffte, daß noch keine Mittagspause war. Mary war in ihrem Büro. Ja, sagte sie, Woods hatte sein Okay zu dem Offenlegungsbescheid an Lasko gegeben. Ob sie mich, falls nötig, später im Bostoner Büro erreichen könne? Ich wüßte es noch nicht, sagte ich ausweichend. Okay, dann würden wir uns eben nach meiner Rückkehr treffen. Alles ganz professionell. Ich hatte alles, was ich wollte, und hängte ein.

Ich rief in unserem Bostoner Büro an. Sie wollten den Offenlegungsbescheid abholen und ihn der Firma noch diesen Nachmittag präsentieren. Ich ging zur Gepäckausgabe, holte meinen Koffer und besorgte mir ein Taxi.

Es war erst Viertel nach zwölf. Also mietete ich mich im Ritz-Carlton ein, hinterließ den Offenlegungsbescheid an der Rezeption und ging einsam und allein zum Mittagessen. Während des Essens dachte ich über die Einsamkeit nach. Das dauerte bis Viertel nach zwei. Dann schnappte ich mir wieder ein Taxi, gesteuert von einem bärtigen Harvard-Aussteiger, der tagsüber in Quizsendungen auftrat und sich so etwas Geld dazuverdiente. Er setzte mich an der Arlington

Avenue ab, vor dem Common und direkt gegenüber vom Hotel.

Der weitläufige Rasen des Common war noch immer von einem schwarzen Eisenzaun umgeben. Ich ging durch das Eisentor in den Public Garden. Ziellos schlängelte sich der Asphaltweg unter Eichen und zwischen Gras und Blumenbeeten hindurch. Ich hielt Ausschau nach Gubner. Doch niemand befand sich zwischen mir und den auf einem weiter hinten liegenden Teich treibenden Schwänen. Der Garten schien leblos, kalt und düster. Ich wandte mich ab.

Dann entdeckte ich Gubner, der etwa dreißig Meter von mir entfernt auf einer Holzbank saß. Er war allein. Ich ging auf ihn zu. Gubner saß wie erstarrt da und wirkte so unwirklich wie die Schwäne. Aber er stand auf, als ich zur Bank kam. Sein Handschlag war fest, doch das Lächeln war weniger fröhlich als sonst. Er wirkte blaß und mitgenommen, als habe er gerade einen Nierenhaken einstecken müssen.

»Hallo, Chris.«

»Hallo, Marty.« Ich blickte an ihm vorbei. »Wo ist dein Freund?«

»Drüben im Ritz.« Er hatte die Hände in die Taschen gesteckt und stand leicht gebeugt da, als wolle er sich gegen eine unsichtbare Bedrohung wappnen. »Ich würde vorher gerne mit dir reden«, sagte er mit flacher, tonloser Stimme.

»Die Bank hier sieht doch einigermaßen gut aus.« Ich setzte mich vorsichtig hin und hatte dabei irgendwie das Gefühl, einer Verpflichtung nachzukommen.

Nun starrte Gubner zu den treibenden Schwänen.

»Bringen wir's hinter uns«, sagte ich.

Er wandte sich mir zu. Er wirkte ziemlich erschöpft.

»Sein Name ist Alexander Lehman«, begann er. »Wir kennen uns seit zwanzig Jahren, und um es dir gleich zu sagen, er ist mein bester Freund. Ich war bei seiner Hochzeit, und da ist noch mehr. Nichts, auf das du auch nur einen Dreck geben würdest. Aber er ist auch Finanzchef bei Lasko Devices. Sieht so aus, als wäre er in ein paar ziemlich üble Sachen verwickelt. Und du bist im Begriff, ihm dabei zu helfen, sich die eigene Kehle durchzuschneiden.«

»Wie das?«

Gubners Züge wurden hart. »Der Offenlegungsbescheid, den deine Jungs losgeschickt haben, hat ihn zu Tode erschreckt. Deshalb will er sich jetzt auskotzen. Und wenn ihr Geier mit ihm fertig seid, steht er ohne Job da – ohne berufliche Perspektiven und vielleicht auch ohne Ehefrau.«

»Ich mache nur meine Arbeit. Ich habe deinen Knaben nicht gebeten, sich auf üble Sachen einzulassen. Und ich habe auch nicht um dieses kleine Palaver hier gebeten.«

»Leck mich, Chris«, sagte er emotionslos.

Ich ließ es ihm durchgehen. »Schau, Marty. Tut mir leid, daß dein Freund in der Tinte sitzt. Aber im nachhinein zu lamentieren nützt gar nichts. Sorg dafür, daß ich alles erfahre, was er weiß, und ich versuche ihm zu helfen.«

Gubner sah mich mit trübem Blick an. »Du kannst nicht für McGuire sprechen.«

»Möchtest du's lieber ihm erzählen?«

Er schüttelte den Kopf. »Nein. Ich möchte, daß du den Boten spielst. Leute daran erinnerst, daß er bei der Sache geholfen hat.«

»Ich bilde mir erst ein Urteil, wenn ich seine Geschichte höre.«

»Wie steht's mit Immunität für eine Zeugenaussage?« Es war ein Vorstoß, auch wenn seine Stimme nicht gerade hoffnungsvoll klang.

Ich schüttelte den Kopf. »Verdammt schlechte Karten, Marty. Sonst noch was?«

»Nein, er soll es dir selbst erzählen. Den Großteil höre ich wahrscheinlich sowieso zum ersten Mal.«

Ich war überrascht. »Wieso läßt du ihn reden, bevor du überhaupt weißt, was er sagen will?«

Gubner blickte ins Leere. »Herrgott, ich würde ihn am liebsten erschießen. Aber er ist da irgendwie eigen – er will's lieber der Regierung mitteilen. Sagt, er möchte nicht, daß ich zwischen die Fronten gerate.«

»Bereit?« fragte ich. Wortlos stand Gubner auf. Wir hingen beide unseren Gedanken nach, während wir hinüber zum Ritz gingen. Ich fragte mich, wo Gubners wissender Zynismus geblieben war.

Die Bar des Ritz war ein angenehm sanft beleuchteter Raum neben dem Foyer, so unauffällig wie ein grauer Nadelstreifenanzug und so verschwiegen wie ein Banktresor. Die Marmortische waren auf ein großes Fenster hin konzentriert, durch das man auf den Park sah. Die Mehrzahl der Tische war frei. In einer Ecke waren zwei Männer mittleren Alters in ein Gespräch vertieft. Beide trugen graue Anzüge, und sie redeten so ernsthaft und aufmerksam miteinander, wie es nur Männer tun, die Geldangelegenheiten besprechen. Ich mochte den Laden normalerweise. Doch heute wirkte er trübselig. Ich erwartete beinahe, Lehman aufgebahrt auf einem Tisch liegen zu sehen.

Doch Lehman war durchaus noch lebendig. Gubner geleitete mich zu einem Mann, der mit zum Fenster gewandtem Gesicht dasaß. Ich fühlte mich unwohl, als ich mich dem Tisch näherte. Es schien mir der falsche Ort für unsere Angelegenheit zu sein. Lehmans ungesunde Rückenhaltung schien das nur zu unterstreichen.

Ich stand vor ihm. Ich hatte mir Alexander Lehman

groß und schlank vorgestellt. In Wirklichkeit war er klein und blaß, hatte braune Haare und wirkte so knabenhaft rundlich wie die Figuren in einem Bilderbuch für Kinder.

»Mister Lehman?«

»Sie müssen Mister Paget sein.« Er sagte dies so hoffnungslos traurig, als habe man ihm gerade mitgeteilt, daß er unheilbar erkrankt sei. »Setzen Sie sich bitte.« Die Stimme paßte zum Gesicht; es wirkte frisch und jugendlich. Doch beim zweiten Hinsehen entdeckte man etwas Älteres, so als sehe man zu, wie ein Zeitungsjunge erwachsen und immer enttäuschter wird. Seine blauen Augen wirkten so traurig, als habe das Leben sie ausgeblichen. Wir setzten uns.

Er sah mich mit prüfendem Blick an. »Hat Marty Ihnen die Situation erklärt?«

»Nur ganz allgemein. Jetzt sind Sie am Zug.«

»Ich wünschte, ich wäre jetzt an Ihrer Stelle.«

Lehman schien sich um seine Schwierigkeiten herummogeln zu wollen. Ich wartete. Ich bemerkte, daß er lange Finger hatte, mit denen er nervös auf den Tisch trommelte.

»Ich erwarte nicht, daß Sie verstehen, wie ich da hineingeraten bin«, sagte er schließlich.

»Ich kann zuhören, Mister Lehman.« Anscheinend war ich der Auserwählte, dem Lehman persönlich Rechenschaft ablegen wollte. Ich war ganz und gar nicht für die Rolle geeignet; aber ich begriff, daß er ein einsamer Mann war.

»Ich wußte, was Lasko tat, als er mich einstellte. Das ist das Schlimmste. Ich hatte Schulden, und mein Betrieb war pleite gegangen. Ich hatte meinen alten Job aufgegeben und in New Jersey eine Schnellimbißkette gegründet, die nicht so recht laufen wollte. Borgte mir von meinen Schwiegereltern zehntausend Dollar. Das war vor etwa zwei Jahren. Ich war also bankrott und ohne Job. Er kam durch irgendeine Führungskräftevermittlung auf mich. Als ich nach Boston kam, ging Lasko mit mir meine Finanzen durch. Die interessierten ihn mehr als meine Qualifikationen. Dann bot er mir einen Job an. Sie können ja sehen, was daraus geworden ist.« Er brach plötzlich ab, als verrichte er gerade eine schmutzige und unangenehme Arbeit.

Ich hatte so eine Ahnung, was daraus geworden war, sagte es aber nicht. Statt dessen wählte ich ein paar nichtssagende Worte. »Ich wäre Ihnen dankbar, wenn Sie uns das näher erklären würden.«

Lehman warf mir einen unsicheren Blick zu. Leise mischte sich Gubner ein. »Fahr fort, Alex.«

Lehman nickte langsam. »Meine Frau hatte Angst. Teufel, ich hatte auch Angst. Ich war mittleren Alters, aufgrund geschäftlichen Versagens pleite gegangen, hatte zwei Kinder.« Allmählich kam er in Schwung. »Lasko drängte mich, nach Boston zu kommen. Er bot mir sogar an, mir Bargeld zu leihen und für ein Darlehen zu bürgen. Und wie gesagt, ich schuldete meinen Schwiegereltern zehntausend Dollar. Haben Sie Ihren Schwiegereltern schon einmal Geld geschuldet?«

»Ich bin nicht verheiratet.«

»Teufel, lieber würde ich der Mafia Geld schulden. Die bringen einen vielleicht um, aber man muß nicht mit ihnen am gleichen Tisch sitzen.« Er blickte mich an, um sich davon zu überzeugen, ob der kleine Scherz angekommen war. Allmählich bekam ich Zugang zu ihm. Sein ganzes Leben lang war es ihm darum gegangen, was andere Menschen von ihm hielten. Jetzt gehörte ich auch zu ihnen.

»Der Haken am Totsein, Mister Lehman, ist, daß man keine Zukunft mehr hat.«

Sein Lächeln war freudlos. »Deshalb griff ich zu. Ich

nahm den Job an und zog nach Boston. Dann nahm ich das Darlehen. Lasko drängte mich, ich sollte mir ein Haus kaufen, und so habe ich es auch getan. Ein hübsches, altes weißes Fachwerkhaus in Newton. Meine Familie war begeistert. Tja, und so war ich dann Finanzchef bei Lasko Devices und hatte ein Haus in Newton.« Seine Mimik ließ nicht darauf schließen, daß er damit das große Los gezogen hatte.

Plötzlich fiel mir etwas ein. »Mister Lehman, waren Sie derjenige, der letzte Woche McGuire angerufen und ihm von der Aktienmanipulation erzählt hat?«

Er wirkte überrascht. »Nein. Von welcher Manipulation?« Nun war ich überrascht. Aber Lehman war mit seinem Geständnis noch nicht fertig. »Der Haken ist, daß ich wußte, weshalb Lasko mich wollte. Ich war früher einmal staatlich geprüfter Buchhalter bei einer Rechnungsprüfungsgesellschaft. Dabei lernt man seine Kunden ziemlich rasch einschätzen. Ich wußte, daß Lasko jemanden wollte, der in seiner Schuld stand, daß es früher oder später auf irgend etwas Unkoscheres hinauslaufen würde. Aber ich hatte mich längst kaufen lassen. Das Haus, der Job, die ganzen Ansprüche. All die Privilegien.«

Er starrte den Tisch an. »Aber ich war nicht stark genug. Wissen Sie, ich wußte, daß ich der geborene Lakai bin.« Sein Tonfall war bitter geworden. »Auf dem College war ich der Klassenclown.« Gubner lächelte leicht, als er sich daran erinnerte. »Seither bin ich so vielen Leuten in den Arsch gekrochen, daß ich sie schon lange nicht mehr zählen kann. Und als ich mich einmal freischwimmen wollte, habe ich meinen eigenen Betrieb gegründet. Ich wollte der Chef sein. Aber ich war nicht dafür geschaffen. Ich wollte weiter Anerkennung finden, suchte jemanden, der mir sagte, was ich tun sollte.« Er hielt inne, dann verkündete er das abschließende Urteil über sich. »Und so steht's grundsätzlich um mich, Mister Paget. Ich bin der Wasserträger für jemand anderen.«

Und nun war er mein Wasserträger. »Wie ist Ihr Vorname, Mister Paget?«

»Chris.«

»Sagen Sie mir eins, Chris: Wollten Sie schon mal jemand anderem einen Gefallen tun, auch wenn Sie das für falsch hielten?«

»Öfter, als mir lieb ist.«

»Was hat Sie davon abgehalten?«

Ich dachte nach. »Ich weiß es wirklich nicht, Mister Lehman. Ich nehme an, ich hatte Angst.«

Lehman nickte; er wußte, was ich meinte. Einen Augenblick lang waren wir beinahe Freunde. Aber er war ein Zeuge, und ich mußte ihn benutzen. Ich beschloß, der Selbstanalyse einen Riegel vorzuschieben. »Ich denke, ich verstehe, was Sie mir damit sagen wollen.«

Doch Lehman sah durch mich hindurch. Ich hatte das Gefühl, als halle das Echo einer längst vergangenen psychischen Explosion durch die Bar. Die Reue war Lehmans einziger Bezug zur Wirklichkeit. Ich hatte keine Zeit, darauf einzugehen. Ich mußte die Sache zu Ende bringen.

»Reden wir über das, was Sie für mich haben«, sagte ich.

Lehman zuckte zusammen. »Ich weiß von keinerlei Manipulationen. Aber ich habe Beweise für etwas anderes. Etwas viel Schlimmeres.« Was immer es auch war – es verlieh seinen Worten einen fast ehrfürchtigen Beiklang. »Ich habe zu Hause eine Notiz, die die ganze Sache aufdecken wird.« Er blickte sich um. »Aber wir können das nicht hier bereden.«

Ich wurde langsam ungeduldig. »Hören Sie, irgendwann müssen Sie es mir verraten.«

Lehmans Stimme klang belebt. »Bitte, Mr. Paget. Sie waren sehr anständig. Kommen Sie heute nach dem Abendessen bei mir vorbei, dann zeige ich Ihnen, was ich habe. Sie können damit tun, was Sie wollen.«

Es war eine seltsame und traurige Szene, und er tat mir leid, auch wenn ich das nicht zeigen durfte. »Wissen Sie, Mister Lehman, ich kann Sie jederzeit verhören, unter Eid. Und Sie wegen Meineids einsperren lassen, wenn Sie lügen.«

Gubner ging energisch dazwischen. »Das weiß er.« Ich blickte von Gubner zu Lehman. Er nickte.

»In Ordnung, Mister Lehman. Heute abend um halb acht. Ich bin gespannt, was Sie für mich haben.«

Lehman stand auf und lächelte so leblos, daß mir meine Worte töricht vorkamen. »Es ist besser, als Sie sich vorstellen können. Beziehungsweise schlimmer, was mich angeht.« Er hielt inne. »Sie sollten immer bedenken, Mister Paget, daß Lasko bekannt für seine Skrupellosigkeit ist.«

Er muß es ja wissen, dachte ich. Andererseits konnte ich mir schlecht vorstellen, daß Lasko einem so unsicheren Kantonisten wie Lehman vertraute. »Eine Sache stört mich. Warum sollte Lasko Ihnen trauen, egal, worum es hier geht?«

Das freudlose Lächeln hielt an. »Weil ich sein Finanzchef bin«, sagte er ohne jede Ironie. »Außerdem hat er mich am Haken.«

Das leuchtete mir durchaus ein. »Warum sind Sie dann hier?«

Er atmete aus und starrte seine Füße an. »Weil es die letzte Gelegenheit ist, mit mir ins reine zu kommen.«

Ich nickte. Er wandte sich an Gubner. Einen Augenblick lang sahen die beiden Freunde einander an. Dann drehte sich Lehman um und verließ die Bar. Gubner starrte ihm wie versteinert hinterher.

Ich ließ ihn einen Augenblick lang starren, bevor ich das Wort an ihn richtete. »Marty, ich spendiere einen Martini. Ich denke, du kannst jetzt einen gebrauchen.«

Gubner setzte sich schwerfällig hin. Ich bestellte zwei stramme Martinis. Sie kamen in Rekordzeit. Irgendwie hatte ich ein ziemlich gutes Gefühl. Wenn auch kein restlos gutes.

Draußen vor dem Fenster tauchte Lehman auf; er ging seltsam taumelnd, wie ein Pinguin. Er sah aus, als sei er gerade erschossen worden, sich aber nicht bewußt, daß er tot war. Ich nippte am Martini und sah zu, wie mein neuer Kronzeuge die Straße überquerte.

Ich bemerkte den schwarzen Wagen, bevor mir bewußt wurde, was das bedeutete. Er schien aus einer Parklücke zu kommen. Lehman überquerte die Arlington, ohne sich umzusehen. Von der Bar aus sah ich das Auto immer schneller auf ihn zurasen. Mit einem erstickten, nach Gin schmeckenden Schrei in der Kehle fuhr ich hoch.

Dann sah Lehman den Wagen. Den Bruchteil einer Sekunde lang stand er stocksteif da, dann machte er einen hoffnungslosen kleinen Satz auf den Gehsteig zu. Der Wagen erwischte ihn mitten in der Bewegung. Ich sah, wie er in Zeitlupe mit krampfhaft wedelnden Armen über den Wagen hinwegflog. Er schien mitten in der Luft zu verharren, während das Auto weiterfuhr. Dann stürzte er jäh zu Boden, schlug mit dem Kopf auf und blieb als regungsloses Bündel auf dem Asphalt liegen.

Gubners Mund stand offen. Ich stürzte los, rief nach einem Krankenwagen. Am Eingang zur Bar stieß ich mit jemandem zusammen und schubste ihn an die Wand. Ich rannte weiter.

Ein paar Passanten starrten vom Gehsteig aus zu

Lehman hinüber. Eine klebrige Blutlache breitete sich wie Öl rund um seinen Kopf aus. Ich erreichte ihn und tastete nach seinem Puls. Nichts. Dann schaute ich in sein Gesicht. Es war ein Bild der Verwüstung. Doch daraus starrte mich ein hellblaues Auge an. Es wirkte so traurig wie zuvor.

9

»Oh, mein Gott!« Gubner kauerte neben mir und stöhnte die immer gleichen Worte wie eine Litanei vor sich hin. Ich richtete mich auf. Eine Gruppe Schaulustiger glotzte mich an. Ich ging zum Nächststehenden, einem dünnen Mann mittleren Alters, und packte ihn am Revers. »Mach dich nützlich, du Trottel. Geh ins Ritz und sorg dafür, daß die Polizei kommt.« Die Stimme, die ich vernahm, war klar und eiskalt. Es war meine. Der Mann nickte tonlos und stierte auf meine blutigen Hände. Ich starrte ihn eine Sekunde an, dann ließ ich ihn los. Er verzog sich zum Ritz. Ich sah ihm nach, bis er bei der Tür war. Dann ging ich zu dem Eisenzaun, hielt mich daran fest und übergab mich.

Nach ein paar langen Momenten richtete ich mich wieder auf und blickte zu den Schwänen im Park hinüber. Dann wandte ich mich wieder der Straße zu. Gubner kniete noch immer neben Lehmans Leiche. Mit schrillen Sirenen trafen die Polizei und ein Notarztwagen ein. Drei Polizisten stiegen aus und knieten rund um Lehman nieder. Ein Mann in einem weißen Kittel berührte ihn mit den Fingern. Dann betteten er und ein weiterer Mann Lehman auf eine Trage und trugen ihn zu dem Notarztwagen. Der Notarztwagen fuhr weg. Langsam und ohne Sirenen.

Gubner und die Polizisten verzogen sich auf den Gehsteig. Auf mich wirkte das alles, als würde ich mir bis über die Halskrause bekifft einen Film ansehen.

Die Straße war gespenstisch verlassen, wie eine Bühne ohne Kulissen und Schauspieler. Die Blutlache war der einzige Hinweis auf Lehman.

Ich zwang mich dazu, die Straße zu überqueren. Einer der Polizisten, ein großer Mann mit dunklen Koteletten und Schnurrbart, tiefer Stimme und stechendem Blick stellte Fragen. Er wandte sich an mich. Ich riß mich zusammen und sagte ihm, wer wir waren. Was ich denn gesehen hätte, fragte er. Einen Cadillac. Neueres Modell, dachte ich. Den Fahrer hatte ich nicht gesehen. Auch das Nummernschild nicht. Der Wagen war schätzungsweise sechzig, siebzig Stundenkilometer gefahren und hatte rasch beschleunigt.

Er musterte mich. »Sonst noch etwas?«

»Ja«, sagte ich. »Ich glaube, er wurde ermordet.«

Der Polizist kniff die Augen zusammen. Er drehte sich um und brüllte einem anderen Polizisten etwas zu. Dann luden sie Gubner und mich hinten in den Streifenwagen ein. Ein Polizist mit Bürstenschnitt fuhr, während der mit dem stechenden Blick weitere Fragen stellte. Wir redeten nur, wenn wir angesprochen wurden. Ich wurde das Gefühl nicht los, in einen surrealistischen Film geraten zu sein. Gubner lehnte wachsbleich an der Wagenwand. Wir hatten uns in Ausübung unseres Berufes zu weit vorgewagt. Und Lehman war tot.

Das Polizeirevier befand sich in einem grauen Gebäude an der Berkeley Street. Die Polizisten drängten uns in den Hauptraum. Er war steril und schlecht ausgeleuchtet, so wie sich Paranoide ein Polizeirevier vorstellen. An einem Schreibtisch hinter einer Art Gatter saß ein fetter Sergeant mit leblosen Augen. Der Polizist mit dem stechenden Blick verschwand. Als er zurückkehrte, wies er uns an, mit zu Lieutenant Di Pietro zu kommen. Er geleitete uns durch einen dunklen Flur zu einem Büro auf der linken Seite und öffnete die Tür.

Der Raum war hellgrün gestrichen, von den Stellen einmal abgesehen, wo die Farbe von der Wand blätterte, was quasi überall der Fall war. Di Pietro saß hinter einem mitgenommenen Metallschreibtisch neben einem Foto von einer pummeligen Frau und drei schwarzhaarigen Kindern und vor einer Karte seines Reviers. Er forderte uns auf, Platz zu nehmen.

Er war etwa Mitte Vierzig, mit dunklen, nach hinten gekämmten Haaren. Er hatte ein zerfurchtes Gesicht, eine scharf geschwungene, kastilische Nase, tiefliegende Augen und einen schmalen Mund. »Die Herren sind also beide Juristen?« sagte er abrupt.

Wir nickten. Das Wort »Jurist« klang aus seinem Mund, als wäre es etwas, was man nur schleunigst ausspucken konnte. Ich hatte das dumpfe Gefühl, daß ihm zwei Sexualmörder lieber gewesen wären. »Sergeant Brooks« – er deutete auf unseren Führer mit dem stechenden Blick – »sagt, Sie seien der Meinung, es handle sich um Mord, Mister Paget. Weshalb?«

Ich spürte Gubners Blick. »Kennen Sie einen Mann namens William Lasko?« fragte ich.

Die eingesunkenen Augen wurden ausdruckslos; offenbar war Di Pietro kein Zeitungsleser. Ich fuhr fort. »Lasko ist hier in Boston ein bedeutender Industrieller. Vor ein paar Tagen erhielten wir einen telefonischen Hinweis bezüglich illegaler Transaktionen von Firmenaktien. Dann setzte sich Lehman über Mister Gubner mit mir in Verbindung und bat um ein Zusammentreffen. Ich flog nach Boston und traf mich mit beiden im Ritz. Lehman war Finanzchef bei Laskos Firma. Von den Aktien wußte er nichts. Er kam nicht mehr dazu, uns mitzuteilen, worum es sich dabei handelte.«

Di Pietro musterte mich wortlos. Ich starrte zurück. »Der Haken ist, daß Lasko keinerlei Schwierigkeiten mit der Regierung gebrauchen kann. Falls ja, kann es passieren, daß sich das Justizministerium hinter die Kartellklage klemmt. Das heißt, daß Lasko einen Teil seiner Firma verliert. Und Lehman hatte etwas gegen ihn in der Hand. Soweit ich mich entsinne, nennt man so etwas ein Motiv.«

»Was noch?«

Die ausdruckslose Miene machte mich allmählich wütend. »Sehen Sie, Lieutenant, wie viele Fußgänger werden schon mit siebzig Sachen vor dem Ritz überfahren? Von unfallflüchtigen Fahrern in neuen Cadillacs, die aufs Gas treten, statt zu bremsen? Zeigen sie mir noch einen, und ich spendiere Ihnen zwei Karten für den Polizistenball.«

Di Pietro suchte nach Lücken in meiner Argumentation. »Mister Paget, ich habe bereits über Motive nachgedacht, als Sie noch im Kindergarten waren. Sagen Sie mir eins. Was wollte Lehman Ihnen mitteilen? Wer fuhr den Wagen? Wessen Wagen war es? Woher wußte Lasko von dem Zusammentreffen oder dem vereinbarten Treffpunkt?«

Vor allem die letzte Frage bereitete mir regelrecht Übelkeit. »Wenn Sie den Cadillac finden«, parierte ich, »kommt vielleicht auch alles weitere an den Tag. Lehman muß etliche Spuren hinterlassen haben.«

Di Pietro blickte von mir zu Gubner. »Waren Sie mit Mister Lehman befreundet?« fragte er.

»Ja«, antwortete Gubner abwesend. Di Pietro und ich blickten nach vorn. Gubner blickte noch immer zurück.

Der Gegensatz schien Di Pietro zu beeindrucken. Er wandte sich an mich. »Wir haben über ein Motiv gesprochen. Aber Sie können mir viel über Lasko erzählen, trotzdem verstehe ich nur die Hälfte. Leider bin ich kein Börsenkenner.«

»Und ich bin kein Kriminalist. Aber ich kann mich hinter die Sache klemmen und Ihnen verraten, was ich rauskriege.«

Di Pietro nickte steif. Dann zog er sich auf vertrautes Terrain zurück. »Zuerst machen Sie und Ihr Freund eine umfassende Aussage. Und lassen Sie ja nichts aus.«

Letzteres sagte er mit starrem Blick zu mir. Entweder war ich empfindlich, oder Di Pietro nahm an, daß ich ihm etwas verheimlichte. Ich wechselte das Thema. »Ich brauche ebenfalls Ihre Hilfe. Gewissermaßen ein Tauschgeschäft.«

Sein Tonfall war unverbindlich. »Mal sehen, was dabei herauskommt. Aber daß Sie sich ja nicht in die Bredouille bringen, indem Sie Detektiv spielen. Sie sind kein Polizist.«

Der Gedanke schien ihn zu befriedigen. Er stand auf. Wir tauschten unsere Telefonnummern aus und reichten einander die Hand. Sergeant Brooks geleitete Gubner und mich hinaus.

In einem hellgrünen Raum mit einer von der Decke hängenden Metallampe nahm man unsere Aussagen auf. Dann fuhr uns der Polizist mit dem Bürstenschnitt zurück zum Ritz. Gubner blickte brütend aus dem Fenster. Mir ging es nicht viel besser. Mein Schlagabtausch mit McGuire hatte sich zum Mordfall ausgewachsen.

Ich konnte mir durchaus vorstellen, daß Lasko Lehman umgebracht hatte. Alles andere ergab keinen Sinn. Die Frage war, wie er von unserem Zusammentreffen erfahren hatte.

Es gab mehrere Möglichkeiten. Mir gefiel keine davon.

10

Gubner und ich stiegen am Ritz aus und liefen ziellos durch das Foyer. Wir kamen an der Bar vorbei, ohne hineinzuschauen. Unausgesprochene Gedanken lasteten auf uns. Ich beschloß, sie loszuwerden.

»Reden wir miteinander, Marty.«

Er warf mir einen vorwurfsvollen Blick zu. Dann nickte er. »Okay, in meinem Zimmer. Aber nicht lange.«

Wir gingen auf sein Zimmer. Ich schnappte mir einen der blauen Sessel und schaltete sämtliche Lampen ein, um das Polizeirevier aus dem Kopf zu kriegen. Gubner sah aus, als könne er einen Drink gebrauchen. Doch das Geschehene ließ sich nicht so einfach mit Gin wegspülen. Ich fühlte mich bedrückt und hilflos.

»Es ist ziemlich sinnlos, Marty, aber es tut mir leid.«

Beileidsbekundungen schienen nicht das zu sein, was er jetzt brauchte. Die nutzlosen Worte hingen in der Luft. Gubner starrte demonstrativ die Wand an.

»Okay, raus damit.« Die Schärfe meiner Worte überraschte mich selbst. Mit müdem, abschätzigem Blick wandte er sich mir zu.

»Wieso wußten die von unserem Zusammentreffen?« Ich sah ihn an. »Ich habe außerhalb des Amtes niemandem etwas davon erzählt. Bleiben nur Lehman und du.«

»Ich habe niemandem etwas davon gesagt«, sagte er entschieden.

»Damit bleibt nur Lehman«, sagte ich und hatte das unbestimmte Gefühl, daß Gubner eine Antwort wußte.

»Ich habe einmal mit Alec gesprochen. Er rief von einem Münztelefon am Massachusetts Turnpike aus an. Da kann er schlecht abgehört worden sein.«

Ich beschloß, den Faden weiter zu verfolgen. »Wie steht's mit euren Treffen? – Könnte da irgendetwas merkwürdig gewirkt haben?«

Gubners Augen funkelten unwillig. »Alec und ich haben etwa sieben-, achtmal im Jahr miteinander gegessen. Fast jedesmal, wenn ich in Boston war. Wir waren alte Freunde. Das weiß jeder. Und Alec hat geschworen, daß er niemandem etwas von dem Treffen mit dir erzählt hat. Valerie nicht. Keiner Menschenseele.«

»Weißt du irgend etwas, wovon er mir nichts erzählt hat?«

Er schüttelte den Kopf. »Nicht in Zusammenhang mit Lasko.«

Ich stand auf. »Das war's dann erstmal, Marty. Aber vielleicht will ich später noch mal mit dir reden – du könntest mir helfen.«

Fragend hob er die Augenbrauen. »Wie denn das?«

»Die Frage mußt du dir selbst beantworten.« Ich ging hinaus, begab mich auf mein Zimmer, warf mich aufs Bett, starrte an die nackte Decke und versuchte meine wirren Gedanken zu ordnen. Mir war übel vor Wut. Lasko schlug mir verdammt auf den Magen. Das Telefon klingelte.

Es war McGuire. Ich blickte auf meine Uhr. Halb acht. »Chris. Ich war bis spät im Büro. Wie ist Ihre Hatz ausgegangen?«

»Nicht gut.«

»Hat er Sie versetzt?«

»Nicht ganz. Jemand hat ihn überfahren.«

Ich konnte sein Entsetzen förmlich spüren. »Himmel. Was ist geschehen?«

»Er wurde vor dem Ritz-Carlton überfahren. Er sah nicht mehr allzu menschlich aus.«

»Um wen handelte es sich?«

»Alexander Lehman. Finanzchef bei Lasko Devices.«

»Das ist ja furchtbar.« Schwer zu sagen, was er wirklich empfand. »Was haben sie unternommen?«

»Die Polizei kümmert sich darum.«

»Konnten Sie denen helfen?«

»Ich habe eine Aussage gemacht.«

»Haben sie irgend etwas herausgefunden?«

»Nein.«

»Was genau ist geschehen?«

Ich berichtete es ihm. Er schwieg. »Nun ja«, sagte er schließlich, »dann bleibt Ihnen nichts anderes übrig, als zurückzukommen.«

»Ich glaube nicht.«

»Okay. Melden Sie sich bei mir, sobald Sie wieder hier sind.«

Ich zögerte. »Es könnte sein, daß ich noch einen Tag länger hierbleiben muß.«

»Hören Sie, das ist eine schreckliche Sache. Aber pfuschen Sie da oben nicht herum, es sei denn, die Polizei braucht Sie. Wie gesagt, melden Sie sich bei mir.«

»Bis später, Joe.« Ich knallte den Hörer auf und fing an nachzudenken.

Meine Gedanken kreisten umeinander. McGuire hatte mich noch nie angerufen, wenn ich außerhalb tätig war. Mir fiel ein, daß er nach einer fadenscheinigen Auseinandersetzung einem Treffen zwischen mir und Lehman zugestimmt hatte. Und dann war da das Essen mit Catlow. Egal, was ich zu tun gedachte, viel Zeit hatte ich nicht. Ich sprang auf und verließ das Zimmer.

Gubner war über meine erneute Ruhestörung wenig begeistert. Ich nahm meine ganze Kraft zusammen. »Ich möchte, daß du mich morgen zu Lehmans Haus bringst.«

Entsetzen trat in seine Augen.

»Du hast wohl den Verstand verloren.«

»Uns bleibt nichts anderes übrig. Lehman sagte, er hätte etwas für mich. Und genau das will ich in die Finger kriegen.«

Gubner richtete sich auf. »Du elender Leichenschänder. Du glaubst doch nicht ernsthaft, daß ich nach allem, was geschehen ist, zulasse, daß du Valerie und die Kinder belästigst.«

Ich blieb ruhig. »Wenn ich dazu gezwungen werde, lade ich sie sogar nach Washington vor.«

Wir standen auf.

»Weißt du, mir war gar nicht klar, was für ein Schwein du bist.« Er sagte es, als habe er gerade einen Stein umgedreht und sei auf etwas Ekelhaftes gestoßen: mich.

»Danke für die Blumen. Du hockst hier, hackst auf mir herum und wäschst deine Hände in Unschuld. Dein Freund ist tot, und du willst mir nicht helfen. Das ist einfach jämmerlich, Mann.«

Meine Worte stießen ihm sauer auf. »Deine Ermittlung interessiert mich einen Dreck. Alec ist tot. Alles andere ist egal.«

»Denkst du über Buchenwald genauso, Marty?«

Das war ziemlich unfair. Gubner stand da und starrte auf seine geballte Fäuste. Ich wappnete mich gegen den Schlag, der den ganzen Abend in der Luft gelegen hatte. Doch er kam nicht. Ich glaube, ich wußte, warum. Und deshalb machte ich einfach weiter.

»Es gibt da noch was anderes, nicht wahr? Lehman wurde umgebracht, weil du ihn nicht nach Washington geschafft hast. Das hast du verbockt.«

Gubner warf mir einen schmerzhaft wütenden Blick zu. Ich fuhr fort. »Du hast dir gedacht, wenn seine Informationen etwas taugen, kannst du uns damit drohen, daß er von seinem Recht auf Aussageverweigerung Gebrauch macht – es sei denn, wir garantieren ihm für seine Aussage Straffreiheit. Daß ich hierher komme und dann aufgeregt zu McGuire rase. Es hätte funktionieren können. Wir hatten bloß kein Glück, vor allem Lehman nicht. Und nun versuchst du, alles auf mich abzuwälzen. Das ist ein beschissenes Spiel, und ich werde da nicht mitmachen. Versuch's mal mit einem Psychiater.«

Gubner wirkte mit einem Mal müde, verwirrt. Ich wählte einen gemäßigteren Ton. »Entschuldige, Marty. Aber Lehmans Tod ist nicht deine Privatangelegenheit. Und auf dem Arsch hocken zu bleiben ist ein erbärmlicher Freundschaftsdienst.«

Ich mußte mich entscheiden. »Okay, du glaubst also, jemand in meinem Laden hat Lasko einen Tip gegeben. Ich werde das in Betracht ziehen und versuchen, etwas herauszukriegen.«

Gubner setzte sich, als habe ihn jemand das Mark aus den Knochen gesogen. Er saß da, hatte die Ellbogen auf die Knie gestützt und das Gesicht in den Händen vergraben. Dann hob er den Kopf. »Ich rufe morgen früh Valerie an. Sie soll entscheiden. Wenn sie dich sehen will, okay. Wenn nicht, kannst du das Ganze vergessen.«

»In Ordnung.«

Gubner starrte wieder die Wand an. »Und jetzt hau

ab, Chris. Ich will dich heute abend nicht mehr sehen.«

Ich wußte, was er meinte. Wortlos ging ich.

Die Stille in meinem Zimmer zerrte an meinen Nerven. Rastlos schritt ich auf und ab. Ich war Jurist, ich kannte sämtliche Schliche und Winkelzüge. Aber ich hatte mich immer an die Regeln gehalten. Aber Lehmans zerschmetterter Körper hatte mir nur zu deutlich gezeigt, daß hier Regeln herrschten, von denen ich keine Ahnung hatte, und das machte mir eine Scheißangst.

Ich versuchte nachzudenken. Zuerst dachte ich, ich hätte Angst vor dem Sterben, Angst davor, daß mich jemand umbringen könnte, falls ich weitermachte. Ich biß die Zähne zusammen. Ich versuchte an etwas anderes zu denken.

Da war McGuire. Er hatte Kontakt zu Catlow. Feiner und Mary Carelli wußten, daß ich in Boston war; nur McGuire hatte gewußt, daß ich zum Common wollte. Vielleicht hatte er mit dem Mord gerechnet. Wenn er in den Ausschuß wollte, dann konnte das ein Grund dafür sein, daß er Catlow angerufen hatte. Und danach wußte Lasko, wo er Lehman finden konnte.

Dann waren da Woods und Mary. Und Woods hatte Verbindungen zum Weißen Haus, das wiederum Verbindungen zu Lasko hatte. Ich mußte vorsichtig sein. Robinson konnte mir dabei nicht helfen. Keiner konnte das.

Schließlich dachte ich über Lehman nach. Möglicherweise war er ein Jammerlappen gewesen, aber er hatte gelebt und sein Bestes versucht. Dann hatte er beschlossen, sich mit mir zu treffen. Nicht wegen der Aktienmanipulation, sondern wegen etwas anderem. Und nun war er tot.

Darauf lief es hinaus. Ich hatte ihn benutzen wollen. Ich hatte dabei mitgeholfen, ihn umzubringen. Also wollte ich den Grund dafür herausfinden. Ich mußte es tun.

Das leere Zimmer war fremd und feindselig. Ich fand keinen Schlaf.

11

Am nächsten Morgen regnete es. Ich bestellte beim Zimmerservice Kaffee, lehnte jedoch die Zeitung ab. Ich wollte nichts über Lehman lesen. Die kalte Berichterstattung würde mich an das erinnern, was ich gesehen hatte, ohne mir etwas zu verraten, was ich nicht wußte.

Ich trank den Kaffee aus, duschte, rasierte mich und packte. Alles kam mir so banal vor – mechanische Tätigkeiten, die ich in einem anderen Leben gelernt hatte. Ich riß mich zusammen. Der Gedanke, durch Lehmans Tod sei ich einzigartig geworden, war verrückt, genauso jämmerlich wie Selbstmitleid. Ich wartete auf Gubner.

Er rief gegen halb eins an. Lehmans Frau wollte mich empfangen. Ich fühlte mich erleichtert und elend zugleich. Bei frischgebackenen Witwen hereinzuplatzen und in den Papieren ihres Mannes herumzuwühlen, war nicht gerade die appetitlichste Arbeit. Aber notwendig. Also mietete ich ein Auto und verabredete mich mit Gubner vor dem Ritz. Es war Viertel nach zwei.

Gubner war alles andere als guter Stimmung. Sein ganzer Redefluß erschöpfte sich darin, daß er mir die Adresse nannte. Dann machte ich mich auf den Weg zu Lehmans Haus außerhalb von Boston.

Lehman hatte in einem einstöckigen weißen Fachwerkhaus inmitten einer von Eichen bestandenen

Gegend voller solcher Häuser gewohnt. Sie strahlten einen gleichförmigen Reichtum aus, der von guten Führungsqualitäten und festen Vermögenswerten zeugte. Anständig und sicher wirkte hier alles, sogar die grünen Rasenflächen, die makellos wie Teppichböden waren. Schaudernd dachte ich daran, daß dieses hohle Walhalla der Lohn für Lehmans kleine Faustiade war. Ich fragte mich, was seiner Frau wohl jetzt durch den Kopf ging.

Gubner und ich parkten auf der geteerten Auffahrt und folgten dem Fußweg durch Lehmans mustergültigen Rasen zur Haustür. Gubner zögerte einen Augenblick, dann drückte er auf die Türklingel. Lehmans Frau machte uns auf. Gubner umarmte sie schweigend, dann sagte er ein paar tröstende Worte. Ich beobachtete sie. Die Umarmung war steif, eher förmlich als persönlich. Gubner löste sich und ließ bedrückt die Arme hängen. Ich spürte, daß er sich mit Lehmans Frau nichts zu sagen hatte. Ich ging dazwischen.

»Mrs. Lehman«, sagte ich leise, »ich bin Christopher Paget.«

Sie drehte sich um. »Hallo, Mister Paget. Ich bin Valerie Lehman. Treten Sie bitte ein.« Sie bot mir die Hand. Ihre Augen wirkten leer, doch die Hand war kühl und trocken, wie alles andere an ihr. Ihre sorgfältig frisierten Haare waren silbergrau. Sie hatte ein hübsches Fuchsgesicht, und ihre straffe Figur kündete trotz Seidenbluse und maßgeschneiderter Hose von Fitneßübungen und Selbstverleugnung. Es war geradezu gespenstisch. Sie hätte ohne weiteres zu ihrem Bridge-Club gehen können.

»Mrs. Lehman, es tut mir leid, daß ich Sie belästigen muß, und noch mehr leid tut es mir wegen Ihres Mannes. Sehr, sehr leid.« Ich redete langsam und hoffte, meine Worte würden wirken. »Ich danke Ihnen sehr, daß Marty und ich herkommen durften.«

Ihre Miene war bemerkenswert ausdruckslos. »Danke.«

Ich wollte irgendwohin verschwinden, egal, wo Lehman seine Akten aufbewahrte. Doch ihre puppenhafte Fassung verwandelte sich in Reizbarkeit. »Sie möchten also Alecs Papiere einsehen, Mister Paget. Warum?«

Ich suchte nach Worten. »Ihr Gatte wollte mir bei einer Ermittlung helfen. Offenbar wußte er um einige Dinge, die ihm Sorgen bereiteten.«

Ihre Brauen stießen sich an dem Wort »Sorgen«. »Alec mochte seine Arbeit nie. Er mochte dieses Haus nie.« Ihre Stimme hatte einen seltsam anklagenden Ton, so als hätten die Streitigkeiten den Ehemann überlebt.

Ich wollte nicht darauf eingehen. Wir standen im Flur, hatten Blick aufs Wohnzimmer und besahen uns die Früchte des Einrichtungskunsthandwerks. Die Lehmans hatten sich die Ausstattung einiges kosten lassen. In der einen Ecke stand ein Schreibtisch mit Lamellenaufbau, eine Antiquität. Der Teppichboden war dezent beige und teuer. Hinter einem Kaffeetischchen aus Mahagoni stand eine weiße Ledercouch. Unter dem Kristallüster befand sich ein mit Schnitzwerk verzierter Eßtisch. Wahrscheinlich italienisch, mindestens dreitausend Dollar. Nicht mein Geschmack, aber wertvoll. Durch Lehmans Tod wirkte das alles merkwürdig museal.

Seine Frau hatte meinen Rundumblick mitbekommen. In ihrer tiefen, tonlosen Stimme schwang eine Art abstrakter Zorn auf Lehman mit, weil er sie sitzengelassen hatte. »Dieser Job hat Alec vor dem Absturz bewahrt. Aber ich mußte ihn dazu drängen. Als wäre es ein Fehler, Erfolg zu haben. Er war manchmal so uneinsichtig.« Ein leichter Zweifel schwang in ihrem Ton mit, als sei sie sich vage bewußt, daß sie irgendwo einen Fehler gemacht hatte. Aber sie würde es nie ganz begreifen. Und ihr beizustehen war nicht meine Aufgabe.

»Wenn Marty mir vielleicht zeigen könnte, wo Ihr Mann seine Sachen aufbewahrt hat.«

Aber sie war noch nicht fertig. Fieberhaft versuchte sie ihre Gedanken zu ordnen. »Wurde Alec umgebracht, Mister Paget? Die Polizei wollte sich nicht festlegen.«

Aufrichtige Trauer sprach nun aus ihr. Ihre Stimmungen wechselten unentwegt; sie war sich nicht darüber klar, was sie wirklich empfand. Sobald er unter der Erde war, würde es sie mit voller Wucht treffen. Ich wollte es nicht noch schlimmer machen.

Ich schüttelte den Kopf. »Ich weiß lediglich, daß er überfahren wurde.«

Gubner trat zu ihr. »Ich werde Mister Paget Alecs Arbeitszimmer zeigen.« Er nickte mir zu.

»Vielen Dank, Mrs. Lehman«, sagte ich. Irgendwie hatte ich das Gefühl, als ginge alles zu schnell. Wir verließen sie.

Gubner führte mich durch den Flur zur Treppe. Unterwegs kamen wir am Spielzimmer vorbei. Zwei Jungen, etwa zehn und zwölf Jahre alt, saßen neben einer korpulenten, grauhaarigen Frau. Teilnahmslos starrten sie auf ein Farbfernsehgerät. Ich folgte Gubner die Treppe hinauf.

Lehmans Arbeitszimmer war die Kehrseite des Wohlstands; es war am Ende eines langen Flures versteckt, hinter den Schlaf- und Badezimmern. Ein fester Bestandteil der Führung durch Haus und Garten war es offenbar nicht gewesen; es war ein enges Kabuff mit einem zerkratzten Ahornschreibtisch, einem schmuddeligen grünen Stuhl und einer alten Royal-Schreibmaschine. Vermutlich war es der ehrlichste Raum im ganzen Haus. Gubner musterte ihn schweigend, die Hände in die Hosentaschen gesteckt.

»Zeig mir seine Papiere, dann kannst du wieder runter gehen«, sagte ich schließlich.

Er warf mir einen scharfen, vorwurfslosen Blick zu, als sei ich ein Grabräuber. »Valerie sagte, sie sind alle in seinen Schreibtischschubladen«, sagte er ausdruckslos. »Viel Spaß damit.« Er drehte sich um und ging.

Ich schaltete die Metallampe an und untersuchte die Schubladen. Links befanden sich vier übereinander, und in der Mitte, wo der Stuhl stand, war ebenfalls eine. Ich griff zur linken untersten Schublade und fing an.

Es war ein Haufen Müll. Börsenentwicklungen, finanzielle Expertisen, Jahresberichte und so weiter. Unter anderem fiel mir eine teuer aufgemachte Firmenzeitung in die Hände; anläßlich eines Wochenendseminars für das Management im letzten Jahr hatten die Jungs ihre Frauen zu drei Kursen, zwei Reden von Lasko, einer Cocktail-Party und einem Treffen im Frauenclub nach New Hampshire mitgenommen. Der Betriebsausflug war auf einem zwanzig mal fünfundzwanzig Zentimeter großen Hochglanzfoto verewigt, auf dem die Angehörigen der Führungsmannschaft und ihre Gemahlinnen wie Sechstkläßler wirkten, die man zum Klassenfoto zusammengetrieben hat. Lehman grinste dümmlich wie ein Knabe, den man beim Rauchen auf dem Jungenklo ertappt hat. Seine Frau sah großartig aus – gute Kleidung und ein strahlendes Bilderbuchlächeln. Steif standen sie nebeneinander. Lasko stand breit lächelnd links von ihnen.

Sorgfältig suchte ich nach Markierungen und Randbemerkungen. Ich fand keine. In den drei anderen linken Schubladen war es genauso. Das letzte Papier in der obersten Schublade war wieder eine Firmenzeitung, in der Lehmans Einstieg bei Lasko Devices angekündigt wurde. In dem Artikel wurde Laskos Bestreben gelobt, eine »kompetente Führungsmannschaft« aufzubauen. Frustriert knallte ich die Schublade zu.

Die mittlere Schublade war meine letzte Hoffnung. Ich riß sie auf. Nur ein Gegenstand befand sich darin: ein schlichter brauner Umschlag, zugeklebt. Hastig griff ich danach und riß ihn auf.

Darin befand sich eine handgeschriebene Notiz auf einem leeren weißen Blatt. Die Schrift war krude, kräftig und kam mir irgendwie bekannt vor. Schließlich entzifferte ich »Für A. L.« in der oberen rechten Ecke. Alles weitere war mitten darauf gekritzelt: »95 – Die ganze Packung über die Straße bringen – J859020. Justitia ist blind.«

»A. L.« könnte für Alexander Lehman stehen, dachte ich mir. Das übrige war rätselhaft und albern, eine Art Kinderrätsel. Für Lehman aber hatte es möglicherweise etwas bedeutet – genug, um ihn umzubringen.

Ich starrte auf den Text. Dann griff ich in eine der linken Schubladen und holte den Jahresbericht an die Aktionäre heraus. Ich blätterte die Hochglanzseiten voller fetter Überschriften und Farbfotos um, bis ich auf den »Bericht des Vorstandes« stieß. Er bestand aus einem drei Absätze umfassenden Text zur moralischen Aufrüstung, vermutlich von Laskos PR-Firma verfaßt. Darunter war ein Faksimile von Laskos Unterschrift. Ich hielt die Notiz daneben und prüfte die Unterschrift auf Einzelbuchstaben hin. Ich stieß auf das geschwungene »k«. Es paßte zu dem »k« in »Packung«.

Ich steckte den Jahresbericht wieder in die Schublade und die Notiz in den Umschlag. Dann packte ich ihn in meinen Aktenkoffer. Ich stand auf, ging aus dem Zimmer und schloß die Tür hinter mir.

Valerie Lehman hockte auf der Couch und redete mit Gubner. Beide schienen sich unbehaglich zu fühlen, wie Schauspieler bei der ersten Probe. Sie spielte die Rolle der trauernden Ehefrau, doch man spürte auch ihre Angst, dabei vielleicht in Lumpen auftreten zu müssen. Ihr Blick schweifte durch das Wohnzimmer, von einem Stück zum anderen. Gubner paßte die Rolle des stets hilfsbereiten alten Freundes wie ein schlechtsitzender Anzug. Ich nahm an, daß er Lehmans Frau schon seit Jahren nicht ausstehen konnte und sich dies selbst nicht eingestehen wollte. Es war ein trostloser Anblick. Ich trat ein.

»Mrs. Lehman, entschuldigen Sie die Unterbrechung.« Überrascht blickte sie auf. Gubner wirkte regelrecht erleichtert.

»Was ist?« versetzte sie.

»Ich bin so gut wie fertig«, sagte ich. »Ich müßte nur noch mal kurz mit Marty sprechen.«

Sie zögerte, hielt den Kopf leicht schief, als warte sie auf die Übersetzung. »Marty hätte gern einen Martini«, sagte sie dann, als habe sie gar nicht zugehört.

Darauf mußte ich etwas erwidern, nahm ich an. »Nein, danke, Mrs. Lehman. Sehr freundlich.« Ich wollte noch etwas sagen, brachte aber nichts heraus. Gubner stand auf und führte mich in den Flur. Ich blickte zurück. Sie sah sich im Wohnzimmer um, ohne etwas wahrzunehmen.

»Hast du etwas gefunden?« fragte Gubner.

»Nichts Sensationelles«, wich ich aus. Gubner schien zu abgelenkt, um nachzuhaken. »Bleibst du noch, oder kommst du mit?« fragte ich.

Gubners Miene war ernst. »Ich bleibe. Es wird noch schlimmer werden.«

»Das glaube ich auch.«

»Apropos reden – ich glaube, ich verzichte lieber ein, zwei Wochen auf deine Gesellschaft.«

Das sah er ein. »Ich verstehe dich, Marty. Bis dann.«

Ich ging hinaus. Dann stieg ich in den Wagen und fuhr durch den Regen zum Flughafen, fort von den weißen Häusern mit ihren gepflegten Vorgärten.

Als ich ankam, war es bereits Abend. Ich war müde. Meine Gedanken kreisten um dieses und jenes, während ich mechanisch eincheckte. Dann suchte ich mir ein Telefon. Ich hatte vor, im Büro anzurufen, entschied mich dann aber dagegen. Diese Telefonate brachten von Mal zu Mal weniger ein.

Statt dessen rief ich Di Pietro an. Am Telefon war er kurzangebunden. Die Polizei hatte den Cadillac, an dem noch Überreste von Lehman hafteten, verlassen an einer Nebenstraße der Commonwealth gefunden. Der Wagen war kurz vorher vor einem Supermarkt gestohlen worden. Keinerlei Fingerabdrücke. Dies könnte bedeuten, gab ich zu bedenken, daß er geklaut worden sei, um Lehman umzubringen, ohne irgendeine Spur zu hinterlassen. Di Pietro erwiderte, vielleicht habe auch irgendein Strolch den Wagen gestohlen und sich dann nicht getraut, anzuhalten. Er formulierte es kürzer. Es war, als würde ihm jeder Satz vom Lohn abgezogen. Ich bedankte mich bei ihm und hängte ein.

Ich stieg ins Flugzeug. Bevor mir einfiel, daß ich meinen Martini im Ritz noch nicht bezahlt hatte, saß ich bereits im Taxi nach Hause.

Das Taxi hielt vor meinem Haus. Ich stieg aus. Die Notiz, die Lehman umgebracht hatte, hatte ich noch bei mir.

12

Der Koffer wog schwer in meiner Hand, als ich langsam über den Flur zu meiner Tür ging. Ich steckte den Schlüssel ins Schloß, drehte ihn um und stieß die Tür auf. Ich wollte eintreten, erstarrte aber im Türrahmen. Das Licht war an und warf düstere Schatten auf die Wände. Jemand erwartete mich.

Mary stand reglos neben dem Bücherregal. »Ich habe gehört, was mit Lehman passiert ist«, sagte sie. »Tut mir leid.«

Irgendwie war ich wütend. »Lehmans Frau tut es auch leid. Wie sind Sie hereingekommen?« Meine Stimme schien jemand anderem zu gehören. Sie klang trocken und kratzig. Mir wurde klar, wieviel Angst ich gehabt hatte.

»Der Verwalter hat mir den Schlüssel gegeben.«

Wir warteten beide darauf, daß der andere etwas sagte. Sie sah mich unverwandt an, ohne sich zu regen. Ich wollte, daß sie anfing.

Sie entfernte sich von den Büchern und brach den Bann.

»Ich hätte nicht herkommen sollen.«

»Schon okay.« Ich stockte. »Möchten Sie etwas zu trinken?«

»Sie?« Ich nickte. »Ja«, sagte sie. »Vielen Dank. Einen Scotch.«

Ich holte eine Flasche Scotch unter dem Bücherregal hervor und ging in die Küche, froh darüber, etwas Belangloses tun zu können.

»Wie haben Sie von der Sache erfahren?« fragte ich nach hinten gewandt.

»Von McGuire. Er sagt, es war ziemlich greulich.«

»Greulich« kam mir neckisch vor, so ähnlich wie »unordentlich«. »So kann man's nennen. Oder auch ›ekelhaft‹.« Ich wollte sie aufrütteln; der Mann war tot.

Ich warf Eis in die Gläser, doch der scheinbar gewöhnliche Vorgang befremdete mich mit einem Male. »›Und wie war deine Reise, Schatz?‹ ›Oh, bestens, Liebling, aber der arme Alec wurde leider von einem Auto zermatscht.‹ ›Zu schade, ich mochte Alec. Sonst ist aber alles bestens, oder?‹« Die allgemeine Gleichgültigkeit machte mich langsam wahnsinnig.

Ich verließ die Küche und kehrte in die Wirklichkeit zurück. Sie saß auf der Wohnzimmercouch. Sie hatte die Schultern eingezogen und preßte die Knie zusammen, als wäre ihr plötzlich kalt geworden. Ich reichte ihr den Drink. Sie hielt ihn mit beiden Händen fest und starrte hinein. Ich setzte mich hin.

»Was haben Sie getan?« Sie blickte von ihrem Drink auf.

»Ich mußte kotzen, das habe ich getan.«

»Macht es Ihnen etwas aus, darüber zu reden?«

»Nein.« Ich versuchte es zu erklären. »Sehen Sie, gestern saß ich noch mit Lehman zusammen. Er hatte Angst und ekelte sich vor sich selbst. Aber er lebte und versuchte, wieder zu sich zu finden. Als es passierte, trank ich gerade einen Martini. Und mit einem Mal flog Lehman durch die Luft. Als ich bei ihm war, sah er aus wie Hundefutter.« Ihre Finger umklammerten das Glas. »Nicht nur, daß es endgültig ist. Es ist so willkürlich.« Es war ein sinnloses Wort. Ich gab es auf.

»Glauben Sie, er wurde ermordet?«

Ich nickte.

»Von wem?«

»Von Lasko.« Und jemand anderem.

»Haben Sie etwas über Lasko herausgefunden?«

»Nein. Lehman wurde umgebracht, bevor er mir etwas verraten konnte.« Mein Attachékoffer lehnte an der Couch wie ein leiser Vorwurf.

»Was gedenken Sie zu unternehmen?«

»Ich weiß es nicht.«

»Sie sehen müde aus«, sagte sie.

Ich verdrängte Lehman. »Meinen Sie damit, was ich wegen Lehman zu unternehmen gedenke, oder wegen Ihnen, hier?«

»Ich weiß es nicht«, sagte sie leise. Ihre Augen waren weit aufgerissen, aufmerksam. Ich sah Lehman wie in Zeitlupe darin schwimmen. Ich wollte, daß er verschwand. Ich zog sie leicht an mich und küßte sie sanft. Als sie ausgezogen war, hielt ich sie lange fest. Dann liebten wir uns.

Anschließend schliefen wir. Mein Schlaf war unruhig, voller schriller Träume. Lauter aberwitzige Bruchstücke, ohne Bindung an Raum oder Zeit. Freunde aus meiner Kindheit kamen, und wir maskierten uns alle und spielten Verstecken. Dann lag da Lehman, ein komischer kleiner Haufen. Schweißgebadet wachte ich durch irgendein häßliches Geräusch auf, das ich nicht einordnen konnte.

Dann war ich hellwach, aber wie gelähmt vor Aufregung. Ich fuhr hoch. Mein Kopf wurde klarer. Das Telefon. Ich drückte auf den Lichtschalter und sah auf meine Uhr. Vier Uhr. Wieder klingelte es. Ich ging dran.

»Wissen Sie, wie spät es ist, verdammt noch mal?« fauchte ich in den Hörer.

Schweigen. Ich wollte schon auflegen. Doch eine Ahnung hielt mich zurück.

Die Stimme war sehr ruhig. »Vögeln Sie gerne, Mister Paget?«

Die Frage klang keineswegs akademisch. Meine Finger umkrampften das Telefon.

»Sieht so aus, als wär sie ganz gut. Ich hoffe, Sie können noch mal ran.« Er redete ohne jede Betonung, so als habe man einen telefonischen Ansagedienst gewählt. Irgendwie machte das alles noch schlimmer.

Ich starrte den Hörer an, bevor ich wieder sprach. »Ich nehme an, dafür gibt es keinen Grund.« Die Hälfte kannte ich bereits; jemand beobachtete meine Wohnung.

»Lassen Sie Lehmans Familie in Ruhe, Paget. Sie könnten sonst Ihr Aussehen ruinieren.« Die Stimme zögerte. »Aber vielleicht wollen Sie ja wie Lehman aussehen. Vielleicht wollen Sie ja Lehman sein.«

Ich wartete auf mehr. Es kam nichts. Dann klickte es in der Leitung. Ich hielt den Hörer noch immer am Ohr, als das Freizeichen kam.

Mary wälzte sich schlaftrunken zur Seite. Die schwarzen Haare fielen ihr ins Gesicht. »Was war das?« murmelte sie.

»Falsch verbunden.«

Geistesabwesend griff sie nach meiner Schulter. Ich sah sie noch einen Augenblick an, dann schaltete ich das Licht aus.

Es gab keine weiteren Anrufe. Ich lag auf dem Bett und fragte mich, wie lange ich wohl mit Lehmans Leiche schlafen mußte.

Am Morgen war sie in der Küche und machte Rühreier. Ich beobachtete sie, dann trat ich ans Fenster und hing meinen Gedanken nach.

Mary beugte sich aus der Kochnische. »Ein Anflug von postkoitaler Depression?«

»Wohl kaum.«

Ein kaum wahrnehmbares Lächeln trat auf ihre Lippen. »Weißt du, du bist so ganz anders als Frank.« Sie kümmerte sich wieder um die Eier. »Im Bett und auch sonst.«

»Und? Gefällt es dir?«

Sie warf mir ein rasches Lächeln über die Schulter zu. »Ja. Sehr.«

Unser Frühstück verlief ruhig. Wir saßen an dem runden weißen Tisch am hinteren Wohnzimmerfenster. Die Sonne fiel auf den Tisch und wärmte ihr Gesicht. Wir redeten über Belanglosigkeiten. Etwas hatte sich zwischen uns verändert. Doch eine Weile taten wir so, als hätte es keine Veränderung gegeben. Es funktionierte nicht ganz. Tut es nie.

Wir redeten leise. Sie erfuhr, woher ich kam und was ich auf der Schule gemacht hatte. Mir reichte das. Doch Mary stützte sich mit den Ellbogen auf den Tisch und blickte mich an, als wolle sie mehr hören. Im Augenblick hatte ich nicht mehr zu bieten. Ich war müde, und die Szene beschwor Erinnerungen an andere Morgenstunden an anderen Orten herauf. Immer noch hörte ich die Stimme am Telefon. Und Alexander Lehman war tot.

Der letzte Gedanke lähmte mich förmlich. Sie fragte mich, was los sei. Ich blickte auf die Sonnenflecken auf dem Tisch. »Eine ganze Menge. Lehman ist tot. Ich lebe. Und wegen all dem wirkt der Sonnenschein heller, so als hätte ich eine ganze Weile nicht mehr darauf geachtet.«

Ihre Augen verschlangen mich mit tiefschwarzem Blick. »Du kannst Lehman nicht wieder lebendig machen.«

»Asche zu Asche?« fragte ich.

»Bitte, Chris, sei nicht so zynisch. Du weißt genau, was ich meine.«

Ich war mir nicht so sicher. Aber ich gab gern nach. Ich untersuchte die Sonnenflecken noch ein bißchen. Ich spürte ihre Nervosität. Das Schweigen lastete im Raum.

Sie verschränkte die Arme und lehnte sich steif zurück. »Du redest nicht gerne über dich, nicht wahr?«

»Und du kannst nicht aufhören, mir Fragen zu stellen, was?«

»Was stimmt nicht mit dir? Du zierst dich wegen deiner Boston-Fahrt. Du kannst über nichts Persönliches sprechen, über nichts, was dich angeht.«

»Ich wette, du warst auf der Schule eine großartige Psychologin. Trotzdem, meine Mutter liebt mich.«

Sie drohte mir wieder zu entgleiten. Ich griff nach ihrem Arm. Er fühlte sich steif an. Aber sie zog ihn nicht weg. »Mary, es gibt gewisse Dinge, die ich sehr persönlich nehme. Es ist besser so. Vielleicht bin ich dadurch kein guter Gesellschafter. Es ist keine Absicht.« Ich sammelte meine Gedanken. »Es gibt einfach Dinge, die ich nicht vor anderen ausbreiten möchte.«

»Verlange ich das denn?« In ihrem Tonfall schwang die Erinnerung an letzte Nacht mit, aber sie hatte sich unter Kontrolle. Die Frage klang eindringlich und unmittelbar, direkt.

Mit der freien Hand malte ich Muster auf die Sonnenflecken, während ich ein paar unfrohen Gedanken nachhing. Sie beobachtete mich und wartete. Schließlich brachte ich einen kurzen Abriß zustande. »Vor vier Jahren habe ich in Boston mit einem Mädchen zusammengelebt. Ich wollte bei ihr bleiben.« Irgendwie hatte ich das Gefühl, als entgleite mir etwas. »Ich wußte nur zu genau, was ich wollte, aber nicht, was sie brauchte. Es endete im Streit, bei dem ein unwahres und unschönes Wort das andere gab. Ich forderte sie auf zu gehen. Und sie ging.« Mary hatte den Arm unter meinen geschoben, so daß mich ihre Finger berührten. Ich brachte es zu Ende. »Wenn es jemals notwendig werden sollte, daß wir darüber reden, werd ich's vielleicht können. Aber soweit sind wir noch nicht.«

»Was ist aus ihr geworden?« fragte sie mit gedämpfter Stimme.

»Der andere Typ war schlauer und um einiges geduldiger als ich. Inzwischen lebt sie als Frau eines Psychiaters in Boston. Ich habe sie aus den Augen verloren.«

»Bist du deshalb nach Washington gezogen?« Ihre Augen waren sanft, neugierig.

Ich zuckte die Achseln. »Nicht unbedingt. Ich hatte verschiedene Gründe.«

Mary starrte auf den Tisch. Schließlich sagte sie etwas. »Tut mir leid, Chris. Möglicherweise habe ich mich heute morgen danebenbenommen.«

Sie klang, als sei sie sich nicht sicher. Andererseits aber war die Situation neu für sie. Dachte ich. Für sie und für mich. Und sie kannte nur einen Teil.

Ihre Finger hatten nun meinen Arm umfaßt. Ich hörte auf, Kreise und Rechtecke zu zeichnen. Ich umschlang sie und zog sie hoch. Ihre Haare fielen ihr über die Schultern. In der Sonne wirkte ihre Haut geschmeidig und olivfarben. Sie sah warm aus.

13

McGuire saß da und starrte zum Capitol Hill, wo die neuen Ausschußmitglieder bestätigt wurden. Er rieb mit den Fingern über die Armlehnen und schob den Stuhl mit den Füßen vor und zurück. Ich fragte mich, ob er wohl jemals still saß.

Er blickte zu mir auf. »Setzen Sie sich, Chris.« Ich zog mir einen Sessel heran, während er sein Gummilächeln übte. Es wirkte kläglich, wie das Lächeln eines Pfarrers über den dreckigen Witz eines großzügigen Spenders.

»Sie sind heute morgen spät dran«, fing er an, raffte sich dann aber zu einer, seinem Lächeln gemäßen flapsigen Bemerkung auf. »Wohl jemanden zum Vögeln aufgerissen letzte Nacht.«

»Sehr komisch. Vor allem, wenn man die Umstände bedenkt.«

»Man darf nie den Humor verlieren.«

Das wäre aber auch ein Jammer, dachte ich. »Warum rufen Sie nicht bei den Lehmans an, Joe. Die sind momentan ziemlich scharf auf humoristische Einlagen.«

»Sehen Sie, das mit Lehman geht mir genauso nahe wie Ihnen.« Er wartete. Ich antwortete nicht. »Haben Sie in Boston irgend etwas herausgefunden?«

»Eigentlich nicht.«

»Und wo, zum Teufel, waren Sie dann gestern?«

»Jemanden zum Vögeln aufreißen.«

Das Lächeln löste sich in Luft auf. »Albern Sie nicht herum. Wo waren Sie?«

»Ich war bei Lehman zu Hause.«

Der Stuhl kam zum Stillstand. »Das habe ich Ihnen nicht gestattet. Was haben Sie dort getan?«

»Ich hatte gehofft, etwas zu finden.«

»Am Tag, nachdem der Kerl umgebracht wurde?« McGuire klang, als sei er entsetzt und angetan zugleich.

»Genau.«

»Herrgott, ist Ihnen eigentlich klar, wie wir dastehen? Sie haben die Hinterbliebenen belästigt. Das ist einfach furchtbar.« Er dachte nach. »Haben Sie etwas gefunden?«

Soviel zum Thema Mitleid. Ich fragte mich, wer wohl sonst noch Bescheid wissen wollte. Der Attachékoffer mit der Notiz stand zu meinen Füßen. »Nicht viel. Alte Bilanzerklärungen und ähnlichen Schrott.«

Besorgt wölbten sich seine Augenbrauen. »Sind Sie sicher?«

Irgend etwas stimmte nicht. »Ist irgend etwas passiert, über das ich Bescheid wissen sollte?«

Die Frage entlockte ihm ein freudloses Lächeln. »Sie treffen sich heute nachmittag mit William Lasko. Um halb vier.«

Wieder Lasko. Die Neuigkeit erwischte mich wie ein schwer verdaulicher Brocken. Ich traute meiner Stimme nicht recht. Also versuchte ich, ihm mit Blikken eine Erklärung zu entlocken. Sein steifes Lächeln verriet, wie peinlich ihm die Sache war.

»Laskos Anwalt rief heute morgen an und bat um ein Gespräch.« Er hielt inne. »Ein gewisser Mister Catlow«, fügte er vage hinzu.

Letzteres war ziemlich gut. Anscheinend hatte McGuire den Namen seines Gesprächspartners vom

Montag vergessen. Ich wollte ihn daran erinnern und ihm anschließend die Zähne ausschlagen. Doch ich tat es nicht. Ich wartete auf mehr.

Er sprach zögernd, als habe mein Schweigen ihn der Worte beraubt. »Lasko glaubt, daß dieser Fall seinem Ruf schadet. Er bat um ein Gespräch, weil er sämtliche Fragen beantworten möchte, die wir eventuell haben.«

Das klang einigermaßen offen. Doch irgend etwas an McGuires Tonfall störte mich.

»Wird bei der Unterredung ein Stenograph zugegen sein?«

Genau da lag der Hund begraben. McGuire wich meinem Blick aus, schaute zu Boden und schüttelte den Kopf. »Nein. Es handelt sich nur um ein informelles Gespräch.« Er versuchte, dies beiläufig klingen zu lassen, als wäre dies die übliche Vorgehensweise.

Langsam hatte ich die Nase voll davon, hier tatenlos herumzusitzen. Aber ich beherrschte mich, so gut es ging. Als ich endlich redete, klang es knapp und trokken. »Ich brauche Ihnen wohl nicht extra zu sagen, daß dieses Gespräch mehr als nutzlos ist, nicht wahr, Joe?« Er starrte mich an und wirkte sowohl ertappt als auch wütend. Ich fuhr fort. »Ohne Protokoll können wir ihn niemals des Meineids überführen. Er wird uns anlügen, wann immer es ihm paßt.«

»Er ist mit dem Präsidenten befreundet. Bedenken Sie das. Und er kommt aus freien Stücken zu uns.«

»Kein Wunder. Sie wissen verdammt genau, warum er kommt. Er lügt uns an, ohne daß wir ihn belangen können, und im Gegenzug findet er alles raus, was ich weiß. Er wird sich die Fragen anhören. Wenn ich ihn über Sam Green befrage, erfährt er auch das. Wenn er irgendwie mit Green unter einer Decke steckt, kommt er vor uns an ihn ran. Wenn ich irgend etwas über Lehman weiß, erfährt er das durch meine Fragen.

Wenn er mich über Punkt ›X‹ anlügt, und ich komme ihm nicht auf die Schliche, kann er sich denken, daß ich über Punkt ›X‹ nicht Bescheid weiß. So läuft das. Vielleicht sollte ich Lasko gleich direkt Bericht erstatten.«

»Verdammt, der Mann hat Einfluß. Und Sie haben nicht die kleinste Kleinigkeit gegen ihn in der Hand.«

»Ich meine, Lasko hat Lehman umbringen lassen.«

Seine Augen funkelten. »Sehen Sie, ich möchte nicht, daß Sie derart unverantwortlichen Quatsch erzählen.« Er sprach eindringlich, wie ein Ausbilder beim Militär. »Ich lasse Ihnen den Mist hier durchgehen, im Augenblick jedenfalls. Aber wenn Sie ihn vor jemand anderem ausbreiten, fliegen Sie hochkant hier raus, verstanden?«

Ich hatte endgültig genug und stand auf. »Ist das alles?«

Wütend hob er die Stimme. »Nein, das ist es nicht. Sie haben ohne Erlaubnis in Lehmans Haus herumgeschnüffelt. Sie haben mich beim Abschicken des Offenlegungsbescheides an Lasko übergangen. Jetzt haben Sie sich selbst zum Detektiv ernannt. Wenn Sie meinen, daß Woods Ihnen den Rücken deckt, irren Sie sich gewaltig. Wenn ich Sie feuere, dann aus mehr als gutem Grund. Und es gibt keine Kanzlei auf der Welt, die Sie danach auch nur zum Kaffeeholen einstellen wird.«

Ich bin so gut wie draußen, dachte ich. Ich ballte die Fäuste in der Tasche, um mich zu beruhigen. »An Ihrer Stelle würde ich mich jetzt nicht feuern, Joe. Es wäre zu anrüchig.« Wir starrten einander an. »Sind wir jetzt fertig?« fragte ich.

McGuire wich meinem Blick aus. Er nickte mit abgewandten Augen. Es war eine unwirsche Geste, die von Wut und Ärger zeugte. Vor der nackten Wand wirkte er so einsam wie der letzte Bewohner eines zum Abriß verdammten Hauses.

Ich nahm meinen Koffer und ging zur Tür. Ich öffnete sie, dann wandte ich mich noch einmal um. »Übrigens, Joe, machen Sie neuerdings komische Telefonanrufe?«

Ich suchte nach einem Eingeständnis in seinen Augen. Doch ich stieß nur auf Wut und Verwirrung. Ich knallte die Tür zu und ging.

Unterdrückter Zorn übermannte mich. Halb blind tappte ich durch die Flure zu meinem Bereich. Dort war alles unverändert. Ein Bürobote verteilte einen Stapel Mitteilungen und die Presseverlautbarung der Behörde. Drei der Mädchen saßen an Debbies Schreibtisch und redeten gelassen miteinander, wie es nur Angestellte im öffentlichen Dienst fertigbringen, während sie ihren Kaffee umrührten. Es war ein großer Tag. Eins der Mädchen hatte die Bowling-Meisterschaft des EEC gewonnen.

Ich fühlte mich wie ein Besucher aus Botswana, während ich mich im Durcheinander der Büros umsah. Feiner starrte aus seinem Büro, sah mich und blickte weg. Ein fremdes Gesicht huschte vorbei. Sie hatten einen Neuen eingestellt. Ich ging zu meinem Büro.

Debbie blickte auf und folgte mir. Eine Zeitlang sah sie mich nur an. »Ist alles in Ordnung?« fragte sie schließlich.

»Ich glaube schon.«

Ihr Blick war ruhig und ernst. »Das mit Ihrem Zeugen tut mir leid«, sagte sie.

Irgendwie war das die normalste Reaktion, die ich seit drei Tagen erlebt hatte. Dann fiel mir ein, daß Mary nahezu das gleiche gesagt hatte. »Danke«, sagte ich schließlich.

Sie nickte. »Wenn Sie drüber reden möchten –« Der Satz blieb im luftleeren Raum hängen. Ich sagte ihr, ich käme gern darauf zurück, dann ging mir der Gesprächsstoff aus. Sie kehrte an ihren Schreibtisch zurück und schloß die Tür hinter sich.

Ich warf meinen Attachékoffer auf den Schreibtisch und setzte mich. Als Robinson an die Tür klopfte, starrte ich noch immer den Koffer an. Seine Miene wirkte betroffen. »Was, um Himmels willen, ist denn passiert?«

Er setzte sich, während ich es ihm erzählte – nahezu alles, bis auf die Notiz. Es half mir. Doch die Notiz blieb mir im Hals stecken. Der Anruf ebenso. Wahrscheinlich, weil er mir, bei Tageslicht besehen, kindisch vorkam. Trotzdem hielt ich damit hinter dem Berg.

Robinson wägte alles ab. »Dann glaubst du also, Lasko hat Lehman umgebracht?« fragte er.

»Ja.«

Er nickte. »Irgendwie macht es Sinn.«

Trostlosigkeit erfüllte den Raum, so als habe Robinson gerade Lehmans Tod bestätigt. Robinson empfand es ebenfalls. Peinlich berührt, versuchte er mich abzulenken. »Weißt du«, sagte er schließlich, »mehr als dein Bestes kannst du nicht geben.«

»Wie meinst du das?«

Er lehnte sich zurück, als wolle er ein Gleichnis erzählen. »Vor ein paar Jahren hatte ich eine Sekretärin, die immer an ihrer Schreibmaschine einschlief. Eines Tages habe ich mir ihren Arm einmal genauer angesehen. Alles voller Einstiche. Also habe ich versucht, sie loszuwerden. Sie hat Wind davon bekommen, sich schriftlich beim Obmann für Chancengleichheit im Beruf beschwert und behauptet, ich wäre Rassist.«

»Was ist daraus geworden?«

»Die Personalabteilung hat mich durch den Wolf gedreht, und ich mußte mich mit irgendeinem aufgeblasenen Scheißkerl über meinen latenten Rassismus unterhalten. Der Gipfel aber war, daß ich mich wöchentlich mit meiner Sekretärin zusammensetzen und ihr weiterhelfen mußte. So ging das drei Wochen lang. In der vierten konnte ich's nicht mehr aushalten. Ich schlug sie zur Beförderung vor. Jetzt leitet sie zwischen ihren Nickerchen ein Schreibbüro mit dreißig Mädchen.«

Ich schüttelte den Kopf. »Die Sache dabei ist«, fügte er hinzu, »daß es zum Umfeld paßt.«

Die Geschichte schien einen vagen, aber deprimierenden Bezug zu meiner Arbeit zu haben, möglicherweise sogar zu Lehman. Robinsons Fatalismus wurmte mich. Ich versuchte, an etwas Konstruktives zu denken.

»Das Büro in Boston hat den Offenlegungsbescheid über Laskos Bilanzen am Mittwoch zugestellt. Glaubst du, du kannst sie dazu bringen, daß sie einen Teil davon noch heute per Luftfracht runterschaffen?«

»Einen Teil schon.«

»Dann werfen wir am Wochenende einen Blick darauf. Da muß noch irgendetwas anderes vorgehen, das mit der ganzen Sache zusammenhängt.«

»Ich werde dafür sorgen«, sagte er steif. »Sonst noch was?«

Meine Gedanken kreisten noch immer um die Notiz. »Weißt du, daß wir uns um halb vier mit Lasko treffen?«

Seine Augen hinter der dicken Brille wirkten verblüfft. »Ich habe es gehört. Aber es gefällt mir ganz und gar nicht.«

»Es war nicht meine Idee, Jim.«

Er nickte. »Das habe ich mir schon gedacht. Hast du mit McGuire geredet?«

»Wir haben es angesprochen«, sagte ich trocken. »Und beinahe wäre ich diese Woche zum zweiten Mal gefeuert worden.«

Robinson wirkte wieder geistesabwesend, während er seine Fingernägel musterte. »Hast du dich schon mal gefragt, warum er dich nicht vor die Tür setzt?«

»Das habe ich. Die Antwort lautet, daß er sich eine Menge Ärger einhandelt, wenn er mich mitten in dem hier rausschmeißt.«

»Dann solltest du dich vielleicht mal fragen, warum er dich überhaupt darauf angesetzt hat. Mit jemand anderem hätte er weniger Ärger.«

Es war, als habe er meinen Argwohn gerochen. Ich wollte ihm von McGuire und Laskos Anwalt erzählen. Und von der Notiz. Doch damit würde Robinson zwischen McGuire und mich geraten. Und da wollte er garantiert nicht hin.

»Ich werd darüber nachdenken, Jim. Und danke für deine Hilfe.« Ich hatte das Gefühl, als würde ich ihn ausbremsen, aber ich wollte jetzt nicht mehr sagen. Er konnte meine Schwierigkeiten nicht gebrauchen, und ich wollte nicht, daß er Geheimnisse vor McGuire hatte. Ich ließ ihn gehen.

Ich stand auf und schloß die Tür. Dann holte ich den braunen Umschlag aus dem Attachékoffer. Lehmans Notiz. Ich betastete den Umschlag und fragte mich, ob das absurde Gekritzel auch mein Leben gefährden konnte. Ich starrte lange darauf. Dann öffnete ich meine Schreibtischschublade und blickte hinein. Der Boden bestand aus zwei Schichten Metall. Ich nahm meinen Brieföffner, stieß ihn zwischen die beiden Schichten an der Vorderseite der Schublade und stemmte sie auseinander. Langsam drückte ich nach oben, so daß ein schmaler Spalt entstand. Ich zog den Brieföffner wieder heraus und holte die Notiz aus dem Umschlag. Ich notierte mir die rätselhaften Worte auf einem Block, riß das Blatt ab und steckte es in meine Brieftasche. Ich schob die Notiz wieder in den Umschlag. Dann stemmte ich mit dem Brieföffner den Spalt in der Schreibtischschublade weiter auf. Ich nahm den Umschlag in die linke Hand und versuchte, ihn zwischen die beiden Metallschichten zu schieben. Es ging. Langsam schob ich ihn hinein.

Ich dachte eine Weile nach. Ich wußte, daß dies der Wendepunkt war. Ich konnte die Notiz entweder verstecken oder es sein lassen und sehen, ob ich davonkam. Aber wahrscheinlich war ich schon zu weit gegangen, als ich den ersten Blick darauf geworfen hatte. Ich machte die Schublade zu und schloß sie ab.

Ich lehnte mich zurück und wartete auf William Lasko.

14

Um zwanzig nach drei holte ich Robinson ab und ging zum Konferenzraum. Er war auf Eleganz im Sonderangebot getrimmt: ein billiger Holztisch und moderne, gelb bezogene schwedische Stühle, maximale Lebensdauer drei Jahre. An zwei Seiten waren Glasfenster mit billigen Vorhängen aus orangefarbenem Sackleinen. Ein Gummibaum vervollständigte das Ambiente.

Wir saßen auf den Wegwerfstühlen und rissen ein paar schlechte Witze über die Einrichtung, während wir auf Lasko warteten.

Ich blickte auf meine Uhr. Es war zwanzig vor vier. Lasko machte seine Haltung deutlich. Es war durchaus wirkungsvoll. Sekunde um Sekunde verrann. Robinsons Zeigefinger malte unsichtbare Felder auf seinen Notizblock. Ich ertappte mich dabei, wie ich frei nach Gene Krupa mit dem Stift auf den Tisch trommelte.

Das Telefon klingelte. Der Wachmann unten meldete, daß Lasko mit seinem Anwalt eingetroffen war. Ich sagte, er solle sie hoch in den Konferenzraum im dritten Stock schicken. Wir warteten. Dann wurde die Tür aufgerissen.

Trotz der Bilder war ich nicht auf Lasko vorbereitet. Er füllte den Eingang aus, war mindestens eins dreiundneunzig groß, über hundert Kilo schwer und wirkte wuchtig, düster und beherrscht. Er trat ein und schritt mit breitem Lächeln um den Konferenztisch herum, als gelte es, einen Brückenkopf zu sichern. Er stellte sich so dicht vor mich hin, daß er auf mich herabblicken konnte, und verpaßte mir einen knochenzermalmenden Handschlag.

»William Lasko.« Er nagelte mich mit seinen Augen förmlich fest, prüfte meine Reaktion.

Ich begegnete seinem Blick. »Wie geht's, Mister Lasko? Ich bin Christopher Paget.«

Er starrte mich noch eine Sekunde an, dann wandte er sich Robinson zu und wiederholte das Ritual. Er sah aus, als stamme er aus dem Südwesten: gebräunte Haut, fleischiges Gesicht und schwarze Augen, hart und intelligent. Ich deutete auf den Tisch. Mit entschlossenem Griff rückte sich Lasko einen Stuhl zurecht und nahm Platz. Er strahlte eine gewisse Selbstsicherheit aus, als stehe er vor dem Spiegel und betrachte sich beifällig. Es war beeindruckend. Ich fühlte mich mickrig, war mir meiner Bedeutungslosigkeit bewußt.

Erst dann fiel mir Catlow auf. Er stand etwas weiter zurück, der Inbegriff des sich im Hintergrund haltenden Anwaltes. Der Gegensatz zu Lasko war verblüffend. Er hatte sandfarbene Haare, war zierlich und vergilbt wie die Schriftrollen vom Toten Meer. Er stellte sich mit trockener, dünner Stimme vor und reichte uns verstohlen die Hand. Das Lebhafteste an ihm waren die scharfen, aufmerksamen Augen. Unauffällig war Catlows Domäne. Ich blickte zu Lasko. Er hatte schwarze Haare, eine kräftige Nase und dicke, volle Lippen. Unklarheiten waren nicht seine Sache.

Wir nahmen alle Platz, Robinson rechts von mir, die beiden anderen zu meiner Linken. Lasko beugte sich über den Tisch, als habe er ihn gerade gekauft. Während ich überlegte, wie ich anfangen wollte, starrten mich beide an.

Das Telefon klingelte. Ich nahm ab. Eine Auslandsvermittlung krächzte mich an und fragte nach Lasko. Ich reichte ihm den Hörer. Sein satter Bariton klang zufrieden. »Ich hab ein paar Eisen im Feuer. Ich kann jetzt nicht weg – ständig muß man mit jemand reden.« Er sprach ins Telefon. »Leo. Wo stecken Sie? In Japan? Verdammt, wie spät ist es da drüben? Ja, ich bin beim EEC. Was gibt's?« Lasko bestritt beide Teile des Gesprächs – vermutlich mir zuliebe. Ich fragte mich, was wohl der arme Leo davon hielt, daß er um Mitternacht aufstehen und seinen Boß anrufen mußte.

Lasko redete weiter mit Leo, während er mich musterte. Ich musterte ihn meinerseits, um ihn bei Laune zu halten. »Yeah. Okay. Fünfunddreißig die Tonne? Das ist ja Erpressung. Hören Sie, Leo, das ist totaler Quatsch. Fragen Sie diesen Japsen, woher er sonst die Kohle für seine mickrige kleine Insel kriegen will. Dann gehen Sie einfach. Wir warten zwei Wochen, dann wird er schon angekrochen kommen.« Ich verstand, was er damit ausdrücken wollte: Lasko war ein sehr bedeutender Mann. Das war seine Art, mit Menschen umzuspringen. Wichtig war nur, daß man wichtig war. Lasko brauchte Einfluß wie ein Junkie seinen Schuß. Und Lehman hatte irgendwie die Nachschublinien bedroht.

Schließlich legte Lasko auf. Ich blickte ihn an, wollte ihn aussitzen. Schließlich redete er. »Nun, Mister Paget, was steht an?« Er schlug einen herzlichen, wenn auch drängenden Tonfall an, als wolle er, daß ich endlich zur Sache käme. Catlow hatte die Hände auf dem Tisch liegen und saß völlig regungslos da.

Ich antwortete höflich. »Mister Lasko, ich hatte gedacht, daß Sie vielleicht ein paar Vorschläge bezüglich unserer Vorgehensweise vorbringen wollten.«

Lasko antwortete unumwunden. »In Ordnung. Ich

denke, wir sollten mit offenem Visier antreten. Ich bin ein praktischer Mensch. Ihre Ermittlungen schaden meiner Firma.« Er breitete die Arme aus. »Fragen Sie mich alles, was Sie möchten. Ich werde Ihre Fragen solange beantworten, bis Sie sicher sind, daß es keinerlei Grund zur Besorgnis gibt.« Die Freundlichkeit war pure Fassade; sein Tonfall war herrisch. Lasko dachte, er hätte mich ebenso in der Hand wie Lehman. Seine Geringschätzung war so offenkundig wie die Augusthitze.

Ich zwang mich zu einem Lächeln. »Ich weiß das zu würdigen.« Ich versuchte herauszufinden, was an dem Gespräch so seltsam war. Dann kam es mir. Niemand hatte Alec Lehman erwähnt.

Zaghaft sagte ich: »Sind Sie bereit?«

Lasko lächelte und breitete wieder die Arme aus. »Bereit.«

Ich sprach sehr langsam. »Sind Sie für Alexander Lehmans Tod verantwortlich?«

Jedes einzelne Wort fiel wie ein Stein. Catlows Augen wurden beinahe unmerklich größer. Seine rechte Hand zitterte. Das Lächeln verharrte noch eine Sekunde auf Laskos Gesicht, bevor sein Gehirn es tilgen konnte. Dann verzogen sich seine Züge zu der primitivsten Fratze, die ich je gesehen hatte. Dieser Mann war ein Raubtier. Ich hatte meine Antwort. Seine förmliche Antwort war das genaue Gegenteil und wurde bewußt monoton vorgebracht.

»Nein.«

»Dann bin ich ja erleichtert.« Ich wandte mich an Robinson. »Hast du noch irgend etwas für Mister Lasko?«

Robinson starrte mich an, dann schüttelte er langsam den Kopf.

Catlow mischte sich ein. Seine spröde Stimme verriet die Anspannung. »Sie haben doch gewiß weitere Fragen. Mister Lasko hat beträchtliche Mühen auf sich genommen, um sich mitten in drei Verkaufsgesprächen zu Ihrer Verfügung zu halten.«

Mehr Unterstützung konnte McGuire gar nicht bekommen. Ich wischte Catlows Worte beiseite und wandte mich an Lasko. »Betrachten Sie sich als entlastet, Mister Lasko. Darf ich Sie hinausbegleiten?«

Laskos Bariton bebte vor eiskalter Wut. »Mister Paget, Sie begehen einen schweren Fehler.« Der Hochmut ging mit ihm durch, trieb ihn bis zum Äußersten. Alles weitere verriet sein Gesicht – daß ich im Begriff war, denselben Fehler zu machen wie Lehman.

Ich durfte mir mein Frösteln nicht anmerken lassen. Ich redete ruhig. »Sie sind Steuerzahler. Schreiben Sie an Ihren Abgeordneten. Sie und ich sind fertig – im Augenblick jedenfalls.«

Catlow faßte Lasko am Ärmel. »Warten Sie unten auf mich, Bill. Mister Paget und ich werden miteinander reden.« Lasko antwortete nicht. Catlow fuhr im gleichen ruhigen Tonfall fort. »Dazu« – er nickte mir zu, als wäre ich eine Topfpflanze – »bin ich als Ihr Anwalt da.«

Lasko starrte mich noch immer an. Die Atmosphäre war so geladen wie radioaktiver Regen. Dann stemmte sich Lasko aus dem Stuhl hoch, warf mir einen glühenden Blick zu und marschierte aus dem Zimmer. Die seltsame Kraft des Mannes aber blieb; mit einem Mal wirkte der Raum leer.

Catlow blieb sitzen und musterte uns mit kühlem Blick. Er wandte sich an Robinson. »Würden Sie uns vielleicht entschuldigen? Ich würde mich mit Mr. Paget gern unter vier Augen unterhalten.«

Robinson blickte zu mir. Ich nickte. Mit zweifelndem Blick stand er auf.

Catlow und ich waren allein. »Sie müssen meinen Mandanten entschuldigen«, sagte er.

»Er ist ziemlich aufgewühlt wegen Lehman, nicht wahr?«

Catlow zündete sich eine Zigarette an, vorsichtshalber eine mit niedrigem Teergehalt, und zog sich einen Aschenbecher heran. Seine Bewegungen waren knapp und sparsam. Er blickte auf. »Ich kann mir vorstellen, daß Sie sich ziemlich heroisch vorkommen. Vermutlich träumt jeder junge Jurist in Diensten der Regierung von seiner Sternstunde. ›Der junge Mister Paget, ein Streiter für die Wahrheit‹.« Er stieß den Rauch aus und musterte mich durch den Qualm.

Er gab sich ziemlich herablassend, aber seine Worte kamen mir merkwürdig bekannt vor. »So ungefähr.«

Er bedachte mich mit einem schmalen, zufriedenen Lächeln. »Ich halte das für ausgesprochen töricht, Christopher. Dieser Fall wird vorübergehen, und in einem Jahr ist er lediglich eine Fußnote in einem Haushaltsbericht. Und selbst wenn ein Fall vorliegen sollte, wird er in beiderseitigem Einvernehmen beigelegt werden. Sonst wird nichts weiter passieren. Nur mit Ihnen.« Er blickte mich mit seinen ausdruckslosen grauen Augen an und wählte seine Worte mit Bedacht. »Ungeachtet dessen, was hier heute nachmittag gesagt wurde, wären die Folgen für Sie doch erheblich. Sie werden persona non grata sein. Nicht etwa, weil Sie jemanden verärgert haben, sondern weil sie jemanden auf eine Art und Weise verärgert haben, die etwas über Ihre Urteilskraft aussagt – wegen nichts und wieder nichts.«

Seine Ruhe wirkte auf eine seltsame Art dämpfend. »Nur zu. Ich bin ganz Ohr.«

»Außerdem wurden heute nachmittag von Ihrer Seite unvorsichtige Bemerkungen bezüglich einer

Angelegenheit vorgebracht, die nicht in die Zuständigkeit Ihrer Behörde fällt. Die Polizei hat keinerlei Anschuldigungen erhoben. Sie haben niemanden, der Sie in dieser Sache unterstützen wird.« Sein Tonfall war nun traurig, ein Abgesang auf meine ruinierte Karriere. »Wie Sie es auch drehen, es gibt für Sie nichts zu gewinnen. Denken Sie darüber nach.«

Erwartungsvoll sah er mich an. Ich bemerkte eine Ader auf seiner blassen Stirn. Ich sah ihm beim Inhalieren zu. Wo Lasko verschlossen war, war er offen. Catlow würde sich meiner Karriere annehmen und sich die Behörde vorknöpfen, während Lasko aus sicherer Entfernung die grobe Tour durchzog – Verkehrsunfälle und Todesdrohungen. Es war nur zu wirkungsvoll. Und ich hatte es gründlich satt.

»Eine gute Feststellung, Mister Catlow. Aber Sie legen eine nicht zutreffende Vermutung zugrunde. Sie nehmen an, daß ich wie Sie sein möchte. Dem ist aber ganz und gar nicht so, nur um hier mal die Tatsachen festzuhalten.« Meine Stimme wurde höher. »Und nun will ich Ihnen einen Rat geben. Der Auftritt Ihres Mandanten heute gehörte zu den eher ekelhaften Eindrücken meines Lebens. Wenn auch nicht ganz so ekelhaft wie Alec Lehmans Blut auf der Arlington Avenue.« Die Ader an Catlows Stirn pulsierte jetzt; er wirkte dadurch so bleich wie Elfenbein. »Lasko hat Dreck am Stecken. Und auch Sie werden sich die Finger schmutzig machen«, schloß ich.

Catlow starrte mich einen Augenblick lang an. Dann stand er abrupt auf und wollte gehen. Ohne abschließende Drohungen. Catlow war kein Mann, der seine Worte verschwendete; er würde sie anderweitig einsetzen. »Auf Wiedersehen, Mister Paget.« Das Wiedersehen hallte vor Andeutungen bezüglich meines weiteren Werdeganges wider.

Meine Stimme stoppte ihn. Ich sprach beiläufig. »Wissen Sie, als ich zu Lehman kam, war sein Gesicht zermalmt und sein Schädel aufgeplatzt. Ein Auge war geschlossen, und sein Kopf lag in einer klebrigen Pfütze aus irgendeiner Masse, die mal in seinem Kopf war.«

Die Ader pulsierte; seine Augen brannten vor Wut. Ich hatte mich ganz und gar nicht wie ein Jurist verhalten und Dinge angesprochen, die alles andere als angenehm waren. Dinge, die im förmlichen Gespräch unwirklich klangen. Er ging rasch hinaus.

Ich sackte auf meinen Stuhl. Das Fest war vorbei, und ich durfte den Abfall wegräumen. Ich war so müde wie noch nie in meinem Leben.

15

Robinson wühlte in seinem »Eingang«-Korb herum, als ich in sein Büro kam. Das machte er immer, wenn er sich von irgend etwas ablenken wollte.

»Was ist passiert?« fragte er. Seine Augen strahlten vor Neugier.

Müde sank ich auf den Stuhl vor seinem Schreibtisch. »Rate mal, Jim«, sagte ich dann beiläufig, um ihm zu versichern, daß er nichts versäumt hatte.

Robinson lächelte leicht. »Ich glaube, ich kann dir eine Zusammenfassung geben. Big Daddy hat dir gesagt, daß du böse gewesen bist und bestraft wirst. Strafversetzt ins Amt für Fischerei- und Laichwesen, wo du dir anständige Zuchtmöglichkeiten für Lachse ausdenken kannst.«

»Liegt ziemlich nahe.« Ich kam rasch wieder herunter; meine Stimme schien von weit weg an meine Ohren zu dringen.

»Und du hast ihm gesagt, du pfeifst drauf.«

Ich nickte.

Robinsons Gesicht wurde ernst. »Das war ein ziemlich erstaunlicher Auftritt. Eigentlich das erste Mal, daß ich gesehen habe, wie du etwas Dummes machst.«

»Du hast bloß nicht richtig aufgepaßt. Wie findest du Lasko?«

»Ich glaube, Lasko wollte dich wissen lassen, daß er Lehman umgebracht hat. Er wollte, daß du beim bloßen Gedanken daran nachts schweißgebadet aufwachst. Und Catlow wird versuchen, alles niet- und nagelfest zu machen.«

»Ich glaube nicht, daß ich das nächste Verkehrsopfer bin. Zu blutig, und außerdem nicht notwendig. Ich weiß doch gar nichts.« Ich sprach mit mehr Überzeugung, als ich empfand.

»Lasko kann sich dessen nicht sicher sein. Weißt du, was ich glaube?« Seine Stimme wurde fest und entschieden. »Selbst wenn deine Vermutung zutreffen sollte, bleibt dir bei diesem Fall nicht viel Zeit. Etwa alle fünf Jahre stoßen wir auf etwas, was jemandem wirklich gewaltig weh tun kann. Normalerweise läuft es immer auf das gleiche hinaus. Irgendjemand wird jemanden von ganz oben unter Druck setzen, und am Ende bist du derjenige, der in die Röhre schaut. Mit dem Unterschied, daß dieser Fall noch schlimmer ist – schließlich wurde jemand umgebracht.«

»Und was würdest du machen?«

Robinson blickte auf seinen Schreibtisch. »Ich würde die Finger davonlassen.« Er redete rasch, als erwarte er einen Einwand. »Schau, ich verteidige es ja überhaupt nicht. Aber ich glaube, dieser Laden hat auch sein Gutes, und die Welt ist nun mal nicht vollkommen. Realistisch gesehen sind deine Chancen, irgend etwas zu erreichen – außer einer blutigen Nase –, gleich null. Überlaß es der Polizei.«

Ich schüttelte den Kopf. »Dazu ist es zu spät.«

»Verdammt, Chris, für das hier ist es zu spät. Für Lehman ist es zu spät.«

»Die Sache ist mit Lehmans Tod nicht zu Ende. Damit hat das ganze erst angefangen.«

Er schwieg, als müsse er erst abwägen, wie endgültig ich das meinte. »In Ordnung«, sagte er schließlich. »Wenn Lehman das Risiko wert ist. Obwohl ich es nicht einsehe. Aber du brauchst weitere Hilfe – von

Woods, McGuire, egal, von wem. Sonst hast du nicht die geringsten Befugnisse. Catlow wird dich zur Schnecke machen. Vorausgesetzt, daß Lasko nichts Schlimmeres vorhat.«

Ich rutschte auf dem Stuhl herum. »Woods muß mir Rückendeckung geben.«

»Egal wer, Chris, aber klemm dich lieber dahinter. Und keine Extratouren mehr, zum Beispiel Ermittlungen gegen die eigene Behörde.«

Ich stand auf. Robinsons besorgte Miene paßte nicht zu seinem scharfen Tonfall. »Viel Glück«, fügte er hinzu. »Du hattest schon immer ein Talent dazu, dir Feinde an höchster Stelle zu machen.«

Ich verließ ihn und ging Woods suchen.

Die Stille in der Abteilung des Chairmans war geradezu ohrenbetäubend. Hier oben kam mir mein Zusammentreffen mit Lasko unwirklich vor. Ich fragte die Empfangsdame nach Woods und ließ mich in einen weichen Sessel sinken. Woods war nicht anwesend. Aber Mary. Sie streckte den Kopf aus ihrem Büro.

»Guten Tag, Chris.«

»Bist du frei?« fragte ich.

»Ja«, erwiderte sie steif. »Komm rein.«

Ich setzte mich ihr gegenüber hin. Die marineblaue Seidenbluse betonte die satte Bräune ihrer Haut. Ihre Haare waren nach hinten gebunden.

Sie sah meinen Blick und lächelte offenherzig. »Ich hatte heute morgen keine Zeit, meine Haare zu waschen.«

Ich grinste. »Sieht prima aus.« Aber ich mußte zur Sache kommen. »Ich habe da ein Problem, über das ich Chairman Woods informieren wollte.«

»Worum geht es?« Ihr zartes Lächeln verschwand.

»McGuire hatte für heute nachmittag ein Gespräch

zwischen mir, Lasko und seinem Anwalt angesetzt, einem gewissen Robert Catlow. Ohne Stenographen. Lasko wollte mich aushorchen. Ich wollte nicht mitspielen. Ich glaube, man kann durchaus sagen, daß sie am Schluß nichts mehr zu lachen hatten.«

Ihr Gesicht wurde eisig. »Warum hast du uns nicht vorher Bescheid gegeben?«

Weil ich's lieber selber mache, dachte ich. »Ich weiß es nicht.«

»Und jetzt möchtest du, daß Chairman Woods hinter dir aufräumt.«

»Ich möchte, daß er mir hilft.« Ich zögerte. »Und du auch.«

Ihre Stimme war kühl und distanziert. »Und was für Hilfe erwartest du, Chris? Du bist mir nicht mehr um einen Tag voraus. Ich habe aufgeholt.« Nicht ganz. Ich dachte an die in meinem Schreibtisch versteckte Notiz des Toten. »Du hast mich benutzt, um McGuire bei dem Offenlegungsbescheid an Lasko zu hintergehen. Du hast uns nicht gesagt, daß du dich mit einem Zeugen treffen wolltest. Du hast sogar versucht, mir zu verschweigen, daß du nach Boston fliegst. Du hast dich wie ein freier Mitarbeiter aufgeführt.«

»Allein komme ich besser zurecht.«

Sie blickte mich an, als wolle sie herauskriegen, wo meine Worte anfingen und aufhörten. »Bislang hast du dich ja prächtig gehalten. Du hast keinerlei Fakten, aber einen toten Zeugen. Du hast nichts weiter bewirkt, als deiner eigenen Behörde jede Menge Ärger einzuhandeln.«

»Niemand ist vollkommen.«

Eine schmale Zornfalte trat auf ihre Stirn. »Du solltest dich lieber entscheiden, für wen du arbeitest, Chris.«

Ich sagte mir, daß ich mich so gut wie möglich

gehalten hatte. Ich hatte drei Tage Narrenfreiheit gewonnen, den zweiten Offenlegungsbescheid herausgeschunden, Lehmans Notiz bekommen und Lasko mit leeren Händen weggeschickt. »Wann kann ich mit Woods reden?«

»Er ist erst Montag morgen wieder hier.«

»Okay, ich möchte ihn um neun sprechen.«

Sie musterte mich ruhig. »Erwarte keinen Beifall.«

Ich stand auf, mit einem Mal wütend. »Schau, in den letzten drei Tagen habe ich gesehen, wie jemand umgebracht wurde, ich wurde von einem Schwein und seinem hinterfotzigen Anwalt bedroht und von meinem eigenen Boß angeschmiert. Deine Meinung ist mir scheißegal.«

Sie machte große Augen. Ich blickte sie an und stellte fest, daß ich sie noch immer spüren konnte. Ich fühlte mich schizoid. An jedem anderen Tag hätte ich sie mit nach Hause genommen. Statt dessen drehte ich mich um und ging.

Es war fünf Uhr. Von meinem Fenster aus konnte ich auf die Straße vor dem Amtsgebäude sehen. Mit einem Mal wimmelte sie vor Fahrzeugen und Menschen. Wie auf ein Stichwort strömte ein Heer von Staatsdienern aus den Türen und auf die Straße. Ich drehte mich um und blickte auf meinen Schreibtisch. Jemand hatte gewissenhaft einen Artikel über Lehman aus dem *Boston Globe* ausgeschnitten. Die Polizei sprach nach wie vor von Unfallflucht. Ich griff zum Telefon und rief Greenfeld an.

16

Als ich ins Madison kam, saß Greenfeld bereits an einem Tisch nahe der Bar. Er sah mich und grinste. »Du siehst grauenhaft aus, Chris«, begrüßte er mich.

Ich setzte mich. »Komisch, ich fühle mich großartig. Sobald ich hier wieder weg bin, gedenke ich Kungfu zu trainieren, mit der Frau des brasilianischen Botschafters zu schlafen und die ersten beiden Kapitel des großen amerikanischen Romans zu schreiben.« Sein Grinsen wurde noch breiter. »Worüber freust du dich so?« fragte ich.

Wir bestellten zwei Martini. »Du würdest dich auch freuen«, erklärte er, »wenn du gerade einen der größten Flegel Amerikas losgeworden wärst.«

»Und wer ist das?«

»Mein Schwager. Ein lebender Beweis dafür, daß die obere Mittelklasse nicht totzukriegen ist. Hat fünf Jahre für die Vorschule gebraucht. Elementare intellektuelle Defizite aufgrund schlechten Erbgutes. Also tut sein Vater eine Schule im Osten auf, die einen Bibliothekar sucht. Weitere fünf Jahre gehen drauf, bis er einen Dreierdurchschnitt in Geschichte schafft. Einen Job kriegt er immer noch nicht, also sucht sein Vater eine mittelmäßige, aber passende juristische Fakultät. Ein dreijähriges Studium, aber er braucht vier, weil er den Großteil seiner Zeit am Biertresen und an der Bowlingbahn der Studentengewerkschaft zubringt. Also besorgt ihm Daddy einen Job bei einem

Freund. Jetzt lungert er im Country Club herum, säuft eimerweise Gin und meckert darüber, daß die Schwarzen nicht hart genug arbeiten.«

Ich lächelte. »Du mußt ihn ja mächtig mögen.«

Greenfeld dachte darüber nach. »›Verabscheuen‹ trifft's gar nicht so schlecht. ›Verachten‹ ist auch okay.« Er wechselte das Thema. »Was steht an?«

»Nichts. Ich hatte einen beschissenen Tag und wollte einen guten Drink und deine Gesellschaft genießen. Ich erwarte von dir, daß du das geistreiche Geplauder sämtlicher sechs Teilnehmer an der Verfassungsrunde im Algonquin nachmachst, während ich zuhöre und mich besaufe.«

Er wirkte neugierig. »Hatte die Algonquin-Runde sechs Teilnehmer?«

»Herrgott, Lane, das weiß ich doch nicht.«

Er grinste wieder. »Wieso nicht?«

Ein Kellner, der so leise und tüchtig war, daß man ihn kaum wahrnahm, brachte unsere Drinks. Die Bar selbst war angenehm dunkel und hatte kleine Quadrate aus silbrigem Glas an der Wand, in denen sich das Restlicht fing. Ein paar Gäste auf der Suche nach dem ersten Drink des Tages fanden sich ein. Ich griff zu meinem Martini. Ich liebe den ersten Martini am Abend. Er schmeckt frisch und sauber, vor allem dann, wenn man ihn bekommt, bevor die Bar voller Menschen, Lärm und Qualm ist. Ich nahm einen Schluck. Der Martini schmeckte beinahe wie ein neuer Anfang.

Greenfeld setzte sein Glas ab. »Was ist aus dem Fall Lasko geworden?«

»Nicht viel. Aber ich habe mich heute mit Lasko getroffen. Er und Catlow waren in der Behörde.«

Er hob die Augenbrauen. »Hast du irgendwas erfahren?«

Ich schüttelte den Kopf. »Nichts, außer daß ich sie beide auf den Tod nicht ausstehen kann.«

»Was haben sie gemacht?«

»In erster Linie wollten Sie mich niedermachen.«

Er lächelte. »Das ist nichts Ungewöhnliches.« Das Lächeln verschwand. »Weißt du, ich habe gelesen, daß einer von Laskos Managern unlängst auf offener Straße überfahren wurde. In Boston.«

Ich nickte. »Ich habe den Artikel ebenfalls gelesen.« Ich sprach so beiläufig wie möglich. Ich hatte keinerlei Beweise für einen Mord. Und wenn ich Greenfeld von meinem Verdacht erzählte, könnte ich am Ende meinen Fall verlieren. Aber ich hatte ein merkwürdiges Gefühl dabei; so als stritte ich ab, daß Lehman jemals gelebt hatte.

Ich wußte nicht genau, ob Greenfeld zweifelnd oder nur nachdenklich wirkte. Ich nahm einen Schluck von meinem Drink und suchte ein anderes Thema. »Was hast du über die Kartellsache des Justizministeriums gegen Lasko gehört? Wird sie weiter verfolgt, stellt das Weiße Haus sie ein, oder was?«

Er zuckte mit den Schultern. »Ich weiß es nicht. Weiß das Weiße Haus von deiner Lasko-Sache?«

Soviel konnte ich ihm verraten. »Da bin ich mir ziemlich sicher.«

Er lächelte wieder knapp, dann wurde er nachdenklich. »Damit gerät deine Behörde in eine heikle Lage, nicht wahr?«

»Sieht fast so aus. Hast du irgendwas, das mir weiterhilft?«

Er starrte mich fragend an. »Du klingst, als könntest du Hilfe brauchen.«

Ich grinste und bemühte mich um einen sorglosen Tonfall. »Hilfe kann man immer gebrauchen.«

Er dachte nach. »Ich habe da etwas gehört, aus dritter Hand, von einer meiner großartigen Quellen. Lasko soll in der Karibik mächtig am Zuge sein – heimliche Einkäufe in Banken, Scheinfirmen und dergleichen mehr. Irgendwo auf den Niederländischen Antillen, wo es keinerlei Vorschriften gibt und ihr nicht an ihn rankommen könnt.«

»Weiß dein Freund auch, wozu?«

Er schüttelte den Kopf. »Es ist ziemlich schwierig, Auskünfte über Lasko-Unternehmungen zu kriegen. Aber verdammt noch mal, Chris, das ist eigentlich deine Spezialität. Hast du schon mal von einer Firma auf den Niederländischen Antillen gehört, die ehrlich ist?«

Ich lächelte. »Vielleicht die eine oder andere.«

»Und was schließt du daraus?«

»Ich weiß es nicht. Allerhand Leute greifen darauf zurück. Bernie Cornfeld und die Jungs von den Investors Overseas Services zum Beispiel. Aber ich muß mehr erfahren, beispielsweise wie das mit Aktienmanipulation zusammenhängt, wenn überhaupt.«

»Du glaubst also, Lasko steckt hinter dieser Aktienmanipulation?«

»Nicht mal das weiß ich. Ehrlich.«

Er akzeptierte das und bestellte sich noch einen Drink. Ich tat es ihm gleich. Stillschweigend ließen wir das Thema Lasko fallen. »Ich gehe mit einem netten Mädchen essen«, verkündete er fröhlich. »Warum schließt du dich nicht uns an? Wir wollen zu Nathan. Und dann gibt's heute abend noch einen alten Schinken in der Glotze. *Der tiefe Schlaf*. Bogart als Phil Marlowe.«

Greenfeld war ein Filmnarr. »Wie oft hast du den eigentlich schon gesehen, Lane?«

Er starrte zur Decke. »Mindestens fünfmal«, schätzte er.

Ich grinste. »Trotzdem danke. Ich glaube, ich hau mich früh aufs Ohr.«

Greenfeld schüttelte den Kopf, als sei er zutiefst enttäuscht. »Du läßt dir einen großartigen Film entgehen. Und wahrscheinlich auch ein gar nicht so schlechtes Essen.« Sein Tonfall wurde spöttisch. »Steckst du etwa gerade zwischen zwei wichtigen Beziehungen?« Irgendwie schien die ironische Formulierung auf ihn selbst gemünzt. Ich mußte an Lynette denken.

»Ich glaube schon. Anscheinend bin ich da in irgendwas sehr Merkwürdiges reingeraten, ohne daß ich weiß, wohin es führt.«

Nachdenklich lächelnd blickte er sein leeres Martiniglas an. »Dann weiß ich ja Bescheid.« Ich war neugierig, wie es um Lynette stand. Aber nicht so neugierig, daß ich fragte. Wir zahlten die Rechnung und gingen.

»Schlaf gut, Chris«, sagte er, als wir auf dem Gehsteig standen. »Bis neun Uhr weiß ich wahrscheinlich, wer von uns beiden besser dran ist.« Er röhrte in seinem silber-weißen Alfa-Romeo zu seiner Verabredung davon. Ich zockelte in einem schmutzig-gelben Taxi nach Hause.

Ich schloß vorsichtshalber die Wohnungstür ab und starrte auf das zerwühlte Bett. Mit einem Mal spürte ich die drei so gut wie schlaflosen Nächte und die drei Tage, die seit Lehmans Tod vergangen waren. Ich fiel ins Bett und sank in einen tiefen, traumlosen Schlaf.

Ich erwachte irgendwo auf den Niederländischen Antillen und dachte über Lasko nach. Der Wecker holte mich in die Wirklichkeit zurück. Viertel nach zehn. Robinson mußte bereits im Büro sein und Laskos Unterlagen durchsehen. Ich duschte rasch, zog Bluejeans und ein T-Shirt an und sah aus dem Fenster. Es war sonnig. Ich ging zu Fuß zum Büro.

Am East Capitol wimmelte es vor jungen Leuten, die ihre Samstagsbesorgungen erledigten. Auf der anderen Straßenseite schleppte ein bärtiger Typ einen Wäschesack. Ein kleines blondes Mädchen mit einer Flasche Wein fürs Abendessen kam auf mich zu. Sie nickte im Vorbeigehen. Vor mir ragte die in der Sonne schimmernde Kuppel des Capitols zwischen den Bäumen auf. Touristen stiegen auf dem Hill herum und sahen sich um wie Archäologen an einer Ausgrabungsstätte. Ich lief über das Areal des Supreme Court, kam am Senate Office Building vorbei und gelangte schließlich zum Büro. Ich nahm den Fahrstuhl und lief durch die leeren Flure, in denen das Echo meiner Schritte von den Wänden widerhallte.

Robinson war bereits da. Er saß auf dem Fußboden, umgeben von aufgerissenen braunen Pappkartons und rundum verstreuten Papieren – die Bilanzunterlagen von Lasko. Ich entschuldigte mich für mein Zuspätkommen und suchte mir einen Platz zwischen den Kartons. »Irgendwas Interessantes entdeckt?« fragte ich.

»Eigentlich nicht. Hast du mit Woods Glück gehabt?«

»War nicht da.« Greenfelds Informant fiel mir wieder ein. »Irgendwas über neue Auslandsakquisitionen dabei?«

Er deutete auf einen Karton. »Da drin war so was ähnliches.«

»Glaubst du, du findest es wieder?«

Er nickte und wühlte in dem Karton herum. Nach einer Weile brachte er einen Stapel Papiere zum Vorschein. Er nahm die Brille ab und rieb sich die Augen. »Weißt du, was Elektronik-Chips sind?«

»Klar. Es handelt sch um kleine Chips mit elektronischer Leitfähigkeit. Lasko könnte sie für Computer benutzen oder so was ähnliches.«

Er fummelte an seiner Brille herum wie ein kurzsichtiger Professor, der über seinen Aufzeichnungen brütet. »Lasko hat seine Chips hauptsächlich aus Japan importiert. Nach dem, was hier steht, bezieht er sie von einer Firma namens Yokama Electric. Vor etwa einem Monat hat er eine kleine Firma namens Carib Imports gekauft.« Er deutete auf den Papierstapel neben seinen Füßen. »Der Kaufvertrag ist irgendwo da drunter. Du kannst ihn dir ja ansehen. Carib Imports hat sich auf den Import von Elektronik-Chips spezialisiert. Die Niederlassung befindet sich auf irgendeiner kleinen karibischen Insel – St. Maarten. Das ist holländisch, nicht wahr?«

»Ja. Ich glaube, sie gehört zu den Virgins.« Ich nahm eine Handvoll Unterlagen, blätterte sie durch und hielt inne, als ich auf den Kaufvertrag stieß. Mit wachsender Neugier las ich zu Ende.

»Sagt dir das irgendwas?« fragte Robinson.

»Die ganze Sache ist hochinteressant. Ich kann mir nicht vorstellen, wozu eine Firma auf irgendeiner armseligen Insel Computer-Chips einführt. Ich kapiere nicht, wieso Lasko sie gekauft hat. Dazu besteht keinerlei wirtschaftlicher Anlaß. Vermutlich kriegt er die Chips von Yokama billiger. Und der Zeitablauf ist ebenfalls höchst merkwürdig. Er hat sie etwa eine Woche, nachdem Sam Green die ganzen Aktien erworben hat, gekauft. Für genau anderthalb Millionen Dollar. Ich frage mich, wo es da eine Verbindung gibt, wenn überhaupt.«

»Vielleicht sollten wir Sam fragen. Er ist am Montag da.«

»Das möchte ich noch nicht. Lasko würde bloß Wind davon kriegen.« Ich dachte nach. »Wer ist dieser Peter Martinson?«

»Der Verkäufer! Hast du noch nie von ihm gehört?«

»Nein.«

Robinson rieb sich den Nacken. »Ich auch nicht.« Er rieb weiter. »Hab letzte Nacht falsch gelegen.«

»Irgendein Hinweis, daß Lasko schon vor dem Kauf Anteile an Carib Imports besaß?«

»Dem Kaufvertrag nach nicht. Zufälligerweise leitet Martinson Carib Imports gemäß Kaufvertrag für hunderttausend Dollar pro Jahr weiter.«

»Wissen wir, wann Carib ins Firmenregister eingetragen wurde?«

Robinson schüttelte den Kopf. »Geht aus dem Zeug nicht hervor. Geht überhaupt nicht viel draus hervor.«

»Was meinst du, Jim?«

»Ist schon ein bißchen merkwürdig. Aber St. Maarten ist holländisch. Fällt nicht in unsere Zuständigkeit.«

Mein Instinkt flüsterte mir etwas ein. »Ich glaube, ich sollte mal da runter fahren und nachsehen. Martinson aufsuchen. Herausfinden, wann die Firma gegründet wurde, wie das Geschäft läuft.«

Robinson lächelte frostig. »Vielleicht schießt Woods dir das Geld aus seiner eigenen Tasche vor.«

»Wenigstens haben wir danach neuen Gesprächsstoff.«

»Ich nehme an, ich verschwende meine Zeit, wenn ich dir sage, daß du dir wieder Ärger einhandelst, wenn du da runter fährst.«

»Ich nehme an, du wirst dich auf Woods' gesunden Menschenverstand verlassen müssen.«

Er stand auf und reckte sich. »Okay, Chris. Ich nehme jetzt zwei Aspirin und geh nach Hause. Sonst noch was?«

»Nein. Vielen Dank.«

»Keine Ursache.« Er lächelte. »Ich hoffe nur, daß Woods sich genauso dafür interessiert wie du. Egal, was das heißt.«

Er ging. Ich schnappte mir den Stapel, ging nach Hause und informierte mich über St. Maarten.

St. Maarten erwies sich als kleiner Fliegenschiß in der Karibik, östlich von Puerto Rico gelegen, dessen einer Teil zu Frankreich und der andere zu Holland gehörte. In meinem Lexikon stand, daß es rund 60 Quadratkilometer groß war, aus vulkanischem Gestein bestand und Salz, Baumwolle und Schlachtvieh ausführte. 6540 Bewohner. Im holländischen Teil gab es weiße Sandstrände, und während des Winters legten hier Kreuzfahrtschiffe an. Die Hauptstadt war mangels anderer Möglichkeiten Philipsburg. Dort befand sich auch Carib Imports, vermutlich aus den gleichen Gründen.

Mein Almanach ergänzte dies um einen weiteren Punkt. St. Maarten lag am nördlichen Zipfel der Niederländischen Antillen.

17

Am Montag morgen war es heiß, dunstig und stickig vor Abgasen. Die Stadt roch wie ein Umkleideraum, und das EEC-Gebäude wirkte trist. Es gibt kaum etwas Graueres als ein Regierungsgebäude an einem düsteren Morgen. Es paßte zu meiner Stimmung.

Woods erwartete mich in seiner Bürotür. Noch bevor ich den Mund aufmachen konnte, winkte er mich an der Empfangsdame vorbei. Beim Eintreten blickte ich mich um. Mary war nirgendwo in Sicht.

Ich nahm Platz. Woods ging mit energischen Schritten zu seinem Schreibtisch, setzte sich und starrte mich an. Er ergriff das Wort. »Ich glaube, wir sollten am besten damit anfangen, was am Freitag in der Sache Lasko passiert ist, und uns dann über Ihren toten Zeugen unterhalten.« Sein Tonfall war kalt vor unterdrücktem Ärger.

»Ich würde lieber mit Lehman anfangen.«

Er musterte mich, als betrachte er einen Virus unter dem Elektronenmikroskop. »Wenn Sie das für sinnvoller halten.«

Ich legte los. »Okay. Dienstag; Marty Gubner ruft mich an und bittet mich um eine Begegnung mit seinem unbekannten Mandanten. Gubners Mandant erweist sich als Alexander Lehman, der Finanzchef bei Lasko ist. Lehman weiß nichts von einer Aktienmanipulation, sagt aber, er habe etwas anderes. Was er jedoch nicht näher erklärt. Ich verabrede mich mit ihm zu einem Gespräch am gleichen Abend.« Woods sah mich mit zynisch funkelnden Augen an. Ich fuhr fort, ohne die Notiz zu erwähnen. »Lehman geht aus dem Ritz und wird überfahren.« Plötzlich war ich wütend über meine eigene Zurückhaltung. »Wissen Sie, es ist schon großartig, daß wir hier herumsitzen und so tun, als analysierten wir eine Niederlage beim Schach. Es sei denn, Ihnen fehlt dabei die Atmosphäre. Vielleicht sollte ich Lehmans Leiche auf Ihrem Schreibtisch deponieren, damit Sie einen Blick darauf werfen können.«

Woods lehnte sich zurück und legte den Kopf in den Nacken, als wolle er mich aus einem anderen Blickwinkel abschätzen. »In Ordnung, ich war nicht dabei. Fahren Sie fort.«

»Tatsache ist, daß ich abwägen mußte, was das bedeutete. Dabei stellten sich mir zwei Fragen. Erstens: Wurde er umgebracht? Zweitens: Wie kam heraus, daß ich mich mit ihm treffen wollte? Letzteres macht mir allerhand Sorgen.

Gubner schwört, daß weder er noch Lehman jemandem etwas gesagt haben. Damit bleiben außer mir und Jim Robinson drei Menschen übrig: Joe McGuire, Ike Feiner und Mary Carelli.«

Irgendwo mitten in meinem Text war Woods erstarrt. »Ich möchte sichergehen, daß ich Sie recht verstanden habe. Wollen Sie damit behaupten, daß Lasko Lehman ermorden ließ, nachdem ihn jemand aus dieser Behörde warnte?«

»Ersteres behaupte ich. Das Zweite ziehe ich in Erwägung.«

Mit einem Klatschen ließ er die Hände auf die Schenkel fallen und beugte sich dann über seinen Schreibtisch. »Sehen Sie, Sie sind da in einen höllischen Schlamassel hineingeraten. Aber wenn Sie mich überzeugen wollen, daß jemand von hier darin verwikkelt ist, müssen Sie sich schon gewaltig anstrengen. Sie haben keinerlei Beweise für eine derart unverantwortliche Behauptung.« Seine Stimme war nuancenreich; sie kündete von verlorenem Respekt und von Bedauern, alles in einem Satz. Ich wollte seine Wertschätzung wiedergewinnen. Doch McGuire zu beschuldigen war nicht der richtige Weg. Ich ließ es sein.

»Was das Zusammentreffen mit Lasko angeht, fiel mir nichts anderes ein, als ihn niederzustarren und mit leeren Händen wegzuschicken. Ich habe nicht daran gedacht, Sie zu informieren – ich hielt das für mein Problem. Ich entschuldige mich deswegen.«

»Was ist vorgefallen?«

»Er kam und wollte mich aushorchen. Ich fragte ihn, ob er für Lehmans Tod verantwortlich sei. Er sagte nein. Ich habe ihn nach Hause geschickt.«

»Wieso, zum Teufel, haben Sie ihn das gefragt?«

»Ich weiß es selbst nicht genau.«

Mit einem Mal wurde er ungehalten. »Ich erwarte mehr von Ihnen als unreifes Macho-Gehabe. Sie hätten mich über das Treffen informieren sollen. Ich hätte es absagen oder vielleicht darauf bestehen können, daß er unter Eid aussagt. Statt dessen haben wir jetzt diesen gottverdammten Schlamassel.«

»Tut mir leid«, sagte ich. Es klang erbärmlich.

Er blickte auf und fuhr fort, als habe er nichts gehört. »Dieses Wochenende wurde ich aus dem Weißen Haus angerufen. Ich wurde gefragt, ob ich wüßte, was hier vor sich geht. Was nicht der Fall war.« Er lehnte sich zurück. »Wissen Sie, Chris, Sie sind auf dem besten Wege, berühmt zu werden.«

»Darauf kann ich gerne verzichten.«

Seine Miene war kalt. »Hören Sie, ich erwarte

nichts weiter als etwas Verantwortungsbewußtsein. Sie haben Lasko allen Anlaß gegeben, auf uns zu schießen. Jetzt haben wir das Weiße Haus am Hals. Ohne Unterstützung der Regierung könnte der Kongreß unseren Etat beschneiden – uns handlungsunfähig machen. Das ist weit brenzliger als dieser eine Fall.«

»Okay. Ich habe verstanden.«

»Gut«, sagte er steif. »Noch etwas. Spielen Sie nicht mehr die eine Seite gegen die andere aus. An jeder größeren Besprechung nehmen Sie, McGuire und Mary teil – und ich. Egal, was Sie und McGuire miteinander haben, ich möchte nicht, daß diese Behörde darunter leidet.«

Ich ertappte mich dabei, daß ich seine Bücher und Bilder anstarrte. Er unterbrach mich, klang jetzt aber anders. »Okay, Chris. Ich gedenke nicht, Sie abzuziehen. Aber wir können es uns nicht leisten, bei dieser Sache unseren Ruf zu ruinieren.«

Es war kein großartiger Durchbruch. Aber ich akzeptierte, was er gesagt hatte, und berichtete ihm von St. Maarten. Seiner Miene nach zu urteilen, amüsierte er sich offenbar. »Sie handeln nicht gerade aus einer Position der Stärke heraus«, sagte er. »Außerdem habe ich Ihnen, glaube ich, doch gerade gesagt, Sie sollten nicht über McGuires Kopf hinweg handeln.«

»Ich weiß. Aber ich habe nach Gründen für eine Aktienmanipulation gesucht und keine gefunden. Es muß einen Zusammenhang zwischen dieser Aktiensache und dem Kauf dieser kleinen Firma durch Lasko geben. Das Timing paßt einfach zu gut. Außerdem ist Lehman nicht wegen der Aktienmanipulation gestorben. Er wurde wegen etwas anderem umgebracht.«

»Sie raten doch nur. Und wir haben lediglich die Befugnis, auf Aktienmanipulationen zu achten. Wir können nicht so einfach in Laskos Angelegenheiten herumstochern.« Seine Stimme wurde spröde. »Meinen Sie nicht auch, wir sollten uns ein wenig bedeckt halten? Außerdem geraten wir dabei nur unter Zeitdruck. Wir sollten uns lieber an das halten, was wir wissen.«

Ich war ein bißchen verzweifelt. »Haben Sie Lasko schon mal kennengelernt?« fragte ich. Er schüttelte den Kopf. »Ich schon. Er steht evolutionsmäßig ziemlich weit unten. Wenn wir das hier nicht unter Dach und Fach bringen, könnte er noch jemanden umbringen.«

Sein Gesicht wirkte jetzt auf eine jugendliche Art ernst – das kleine Genie bei einer schweren Prüfung. »Wir sind nicht die Polizei.« Er hielt inne. »Wann wollten Sie fliegen?«

»Sobald wie möglich.«

Er schüttelte den Kopf. »Das sehe ich ganz und gar nicht ein. Aber ich werde darüber nachdenken und Ihnen meine endgültige Entscheidung mitteilen. Noch etwas.« Zur Betonung stieß er mit dem Finger auf den Schreibtisch. »Lasko des Mordes zu bezichtigen ist gefährlich. Wir haben keinerlei Beweise. Sollte dies jemals der Fall sein, werde ich mich an die entsprechenden Stellen wenden. Das ist nicht Ihre Aufgabe. Verstanden?«

Ich nickte.

»Okay«, fuhr er fort, »heute morgen steht Sam Green auf Ihrer Liste. Kümmern Sie sich darum.«

Ich beschloß, einen guten Eindruck zu hinterlassen. »Danke für Ihre Mühe.«

Er bedachte mich mit einem schiefen Grinsen. »Halsen Sie sich nicht noch mehr Ärger auf.« Ich ging.

Auf dem Weg nach draußen begegnete mir Mary. Sie trug braune Baumwollhosen und sah verdammt gut aus.

»Guten Morgen«, sagte sie, als habe sie mich schon lange nicht mehr gesehen.

»Hi.«

Ihre Augen schienen meine Stimmung einschätzen zu wollen. »Hast du Zeit für einen Kaffee?«

»Ein, zwei Minuten schon.«

»Dann komm rein.« Ich folgte ihr hinein und setzte mich.

Die Empfangsdame brachte uns zwei Tassen. Mary wühlte in ihrem Schreibtisch nach Zucker und Sahne. »Wie war dein Wochenende?« fragte sie und blickte mich antwortheischend an.

»Großartig. Ich habe über meine Sünden nachgedacht.«

Sie reichte mir meine Tasse. »Mit Zucker und Sahne, nicht wahr?« Sie hatte es Freitag morgen mitbekommen. Ein warmes Leuchten glomm in ihren Augen. »Tut mir leid wegen Freitag nachmittag.«

»Mir auch.«

Sie zog die Brauen zusammen. »Weißt du, ich habe dich gesucht, nachdem du am Freitag gegangen warst.«

»Ich war mit einem Freund unterwegs. Wir sind zu dem Schluß gekommen, daß Frauen schwierig sind.«

Sie lächelte. »Und wer ist dieser Frauenfeind?«

»Ein Kerl namens Lane Greenfeld.«

Sie nahm einen Schluck Kaffee. »Arbeitet der nicht für die *Post*?«

»Genau der. Weißt du«, fügte ich hinzu, »dieser Laden macht's nicht besser. Anscheinend steht unsere berufliche Beziehung der anderen ständig im Weg, und umgekehrt.«

Sie antwortete mit einem knappen, hilflosen Achselzucken. »Für meinen Job kann ich nichts.«

»Ich auch nicht.« Ich schaute auf meine Uhr und stand auf. »In zehn Minuten habe ich Sam Green hier.

Laß uns in zwei Tagen noch mal alles besprechen. Vielleicht überraschen wir einander.«

Sie lächelte herzerfrischend. »In Ordnung. Ich freue mich darauf.«

Ich ging in mein Büro und bat Debbie, die Buchungen für St. Maarten zu erledigen. Dann traf ich mich mit Robinson im Konferenzraum.

Ich setzte mich hin und berichtete ihm von Woods, während wir auf Sam Green warteten. Die Stenographin stellte sich ein und baute ihre Maschine auf. Sie war mein besonderer Liebling – mit einem ausdruckslosen Gesicht und Augen so glasig wie Murmeln. Ich hatte erlebt, wie rund um sie herum Anwälte brüllten und fluchten, während sie ungerührt und mit einem dusseligen Lächeln um die Mundwinkel weiter auf ihre Maschine einhämmerte. Genau fünf Tage später traf dann die fein säuberlich abgetippte Niederschrift ein, in der sämtliche Drohungen und Beleidigungen für die Nachwelt erhalten waren. In meiner Phantasie ließ sie ihre Maschine um fünf stehen und ging heim in ihre heruntergekommene Wohnung, wo sie unter dem Decknamen Potomac Connection Stoff verkaufte. Es war eine nette Vorstellung.

Sie war gerade fertig, als Sam Green und sein Anwalt aufkreuzten. Ich musterte Green von Kopf bis Fuß. Er war die wandelnde Verkörperung des Wortes »halbseiden«. An seiner Kleidung lag es nicht; Green zählte einfach zu den Menschen, die zweitklassig wirkten. Er hatte ein Frettchengesicht und einen verstohlenen Blick, der einem ständig auszuweichen schien. Seine schütter werdenden Haare waren mit Gel behandelt, und seine Haut war bleich wie ein Fischbauch. Robinson und ich schüttelten ihm widerwillig die Hand und wandten uns dann an seinen Anwalt.

Der Anwalt war die eigentliche Überraschung. Normalerweise kam Green in Begleitung einer zweifelhaften, aber preiswerten Gestalt mit einer Narbe auf der einen Wange und einem stumpfen, häßlichen Gesichtsausdruck, so daß man sich fragte, wo zum Teufel dieser denn Jura studiert hatte. Doch diesmal hatte sich Green eindeutig hochgedient. Bis zu Edmund O'Hair.

O'Hair schüttelte mir die Hand und setzte sich neben Green. Er hatte weiße Haare und ein rotes, irisches Gesicht. Ich wußte ein paar Dinge über ihn. Er war ein Knabe aus Hell's Kitchen, der es zum Ausputzer an der Wall Street gebracht hatte, und er blickte nie zurück. Jetzt war er der erste Mann für Strafprozesse in einer hundertköpfigen Kanzlei und verfügte über Mandanten wie General Motors. Green lag normalerweise nicht auf seiner Ebene. Dies deutete auf Möglichkeiten hin, die mir ganz und gar nicht gefielen.

Robinson und ich saßen am entgegengesetzten Ende des Konferenztisches. Ich fragte O'Hair, ob sein Mandant bereit sei. Er nickte. Die Finger der Stenographin schwebten über der Maschine. Ich begann mit meiner Litanei: Anrecht auf juristischen Beistand, Recht auf Aussageverweigerung, falls er sich mit einer Einlassung selbst belasten würde, das Strafmaß für Meineid. Letzteres hob ich besonders hervor.

Dann begann ich mit der Befragung. Ja, Green hatte über drei verschiedene Makler am 14. und 15. Juli 20 000 Anteile an Lasko Devices erworben. Ja, er hielt die Anteile noch. Ich hakte nach, spürte O'Hairs wachsame Blicke.

»Aus welchem Grund haben Sie diese Ankäufe getätigt?«

Greens Blick wanderte zu der einen Ecke. »Ich hielt das für eine gute Investition.«

»Wurde Ihnen die Investition von jemand speziellem vorgeschlagen?«

»Ich weiß es nicht mehr.«

»Kennen Sie einen Mann namens William Lasko?«

Er starrte die Vorhänge an. »Ich kann mich nicht an ihn erinnern.«

»Haben Sie jemals mit William Lasko gesprochen?«

»Ich kann mich nicht daran erinnern.« Er hatte eine dünne, näselnde Stimme. Durchs Lügen klang sie nicht besser.

»Sprechen Sie lauter, Mister Green. Haben Sie irgendwann vor dem fünfzehnten Juli mit William Lasko über den Erwerb von Lasko-Aktien geredet?«

»Ich bin mir nicht sicher.« Er klang jetzt weinerlich, mit einem falschen, beleidigten Unterton.

»Ich habe Ihnen eine einfache Frage gestellt«, versetzte ich. »Ja oder nein?«

Starrsinnig schüttelte er den Kopf. »Tut mir leid. Ich weiß es nicht.«

»Womit haben Sie den Erwerb finanziert?«

»Ich versuche gerade nachzudenken.« Er sprach zur Decke, während er so tat, als versuche er sich zu erinnern. »Ich glaube, ich habe den Betrag bei der First Seminole Bank in Miami geliehen.«

»Wieviel?«

»Vierhunderttausend.«

»Wann haben Sie das Geld geliehen?«

»Etwa in der ersten Juliwoche.«

»Mit wem haben Sie die Bedingungen ausgehandelt?«

»Mit einem Mister Billing. Er ist der Vizepräsident.« Der Satz klang unvollständig.

»Haben Sie vor der Kreditaufnahme mit jemandem über die First Seminole Bank gesprochen?«

»Daran kann ich mich nicht erinnern.«

»Hatten Sie ein Gespräch mit Mister Lasko?«

»Ich weiß es nicht mehr.«

Abrupt wechselte ich das Thema. »Wer bezahlt heute für Mister O'Hairs Dienste?«

O'Hair mischte sich ein. »Ich rate meinem Mandanten, darauf nicht zu antworten. Dies ist vertraulich.«

»Den Teufel ist es.«

»Dann versuchen Sie doch, eine Antwort vor Gericht zu erzwingen.«

Frustriert brach ich ab. O'Hair starrte mich leidenschaftslos an. Er würde hartnäckig bleiben. Entweder hatte Green mehr Angst vor jemand anderem, oder O'Hair dachte sich, ich könnte irgendwie besänftigt werden – oder aufgehalten, falls ich zu weit ginge. Und er wußte, daß ich keine Beweise hatte. Ich stellte etliche ähnliche Fragen und bekam ähnliche Antworten. Für die Akten ließ ich festhalten, daß Mr. Green zu einem späteren Zeitpunkt noch einmal gehört werden würde. Dann gab ich auf.

O'Hair und Green erhoben sich. Das Lügen machte Green nervös. Er wirkte bedrückt und ging rasch. O'Hair wollte ihm folgen, doch ich hielt ihn zurück. »Wenn wir Green noch einmal hören, Mister O'Hair, wird das nicht besonders lustig sein. An Ihrer Stelle würde ich ihn daran erinnern.«

O'Hair lächelte leicht, schüttelte den Kopf und ging hinaus. Die Stenographin ebenfalls, und auch sie lächelte leicht. Ich wandte mich an Robinson. »Bei soviel Lügen kriege ich immer Hunger. Darf ich dich zum Essen einladen?«

»Klar.« Er lächelte. »Weißt du, bei so etwas wünscht man sich Daumenschrauben und einen Gummischlauch.«

»Der elende O'Hair, dieser selbstgefällige Mistkerl. Ist doch klar, daß Lasko Green dazu gebracht hat.

Sonst hätte Green nicht so herumgedruckst. Aber fürs Protokoll haben wir lediglich die First Seminole Bank. Kannst du nachforschen, wer größere Anteile an der Bank besitzt?«

»Okay. Ich habe einen Freund beim Wirtschaftsausschuß in Florida. Wir sehen uns in einer Viertelstunde unten.«

Wir gingen gemeinsam hinaus. Robinson ging zu einem Telefon. Ich begab mich wieder in mein Büro.

Das Telefon klingelte. Es war Woods. »Ich habe über unser Gespräch nachgedacht. Möchten Sie noch immer nach St. Maarten?«

Das haute mich um. »Klar.«

»Wann wollen Sie los?«

»Morgen.«

Woods schwieg kurz. »Okay«, sagte er, »fahren Sie. Ich sage McGuire Bescheid.« Das Telefon klickte.

Verblüfft starrte ich das Telefon an. Aber es war sinnlos, sich über einen Durchbruch zu wundern, wenn man ihn geschafft hatte. Ich legte auf.

18

Am nächsten Nachmittag um zwei schwebte meine Maschine über St. Maarten. Die Insel war grün und weiß inmitten von leuchtendem Blau. Ich wünschte, es wäre Winter und Urlaubszeit.

Sobald wir gelandet waren, spürte ich die sengende Hitze. Bis ich mein Gepäck abgeholt und die Zollformalitäten erledigt hatte, war ich klatschnaß und ausgelaugt. Ich ging auf eine Reihe von Autos zu, die am Ende der Landebahn standen. Das nächste war ein alter Oldmobile. Betont lässig lehnte der Fahrer daneben. Eigentlich bist du mir scheißegal, besagte seine Miene, aber du bedeutest Brot.

Mir war es ebenfalls scheißegal. »Bringen Sie mich nach Philipsburg?«

Er nickte und warf meine Taschen achtlos in den Kofferraum. Die Tür mußte ich selbst aufmachen. Willkommen im freundlichen St. Maarten.

Schweigend fuhren wir über eine holprige Piste aus Erde und Steinen durch niedriges grünes Gestrüpp, vorbei an Holz- und Wellblechhütten. Es war unschwer zu sehen: Wie die Zugvögel fielen jeden Winter die Touristen ein und wurden an den Hütten vorbeigekarrt, während sie über weißen Sand und blaues Wasser plauderten. Die versteinerten Gesichter und schäbigen Hütten nahmen sie gar nicht wahr. Diejenigen, die das Elend wahrnahmen, bekamen Schuldgefühle und fuhren im Jahr darauf nach Palm Springs.

Und die Einheimischen verachteten sie allesamt und nahmen ihr Geld. Und verachteten sie dafür noch mehr. Was in gewisser Weise töricht war. Wenn man sich den schwarzen Fels besah, wußte man, daß die Einheimischen die Touristen brauchten, und nicht umgekehrt. Wir kamen an einer weiteren Hütte vorbei, an der eine jämmerlich dürre Ziege angebunden war. Nicht, daß sich übermäßige Schuldgefühle bei mir eingestellt hätten. Aber ich würde nächstes Jahr wahrscheinlich auch nach Springs fahren.

Wir kamen nach Philipsburg. Die Stadt bestand hauptsächlich aus vereinzelten flachen Fertigbauten mit irgendwelchen verblichenen Holz- und Blechschildern entlang der wenigen verstopften Straßen. Irgendwie wirkte sie halbherzig und planlos, als sei sie einfach Stück für Stück zusammengestöpselt worden. Die Teerstraßen waren voller zumeist uralter Laster, Jeeps und Personenwagen, so daß man meinte, man befinde sich auf einem Schrottplatz. Die Straßen selbst waren ruhig und von Rissen durchzogen, so daß die an ihrem Rande stehenden Autos und Lastwagen wie verlassen wirkten. Auf vereinzelten Grasflecken standen ein paar Palmen und schattenspendende Laubbäume, die ich nicht identifizieren konnte. Die Hauptsache aber war die Hitze; die Luftfeuchtigkeit war so hoch, daß man sie beinahe sehen konnte. Sie schien sich im Holz und im Blech und in den Rissen auf dem Gehsteig niedergeschlagen zu haben. Und in den Bewegungen der wenigen Inselbewohner, die lustlos umherschlürften. Ich spürte, wie die Trägheit auch von mir Besitz ergriff.

Der Fahrer setzte mich vor dem Government House ab, wo sich die Polizei befand. Diese Gegend war besser – einige große, frisch gestrichene und einstöckige weiße Fachwerkhäuser. Das Verwaltungsgebäude hatte ein rotes Ziegeldach und eine lange, überdachte Veranda. Ich zog die Fliegendrahttür auf und trat in einen hellgrünen Empfangsraum, über den ein ernsthaft wirkender junger Schwarzer mit Goldbrille wachte. Ich stellte mein Gepäck ab und fragte nach Inspektor De Jonge. Er winkte mich zu einem Holzsessel vor seinem Schreibtisch und griff zum Telefon.

Ich wartete etwa fünf Minuten. Dann kam ein massiger Mann in Khakihose und einem kurzärmligen Hemd die Treppe heruntergestürmt. Er schüttelte mir die Hand.

»Mister Paget, ich bin Henrik De Jonge. Hätten Sie etwas dagegen, mit in mein Büro zu kommen?« Seine Stimme war weich und hatte einen leichten Akzent.

»Gern, danke.«

Ich folgte ihm die Treppe hinauf und um eine Ecke, bis wir in einen breiten Flur kamen, der einst das erste Stockwerk eines Wohnhauses gewesen war. De Jonges Büro lag auf der linken Seite und war ebenfalls hellgrün. Es war klein, aber ordentlich, und an der Decke befand sich ein großer Ventilator. Sein Holzschreibtisch war gut aufgeräumt; davor stand ein Stuhl. Durch den Ventilator und die Jalousie war das Büro erträglich, mehr nicht. Ich nahm den Stuhl und blickte mich um. Die Wände waren kahl, abgesehen von einem Bildnis der viel jüngeren Königin Juliana mit Prinz Bernhard, vor der Lockheed-Affäre. De Jonges Alter war schwerer zu schätzen. Er hatte volles, schmutzigblondes Haar, ein zerfurchtes, altersloses Gesicht und klare blaue Augen, ließ sich aber matt auf seinen Stuhl sinken. Ich schob die Mattigkeit auf die Bürde des weißen Mannes und schätzte ihn auf Ende Dreißig. Ich fragte mich, was ihn wohl hierher verschlagen hatte.

De Jonge spielte mit seiner Meerschaumpfeife und

musterte mich seinerseits. »Nun, Mister Paget, was kann ich für Sie tun?«

»Es geht wirklich nur um das, was ich Ihnen gestern am Telefon erklärt habe. Soweit ich weiß, ermitteln wir gegen keinen holländischen Staatsbürger. Nur gegen einen Amerikaner. William Lasko.«

Er blickte mich weiter an, während er in seiner Schreibtischschublade herumtastete und einen Tabakbeutel hervorholte. »Und Sie möchten Mister Laskos hiesige Firma aufsuchen?«

»Das stimmt.«

Sorgfältig stopfte er etwas Tabak in seine Pfeife. »Und worum geht es genau?«

»Wir vermuten – wir wissen es nicht genau, aber wir haben den Verdacht –, daß der Erwerb von Carib Imports in Zusammenhang mit gewissen Börsenaktivitäten steht, die Lasko in Amerika initiiert hat und die nach amerikanischem Recht illegal sind.« Ich suchte nach einer Formulierung, die narrensicher klang. »Meine Behörde möchte lediglich Erkenntnisse darüber gewinnen, wonach wir bei uns zu Hause suchen müssen. Es gibt da einen Mann in der Firma, mit dem ich gerne reden möchte – ein gewisser Peter Martinson.«

Er zündete seine Pfeife an und schielte zu dem Bild, als beobachte ihn Juliana. »Nachdem Sie angerufen hatten, habe ich mit dem Büro des Generalgouverneurs in Curaçao gesprochen. Ich habe die Befugnis, Ihnen beim Besuch der Firma behilflich zu sein und ihnen die gewünschten Papiere zu besorgen.« Er klang sehr vorsichtig, wie ein Bürokrat. Er mußte mir den Gedanken angesehen haben; abrupt änderte er den Tonfall. »Sie müssen verstehen, Mister Paget, daß diese Inseln sehr arm sind. Wir ermutigen ausländische Investoren. Unsere Philosophie lautet – und ich habe sie mir nicht ausgesucht –, daß man nicht unbedingt ein Heiliger sein muß, um auf den Antillen geschäftlich tätig zu werden.«

Das war alles andere als eine plötzliche Erleuchtung, nur eine vage Erklärung, die beste, die er abgeben konnte. »Ich verstehe das durchaus, Inspector. Wir wissen jeglichen Beistand Ihrerseits zu würdigen.« Ich blickte auf meine Uhr. »Hätten Sie vielleicht Zeit, der Firma gleich einen Besuch abzustatten?«

Er stand auf. »Das kann ich arrangieren. Wir können unten einen Jeep samt Fahrer auftreiben.«

Der Fahrer war ein junger schwarzer Polizist namens Duval mit scharfem Blick und kräftigem Handschlag. Er geleitete uns zu einem Jeep und steuerte uns gekonnt durch die schmalen Straßen zum Stadtrand von Philipsburg. Auf einem steinigen Acker hinter einer pockennarbigen Zementfläche stand ein Lagerhaus aus Wellblech. Das Lagerhaus war lang, niedrig und von Rost zerfressen. Eine Eisentür bildete den einzigen Eingang. Neben der Tür war ein schweres, auffällig neues Bronzeschild mit der Aufschrift »Carib Imports« angeschraubt. Leicht amüsiert betrachtete ich das Lagerhaus. Davon würde bestimmt nie ein Bild in der Firmenzeitung auftauchen.

Wir gingen hinein und standen in einem Durchgang zwischen Blechwänden. Auf jeder Seite befanden sich drei Büros. Die Büros waren leer. Der Gang führte durch sie hindurch in den aus blankem, schmuddeligem Beton bestehenden Lagerbereich, der halb voller Kartons stand und von einigen herabhängenden Leuchtstoffröhren halbwegs ausgeleuchtet wurde. Zwei Arbeiter in ärmellosen T-Shirts stapelten in der einen Ecke Kartons um und sorgten so für mehr Platz. Durch eine halbgeöffnete Tür auf der anderen Seite des Lagerhauses drang etwas Sonnenlicht herein. In der einen Ecke befand sich ein hölzernes Kabuff mit offener Tür, so daß man dahinter eine schmutzige Toilette sehen konnte. Ich reckte den Hals und hielt Ausschau nach jemandem, der wie ein gewisser Peter Martinson aussah.

Ich entschied mich für das einzige weiße Gesicht, das ich sah – ein untersetzter Mann mit grobschlächtigen Zügen und schütter werdenden roten Haaren. Er trug ein kurzärmliges blaues Hemd und lehnte müßig in einer Ecke, von wo aus er die Arbeiter beaufsichtigte. Wir standen am Ende des Ganges, als er uns entdeckte. Sein Blick schien über die beiden Polizisten hinwegzuhuschen, um schließlich an mir hängenzubleiben, als hätte er mich bereits erwartet. Er unterzog die Arbeiter einer letzten, achtlosen Inspektion und kam dann mit einer Art wohlberechneter Aggressivität zu uns geschlendert.

»Ja?« fragte er. Sein Tonfall war ebenso ausdruckslos wie seine Miene.

Ich überließ De Jonge das Reden. Er bedachte den Mann mit einem gleichmütigen Blick. »Ich bin Inspector De Jonge«, begann er, »und das« – er nickte zu mir – »ist Mister Paget, der die Regierung der Vereinigten Staaten vertritt. Wir möchten mit Mister Martinson sprechen.«

Der Mann redete mit schwerem niederländischen Akzent. »Mister Martinson ist nicht da.«

»Wann wird er zurückerwartet?«

»Weiß ich nicht.« Seine Stimme klang, als wolle er uns damit aus der Tür schubsen.

»Wer sind Sie?«

»Ich heiße Kendrick.« Kendrick hatte eindeutig kein Interesse an einem Gespräch. Bei ihm klang jedes Wort unwirsch.

»Welche Funktion erfüllen Sie hier?«

»Arbeiten. Nicht reden.«

De Jonges Stimme klang geduldig. »Trotzdem würden wir gern eine Minute mit Ihnen reden.«

Kendrick hob die Achseln und führte uns zu einem abgeteilten Büro neben der Tür. Er schob sich hinter einen nackten Metallschreibtisch und nahm Platz. De Jonge und ich nahmen zwei Stühle und setzten uns ihm gegenüber. Duval stand abseits und musterte Kendrick mit scharfem Blick, als wolle er sich sein Gesicht einprägen.

De Jonge redete mit Kendrick. »Ich glaube«, sagte er, »Mister Paget möchte ein paar Fragen stellen.«

Ich nickte. »Meine Behörde interessiert sich für die Geschäfte dieser Firma.« Kendrick blickte mich schweigend an. Er fragte weder, um wen es sich bei meiner Behörde handelte, noch wollte er wissen, warum wir interessiert waren. Es gefiel mir ganz und gar nicht, genauso wenig wie Martinsons angebliche Abwesenheit.

»Worin genau bestehen die Geschäfte von Carib Imports?« fragte ich.

Er verschränkte die Arme. »Ich bin nicht befugt, im Namen der Firma zu sprechen. Da müssen Sie schon Mister Martinson fragen, sobald er zurück ist.«

»Schade, daß Sie so wenig über Ihre Firma wissen.«

Der Sarkasmus rüttelte ihn ein bißchen auf. Er lief rot an. »Ist doch offensichtlich. Wir importieren Elektronikchips.«

»Von Yokama Electric?«

Seine Augen zuckten. »Der Name kommt mir nicht bekannt vor.«

»Vielleicht sollte ich ihn buchstabieren.«

Seine Stimme wurde nachdrücklich. »Wir haben nichts mit Yokama Electric zu tun.«

»Und mit wem haben Sie zu tun?«

»Mit verschiedenen Firmen. Da müssen Sie Mister Martinson fragen. Ich bin bloß der Lagerleiter.«

»Seit wann sind Sie das schon?«

»Grade mal einen Monat.«

»Seit wann ist die Firma im Geschäft?«

Mit einem Mal wurde sein Blick stechend. »Ich hab Ihnen doch gesagt, daß ich erst seit einem Monat hier bin.«

Ich spürte, wie kalte Wut in mir hochstieg, auf ihn und die ganze Situation. Sie hatten gewußt, daß ich kam. Ich wollte Kendrick auf meinem Territorium haben, unter Eid, damit ich ihn auseinandernehmen konnte.

Doch auf St. Maarten konnte ich das nicht, und er wußte es ganz genau. Ich blickte zu De Jonge. Er hatte sich zurückgelehnt und tat unbeteiligt. Schließlich war es nicht sein Fall.

Ich wandte mich wieder an Kendrick. »Wo steckt Mister Martinson?«

»Weiß ich nicht.«

»Wieso nicht?« versetzte ich.

»Er hat mir die Aufsicht überlassen. Er hat gesagt, er wäre ausgelaugt. Geistige Erschöpfung. Er wollte sich erholen. Er hat aber nicht gesagt, wo.«

»Was ist, wenn Sie irgendwelche Fragen an ihn haben?«

Wieder lief er rot an. »Ich habe Ihnen doch gesagt, ich weiß nicht, wo er ist.«

»Wann ist er gegangen?«

»Vor ein paar Tagen«, sagte er dunkel.

»Meinen Sie gestern?«

Er zwinkerte. »Ich weiß es nicht mehr. Fragen Sie ihn.«

Ich schwieg kurz. Das führte uns nicht weiter. Ich tat, als sei es mir peinlich, und lächelte entschuldigend. »Ich weiß, es hat nichts mit der Angelegenheit zu tun«, sagte ich zu Kendrick, »aber haben Sie hier vielleicht eine Toilette? Ich habe einen ziemlich langen Flug hinter mir.«

Nachlässig deutete er mit dem Daumen ins Lagerhaus.

»Vielen Dank«, sagte ich. »Entschuldigen Sie mich bitte.«

Kendrick erhob sich halb, als sei er unschlüssig, ob er bei mir oder bei der Polizei bleiben sollte. Er entschied sich für die Polizei und nahm wieder Platz.

Ich spazierte durch den Lagerbereich und überzeugte mich mit einem Blick nach hinten davon, daß ich nicht beobachtet wurde. In der anderen Ecke, links von mir, stapelten die Arbeiter noch immer Kartons. Die Toilette war in der entgegengesetzten Ecke, rechts von mir. Daneben standen zwei Kartons. Ich ging zu dem Kabuff und blickte mich um. Die Arbeiter kehrten mir den Rücken zu.

Ich schnappte mir einen der Kartons, zerrte ihn in das Kabuff und schloß die Tür. Dann bückte ich mich und riß die Oberseite auf. Darin befanden sich etwa zwei Dutzend brauner Papiertüten. Ich öffnete eine. Schwarze Metallstückchen purzelten in meinen Handteller. Elektronikchips. Ich schüttelte die Chips in meine linke Jackentasche. Dann zerriß ich die leere Tüte und spülte sie in die Toilette.

Ich schaute hinaus. Die Arbeiter waren nirgendwo zu sehen. Ich schleppte den Karton zurück und stellte den anderen oben drauf. Dann begab ich mich wieder zu den anderen.

De Jonge blickte nichtssagend von seiner Pfeife auf. »Haben Sie sonst noch Fragen, Mr. Paget?«

»Nein. Ich glaube, wir haben Mister Kendricks Hilfsbereitschaft bereits überstrapaziert.«

Kendrick starrte mich mürrisch, aber sichtlich erleichtert an. De Jonge stand auf und wollte gehen. »Vielen Dank, Mister Kendrick.« Kendrick sagte nichts. Wir gingen aus dem Büro, öffneten die Lagerhaustür und stiegen in den Jeep. Leise schabten die Chips in meiner Tasche aneinander.

19

Wir fuhren zurück zum Government House und warteten dort, während Duval Erkundigungen über Martinson einholte. Er kehrte mit einer Telefonnummer und der Adresse eines Mietshauses in den Bergen oberhalb von Little Bay zurück. Ob ich an einen Besuch dächte, fragte De Jonge vorsichtig. Nein, sagte ich, aber falls ich meine Meinung ändern sollte, würde ich ihm Bescheid sagen. De Jonge beauftragte Duval, mich zum Hotel zu bringen. Schweigend fuhren wir los.

Die Fahrt in der gleißenden Nachmittagssonne war heiß und staubig. Ich wurde die Sorge um Martinson nicht los. Es war durchaus möglich, daß Martinson inzwischen Lehman Gesellschaft leistete. Und all das dank meiner Eitelkeit und Dummheit.

Ich war ein Albatros, der Menschen jagte, damit Lasko sie finden konnte. Und Lasko war mir immer einen Schritt voraus und stets außer Sicht gewesen, schon vom ersten Tag an, als McGuire sich mit Catlow traf, diesem Einfädler bombiger Verabredungen. Als ich mich mit Lehman traf und zusah, wie er umgebracht wurde. Als meine Suche nach der rätselhaften Notiz in leisen Drohungen endete und Lasko mich aushorchen wollte. Als Sam Green sich einen teuren Anwalt zulegte, der mir so gut wie gar nichts zu bieten hatte. Und nun war Martinson verschwunden. Ich fragte mich, wie er wohl war, ob er Familie hatte, wodurch er mir in die Quere gekommen war.

Wir fuhren einen kleinen Berg hinauf, und plötzlich lag unter uns ein salzweißer Strand mit tiefblauem Wasser, das in der Sonne glitzerte. Geduckt stand das Hotel hinter dem Strand, drei lange, einstöckige Gebäude aus weißem Zement. Im Sommer war hier keine Saison, und das Hotel wirkte verlassen. Als wir ankamen, dankte ich Duval und stieg aus. Er sah mich ernst an. »Tut mir leid, Mister Paget, daß wir nicht mehr tun konnten.«

Nun begriff ich, daß er aus Verlegenheit geschwiegen hatte. Ich versuchte es mit einem Lächeln. »Dann tun Sie mir doch irgendwann mal einen Gefallen. Verdreschen Sie Kendrick für mich.«

Duval grinste zurück. »Den habe ich mir schon gemerkt.« Er deutete auf seinen Schädel.

Ich lachte. »Das habe ich bemerkt.« Wir schüttelten uns die Hände. »Viel Glück«, sagte ich.

»Vielen Dank, Sir.« Der Jeep rumpelte davon, und ich ging in das Hotel.

Das Foyer war hell, modern und totenstill. Ich meldete mich bei einem schwergewichtigen, aber höflichen Holländer an, der mit einigen Restauranttips und ein paar unbeholfenen Scherzen aufwartete. Ich war nicht in der Stimmung dafür. Ob er einen Umschlag und einen Safe habe, fragte ich. Er nickte. Ich warf die Chips in den Umschlag und sah zu, als er sie wegschloß. Ich bekam einen Schlüssel und ging auf mein Zimmer.

Das Telefon stand neben dem Bett. Ich legte mich auf die Ellbogen gestützt hin und dachte eine ganze Weile nach. Dann griff ich entschlossen zum Hörer und ließ mich von der Zentrale weitervermitteln. Ich konnte das Telefon klingeln hören, ein beunruhigend metallisches Rattern, bei dem ich zusammenfuhr.

Dann hörte es auf. »Hallo.« Es war eine Frauenstimme, meiner Ansicht nach eine Amerikanerin.

»Mrs. Martinson?«

»Ja. Wer spricht da?« Ihre Stimme klang ängstlich, als befürchte sie schlechte Nachrichten.

»Ich bin Christopher Paget. Ich bin Amerikaner, Jurist im Dienste der Regierung. Ich versuche, Ihren Mann zu finden.«

»Was wollen Sie denn von Peter?« Die Frage klang fahrig und hoffnungsvoll zugleich.

»Ich möchte nur mit ihm reden. Ich glaube, er könnte mir helfen.«

»Worüber möchten Sie denn reden? Ich meine, wieso kann Peter Ihnen helfen?«

»Ich ermittle im Auftrag der Regierung gegen eine amerikanische Firma. Lasko Devices.«

Ihre Stimme wurde tonlos. »Dann kann Peter Ihnen nicht helfen.«

»Kann er nicht oder will er es nicht?«

»Er kann Ihnen nicht helfen«, beharrte sie.

Ihre Worte klangen besorgt. Ich beschloß nachzuhaken. »Mrs. Martinson, ist Ihr Mann zu Hause?«

Schweigen. »Nein.«

»Steckt er irgendwie in Schwierigkeiten?«

»Was meinen Sie damit?«

Ich zwang mich dazu, kalt und unverblümt zu sprechen. »Ich will es einmal anders ausdrücken. Wissen Sie überhaupt, wo er sich aufhält?«

»Ich – weiß es nicht.« Dann weinte sie los, als hätte ich sie mit meiner Frage um den letzten Rest Selbstbeherrschung gebracht.

Krampfhaft umklammerte ich das Telefon, als wollte ich dadurch verhindern, daß sie auflegte. »Mrs. Martinson?« fühlte ich vor.

»Ja.«

»Kann ich bei Ihnen vorbeikommen?«

Sie fand ihre Stimme wieder. »Ja.«

»Lassen Sie mich mal nachdenken.« Ich zögerte. »Haben Sie heute schon gegessen?«

»Nein.«

»Ich möchte nicht bei Ihnen gesehen werden. Kennen Sie das La Porte?«

»Ja.«

»Können Sie in einer Stunde dorthin kommen?« Sie schwieg lange. »Mrs. Martinson, bitte. Es könnte sehr wichtig sein.«

Sie klang erschöpft. »In Ordnung, Mister Paget, ich werde mich mit Ihnen treffen.«

»Danke«, sagte ich. Sie legte abrupt auf.

Ich mietete mir einen Wagen und war früh im La Porte, gegen Viertel nach sieben. Ein zierlicher Franzose führte mich mit ausnehmender Höflichkeit hinein. Er wies mir einen Fensterplatz am Ende des kleinen Raumes zu. Ich sagte ihm, daß ich eine Dame erwartete. Mit erfreuter Miene huschte er davon. Durch das Fenster wirkte das Meer in der sinkenden Sonne tiefblau. Die Einrichtung war dunkel und schlicht – rustikal französisch, mit weißen Leinentüchern und Zinngeschirr. Mit gefiel es. Und ich hoffte, daß Martinson noch am Leben war.

Der Franzose kehrte zurück und führte eine große blonde Frau in weißer Hose und einer türkisfarbenen Seidenbluse an meinen Tisch. Überrascht stand ich auf.

»Mrs. Martinson?« Sie nickte und ließ den Blick auf mir ruhen. »Ich bin Chris Paget. Nehmen Sie doch bitte Platz.« Der Franzose rückte einen Stuhl zurecht. Ich riskierte einen zweiten Blick. Sie war etwa fünfunddreißig, obwohl man ihr das Alter allenfalls um die Augen ansah. Sie blickte mich über den Tisch hinweg an. Ihre traurigen, verquollenen Augen belasteten mich. Ich fragte mich, wo wohl Martinson steckte, während ich mit seiner Frau speiste.

»Sie sind noch sehr jung«, sagte sie.

Ich lächelte. »Alt genug. Kann ich Ihnen etwas zu trinken bestellen?« Sie zögerte. »Sie könnten wahrscheinlich etwas gebrauchen.«

»In Ordnung. Vielen Dank. Dasselbe wie Sie.« Sie sprach von Natur aus mit hoher, mädchenhafter Stimme.

Ich bestellte zwei Rum mit Tonic und widmete mich wieder ihrem traurigen Blick.

»Lassen Sie mich erklären, weshalb ich hier bin.« Ich sprach vorsichtig, versuchte ihr Vertrauen einzuflößen. »Ich bin Jurist bei einer Behörde in Washington, dem EEC.« Ich holte meinen Ausweis hervor und legte ihn vor ihr auf den Tisch. »Eine unserer Aufgaben besteht darin, betrügerische Aktivitäten bei Firmen festzustellen, deren Aktien in den Vereinigten Staaten an der Börse gehandelt werden. Ich arbeite an einem Fall, in dem es um Lasko Devices geht. Ich bin heute morgen hierher geflogen, weil ich mit Ihrem Mann reden wollte. Ich habe die Firma aufgesucht und bin einem Mann namens Kendrick begegnet. Er sagte, Ihr Mann sei in Urlaub gegangen. Er wollte mir nicht sagen, wann und wohin er gegangen ist, oder wann er zurückkommen würde. Ich nehme an, daß er innerhalb der letzten vierundzwanzig Stunden verschwunden ist und sich nicht mehr hier auf der Insel aufhält.«

Sie schüttelte den Kopf, wobei die blonden Haare über ihre Schulter strichen. »Nein.«

»Was nein?«

Ihre Stimme zitterte. »Nein, er ist doch nicht verrückt. Er ist weggefahren, weil es ihm jemand befohlen hat.«

»Wer hat es ihm befohlen?«

»Ich weiß es nicht. Jemand aus der Firma. Er rief mich heute morgen an. Er sagte, er müßte eine Weile weg, auf der Stelle, und daß ihn jemand suchen würde.« Man sah ihr die Erkenntnis an den Augen an. »Das waren Sie.« Ihre Stimme klagte mich an. Es war genauso sinnvoll wie alles andere.

»Möglicherweise. Warum ist er gegangen?«

»Man hat es ihm befohlen. Er hatte Angst. Und er hat sonst nie Angst, vor nichts. Ich habe ihn angefleht, er solle nicht weggehen. Er hat mir immer wieder gesagt, er müßte weg. Dann hat er aufgelegt. Es war so furchtbar. Es ergibt überhaupt keinen Sinn.«

»Was hat er Ihnen sonst noch gesagt?«

»Daß ich niemandem etwas sagen sollte – aber ich habe Angst um ihn.«

»Warum haben Sie Angst?«

»Weil Peter Angst hatte.« Die Worte hatten einen seltsamen Beiklang, so als habe sie sich jahrelang nur nach dem Verhalten ihres Mannes gerichtet. Aber auch ich hatte Angst.

»Hat er Ihnen gesagt, warum?«

»Nein.«

Ich merkte, daß ich mit dieser nüchternen Befragung im Begriff war, ihr Vertrauen zu verlieren. Unsere Drinks kamen. Lustlos nahm sie einen Schluck und beobachtete mich über den Rand ihres Glases.

Ich probierte es auf eine andere Art. »Mrs. Martinson, anscheinend dreht es sich hier um eine äußerst heikle Angelegenheit. Ich möchte, daß Ihr Mann in Sicherheit ist. Dabei könnte mir alles helfen, was Sie mir über seine Tätigkeit hier erzählen können.«

Ihre Augen füllten sich mit Zweifel, dann mit Tränen. Sie starrte auf ihren Schoß. »Können Sie Peter helfen?« fragte sie nach einer Weile.

»Ich hoffe es.«

Sie blickte zu mir auf. »In Ordnung«, sagte sie leise.

»Fangen wir damit an, wie Ihr Mann hierher kam.«

»Tja, ich nehme an, der Grund war, daß nichts richtig funktioniert hat. Peter hat einfach nicht den richtigen Posten gefunden.« Die Worte klangen gestelzt, wie auswendig gelernt. »Als wir mit dem College fertig waren, wollte Peter nach Europa. Ich konnte keine Kinder kriegen –« Ihre Stimme stockte; möglicherweise wäre ihr Mann erwachsen geworden, wenn sie Kinder gehabt hätten. »Jedenfalls hat Peter als Handelsbevollmächtigter für verschiedene internationale Unternehmen gearbeitet. Wir sind in den letzten zwölf Jahren ziemlich rumgekommen. Ich habe herrliche Erinnerungen. Und Peter spricht drei Sprachen.« Der Wortschwall brach jählings ab. »Ich bin keine große Hilfe, nicht wahr?« fragte sie.

Ich versuchte ermutigend zu wirken. »Reden Sie einfach weiter. Wo war Peter zuletzt tätig?«

»In Japan.«

»Für Yokama Electric?«

»Das stimmt. Woher haben Sie das gewußt?«

»Ich füge gerade ein paar Dinge zusammen. Wann sind Sie in etwa nach St. Maarten gekommen?«

»Im Juli.« Sie hielt inne. »Erst letzten Monat.« Sie schien überrascht, als käme es ihr länger vor.

Der Franzose tauchte auf und wollte unsere Bestellung entgegennehmen. Sie wirkte zerstreut. Ich stellte einige Fragen und ordnete für sie mit. Ich hatte ein komisches Gefühl dabei. Wahrscheinlich machte ihr Mann das ebenfalls.

»Warum St. Maarten?« fragte ich, als wir bestellt hatten.

»Man hat Peter darum gebeten. Er hat in Japan allerhand Geschäfte mit Lasko Devices gemacht. Die mochten ihn. Peter hat es mir erzählt. William Lasko hat ihn persönlich darum gebeten, hierher zu kommen.«

»Was sollte Ihr Mann hier tun?«

»Mister Lasko wollte, daß Peter seine neue Firma leitet. Carib Imports.«

»Besitzt Ihr Mann irgendwelche Anteile an Carib Imports?«

Sie schüttelte den Kopf. »Nein. Peter leitet die Firma, das ist alles.«

»Sind Sie sich dessen sicher?«

»Wir hatten nicht genug Geld für eine eigene Firma. Das hier war wirklich ein Aufstieg für Peter.« Der Satz begann voller Stolz und verklang in Verlegenheit.

»Wenn ich Sie das fragen darf: Was hat er verdient?«

»Tja, es kam uns phantastisch vor. Er bekam hunderttausend Dollar Prämie und zwei Jahre lang fünfundsiebzigtausend Dollar pro Jahr. Wir haben uns ein wunderschönes Haus in den Bergen gemietet.«

»Das kann ich mir vorstellen.« Ich konnte es auch – aber nicht so, wie sie dachte.

Sie bemerkte es. »Mister Paget, was wird mit Peter passieren?«

»Nichts. Aber ich muß ihn finden. Haben Sie irgendeine Ahnung, wo er sich aufhalten könnte?«

Ihre Stimme wurde leise. »Er wollte es mir nicht verraten«, sagte sie zögernd.

»Verdammt, Mrs. Martinson, helfen Sie mir weiter.« Ich schüttelte den Kopf. »Sie können Ihrem Mann am ehesten helfen, wenn Sie mir alles sagen. Vor allem, wo er sich im Moment befindet.«

Sie warf mir einen offenen Blick zu. Ihre Augen waren ausgesprochen hübsch, das ließ sich nicht anders sagen. »Mister Paget. Ich liebe Peter sehr.«

»Ich werde daran denken«, sagte ich leise.

Sie berührte meine Hand. »Ich weiß nur, daß Peter gesagt hat, woanders wäre er in Sicherheit. Irgendwo in der Nähe von Boston.«

Es paßte.

Der Franzose brachte unser Essen. Sie stocherte in ihrem herum. Ich stellte ihr noch ein paar Fragen und erreichte nichts. Sie war nicht dumm, keineswegs. Aber in einer Männerwelt hatte sie sich jedes Verantwortungsbewußtsein abgewöhnt. Besser gesagt, sie hatte nie angenommen, daß sie welches besaß. Sie ging voll in der Opferrolle auf, verletzt und hoffnungsvoll zugleich. Und ich mochte sie.

Wir beendeten unser Mahl. »Haben Sie ein Bild von Ihrem Mann?« fragte ich.

Sie wühlte in ihrer Tasche herum und brachte einen Schnappschuß im Brieftaschenformat zum Vorschein. »Das ist Peter«, sagte sie.

Das Bild zeigte einen hageren Mann mit scharfen Zügen und dunklen, lockigen Haaren. Was mich störte, war eine Art aufgesetztes Siegerlächeln. Irgendwie erinnerte es mich an einen Typ, der mit Graphitschläger und Hundert-Dollar-Klamotten zum Tennis aufkreuzt und lauter Schläge vergeigt, von denen man selbst nur träumen kann. Und wenn er gegangen ist, fragt man sich, wieso er eigentlich verloren hat.

»Kann ich das behalten?« fragte ich. Sie nickte. Ich steckte es vorsichtig in meine Innentasche.

Der Franzose kehrte zurück und warf einen trübsinnigen Blick auf den kaum angerührten Teller der Frau.

Ich heiterte ihn etwas auf, indem ich ihm sagte, die Ente *à l'orange* sei vorzüglich gewesen und in dieser Qualität schwer zu bekommen. Sie verfolgte das Geplänkel mit leerem Blick, als sei dies mehr oder weniger bezeichnend für den ganzen Tag. Valerie Lehman fiel mir ein, wie sie voller Verwirrung ihre hübschen Möbel betrachtet hatte. Wir verzichteten auf das Dessert. Ich nahm ihren Arm und geleitete sie zur Tür.

Die Nacht umfing uns wie ein dunkler Kokon. Wir gingen über die Straße zum Wagen. Nirgendwo waren Menschen zu sehen.

Wir standen neben dem Auto. »Wissen Sie«, sagte ich, »ich weiß nicht mal Ihren Namen.«

Sie brauchte eine Sekunde, bevor sie es begriff. »Oh«, antwortete sie. »Ich heiße Tracy.«

Ich lächelte. »Ich glaube an die Bedeutung von Namen. Tracy Martinson ist ein schöner Name.«

Sie legte die Hände an mein Revers und lehnte sich leicht an mich. »Bitte, versuchen Sie, Peter zu finden.«

»Ich lasse Sie nicht hängen«, sagte ich leise. Sie blickte zu mir auf, als wisse sie, was das bedeutete. Jemand anders hatte sie hängengelassen. Eine sanfte Brise wehte ihre Haare an meine Schulter. Ich strich sie weg, über ihre Wange. Sie erschauderte und klammerte sich an mich. Doch die Gelegenheit war nicht nach meinem Geschmack. Oder ihrem. Ich wartete. Sie wich zurück.

Ich bat sie zu warten. Ich kritzelte meine Hotel-, Büro- und Privatnummer auf einen Zettel und drückte ihn in ihre Hand. »Kommen Sie allein zurecht?«

Sie antwortete langsam. »Ja.« Doch dem war nicht so, ganz und gar nicht.

Mit diesem Gedanken blickte ich sie an, als die Scheinwerfer über ihr Gesicht zuckten. Ich wandte mich dem grellen Licht und dem plötzlichen Aufröhren eines beschleunigten Autos zu, das aus einer zuvor stillen Straße, etwa fünfzehn Meter entfernt, auf uns zuraste. In der Dunkelheit wirkte es wie ein riesiges, bösartiges Insekt. Tracy schrie mir ins Ohr. Ein verrückter Gedanke schoß mir durch den Kopf: »Genau wie Lehman.« Fünf Meter. Ich packte Tracy und hechtete seitwärts auf die Haube des Wagens. Mit kreischenden Reifen schoß der Wagen an uns vorbei, während wir uns über die Haube und ins Gras auf der anderen Seite abrollten. Das Gesicht ins Gras gepreßt, hielt ich sie fest. Wir hörten den Motor aufheulen, als das Fahrzeug die holprige Straße hinunterraste.

Ich zog sie hoch und zerrte sie an der Hand über die Straße. Erst als wir im Restaurant waren, lehnte sie leise weinend den Kopf an meine Schulter. Aufgeregt kam der Franzose angetrippelt. Ein Unfall sei passiert, sagte ich. Er bot Tracy einen Sitzplatz an und führte mich zum Telefon. Ich erreichte Duval im Government House. Ich war froh darum.

Innerhalb von fünf Minuten traf er ein und fragte, was er tun könnte. Ich blickte zu Tracy, die am Tisch saß.

»Können Sie ihr Haus beobachten?«

Er nickte. »Sicher. Aber was ist mit Ihnen?«

»Ich komme schon klar. Das war eine Warnung, glaube ich. Wenn Sie uns hätten umbringen wollen, hätte es bessere Möglichkeiten gegeben; zwei Kugeln in den Kopf zum Beispiel. Aber ich glaube, die wollen bloß, daß sie den Mund hält und ich die Finger davon lasse.«

»Dann hat es also etwas mit ihrem Mann zu tun?«

»Ja. Er wird vermißt.«

»Und Sie haben nichts gesehen?«

»Nichts als ein Auto.«

Wir redeten noch eine Zeitlang, ohne daß sonderlich viel dabei herauskam. Dann begaben wir uns wieder zu Tracy. Sie war noch immer bleich und benommen.

»Alles in Ordnung«, sagte ich. »Der Inspector wird Ihr Haus bewachen.«

Sie nickte zerstreut und wollte mit Duval weggehen. Plötzlich blieb sie stehen und drehte sich um, als habe sie etwas vergessen.

»Vielen Dank, Mister Paget.«

Es war unverdienter Dank. »Ich werde versuchen, Ihren Mann zu finden«, versprach ich. Aber ich fragte mich, ob ich es konnte.

Sie drehte sich um und ging mit Duval zu dessen Jeep. Sie stieg ein und warf mir einen letzten verstohlenen Blick zu. Dann fuhren sie weg. Ich sah ihnen nach, bis ich sie nicht mehr sehen konnte. Dann fuhr ich zurück zu meinem Hotel.

20

Ich parkte vor dem Hotel und stieg aus. Die Nacht war still, und vom Ozean her wehte eine tropische Brise. Zu einem anderen Zeitpunkt hätte ich meine abgeschnittenen Jeans angezogen, wäre am Wasser entlang über den Strand spaziert und hätte der Brandung gelauscht. Aber nicht heute nacht. Steif und zerschlagen, wie ich war, wollte ich nur noch auf mein Zimmer.

Ich zitterte noch immer und verspürte eine vage Unruhe, wie man sie empfindet, wenn man unverhofft an einem fremden Ort gelandet ist. Ich blieb einen Augenblick auf der Hoteltreppe stehen und blickte zu den Sternen auf.

Im letzten Sekundenbruchteil, bevor er mich erwischte, hörte ich Kleider rascheln. Ein dicker Arm schoß vor. Dann bohrte sich der Schmerz durch meinen Kopf, und meine Knie knickten ein. Jäh stürzte ich in ein dunkles Loch.

Ich kämpfte mich durch einen Nebel aus gemeinem Schmerz, der in meinem Kopf hämmerte. Mein Magen rebellierte, und meine Beine waren taub, als seien sie nicht mehr mit dem Nervensystem verbunden. Ich blieb liegen, während ich langsam wieder zu Bewußtsein kam.

Als ich so auf dem Rücken und zu den Sternen aufblickte, wußte ich mit einem Mal, daß ich tot gewesen wäre, wenn jemandem daran gelegen hätte. Christopher Paget, der letzte Akteur beim Amateurwettbewerb. Meine Taschen waren umgedreht.

Ich raffte mich auf und torkelte die Treppe hoch, fiel hin, kroch weiter und zog mich dann die letzten paar Stufen hinauf.

Mein Schlüssel steckte in der Tür; das Zimmer war offen und durchwühlt. Ich kämpfte mich bis zur Tür vor und lehnte mich an. Das ist ja alles wie im Fernsehen, dachte ich. Doch das war es nicht, überhaupt nicht.

Ich trat ein. Keiner da. Ich verschloß die Tür, legte den Riegel vor und tappte benommen durch das Zimmer. Anscheinend fehlte nichts. Ich legte mich auf das Bett.

Ich griff in meine Jackentasche. Meine Brieftasche war noch da. Ich klappte sie auf. Es fehlte nichts. Ich zog den Zettel, auf dem ich Lehmans Worte notiert hatte, aus seinem Versteck. Er war nicht angerührt worden. Die waren nicht auf einen Papierschnipsel aus, dachte ich. Sie suchten die gottverdammten Chips.

Ich hatte gerade noch soviel Kraft, um Tracy anzurufen. Sie meldete sich mit hoffnungsvollem Tonfall. Sie sei okay, sagte sie. Duval sei da. Ob es etwas Neues gäbe? Überhaupt nicht, sagte ich. Ich wollte nur sichergehen. Ich wünschte ihr eine gute Nacht und legte auf.

Aus irgendeinem Grund mußte ich an die Worte auf dem Zettel denken. Aber sie entglitten mir wieder. Mit dem Zettel in der Hand schlief ich ein.

Die gleißende Tropensonne weckte mich. Mein Kopf dröhnte. Wie im Fieber vor nachträglichem Zorn wusch ich mich und packte. Ich meldete mich an der

Rezeption ab und nahm den Umschlag mit den Chips in Empfang. Dann fuhr ich in die Stadt und begab mich zu De Jonge.

Phlegmatisch blickte er mich von seinem ordentlichen Schreibtisch aus an. »Guten Morgen, Mister Paget. Alles in Ordnung mit Ihnen?«

Ich hätte am liebsten auf seinen Schreibtisch gekotzt, sein Büro verwüstet und Bernhard und Juliana aus dem Fenster geschmissen. Doch ich tat es nicht. Ich setzte mich nicht einmal hin.

»Guten Morgen, Inspector. Ich möchte eine Unfallflucht melden. Einer Ihrer Geschäftsleute wird vermißt. Ihre Wirtschaft ist bedroht. Und ich habe Kopfschmerzen.«

Er setzte sich aufrecht. »Was soll das Ganze?«

Ich fing mit dem Angriff auf mich und dem Einbruch an und überlegte derweil, wie ich Tracy decken könnte. Ich versicherte ihm, daß ich nicht schlimmer verletzt war als jemand, dem man einen Stein über die Birne gezogen hatte. Nein, ich hatte keine Ahnung, wer es gewesen war, obwohl ich mich fragte, womit Kendrick sich die Zeit vertrieb. Geld und Wertsachen waren noch da. Die gestohlenen Chips ließ ich aus.

De Jonge wirkte verlegen und entschuldigte sich. Da mir das nichts brachte, leitete ich zu Tracy über, ließ aber das aus, was sie mir erzählt hatte.

»Mrs. Martinson konnte mir nicht helfen«, sagte ich zusammenfassend. »Aber ich glaube, daß er verschwunden ist – weil ich ihn aufsuchen wollte.«

Er errötete. »Ich habe niemandem etwas verraten.«

»Das glaube ich Ihnen, Inspector.« Das tat ich auch, vorläufig jedenfalls. »Ich möchte Sie bitten, das hier ernst zu nehmen. Die Frau braucht Polizeischutz.«

De Jonges Gesicht wirkte müde. »Nehmen Sie doch bitte einen Augenblick Platz.«

Ich regte mich ab und setzte mich hin. De Jonges Stimme wurde verbindlich. »Egal, was Sie denken mögen, Mister Paget, aber wir machen uns durchaus Sorgen, wenn jemand verschwindet. Wir garantieren dafür, daß Mrs. Martinson nichts zustößt.«

Ich stand auf. »In Ordnung. Danke.«

Er hob die Hand. »Mister Paget, Sie sind ein geduldiger Mensch. Sie haben mich gestern gebeten, einige Akten zu überprüfen. Möchten Sie wissen, was ich herausgefunden habe?«

Er hatte recht, was mich anging. »Versteckt sich Peter Martinson etwa in einem Aktenschrank?«

Beleidigt blickte er auf seine Pfeife. »Nein. Aber ich habe erfahren, wann Carib Imports gegründet wurde. Erst im Juli. Peter Martinson unterzeichnete die Papiere.« Er sah mich an. »Ich hoffe, das bringt Ihnen etwas.«

Ich schenkte mir die Ironie. »Das tut es, Inspector.«

Er stand auf und streckte die Hand aus. »Ich setze mich mit Ihnen in Verbindung, sobald sich etwas tut.« Er hielt inne. »Sorry, daß wir Ihnen nicht weiterhelfen konnten.«

Wahrscheinlich meinte er es so. Ich zuckte die Achseln und ergriff seine Hand. Er wandte den Blick wieder Juliana zu. Ich verabschiedete mich und fuhr zum Flugplatz.

Der Flugplatz bestand aus einem einzigen Gebäude, einer Baracke aus nackten Bimssteinen, in der Zoll- und Gepäckabfertigung untergebracht waren. Außerdem gab es ein Telefon. Von diesem aus rief ich Robinson an. Seine Stimme klang verzerrt. »Wie geht's denn da unten?«

»Elend. Ich bin letzte Nacht verprügelt worden. Und ich kann Martinson nicht finden.«

»Himmel. Was ist passiert?«

Ich traf eine Entscheidung. »Ich habe mich ausgeklinkt. Keinerlei Information. Rein gar nichts. Hör zu, hast du irgendwas über Green rausgekriegt?«

»Nur eines. Lasko besitzt einen erheblichen Anteil an der First Seminole Bank.«

Ich dachte nach. »Dann sollten wir Green schnellstens noch mal vorladen.«

»Ich kümmere mich darum. Ist mit dir alles in Ordnung?«

»Ich glaube schon.«

»Nun, das ist wenigstens etwas.«

Ich dankte ihm und hängte ein. Die Wartezeit und der Flug nach Washington waren lang. Als ich eintraf, war es Nacht. Die angestrahlte Kuppel des Capitols hob sich vor dem schwarzen Himmel ab. St. Maarten schien sehr weit weg zu sein.

21

Am nächsten Morgen saß ich allein in meinem Büro und versuchte, hinter dem Ganzen einen Sinn zu erkennen. Das Problem war: Ich konnte niemandem trauen. Wenn ich ihnen Lehmans Notiz zeigte, würde Lasko davon erfahren. Wenn sie wußten, daß ich die Computerchips gestohlen hatte, würde Lasko erkennen können, worauf ich hinauswollte. Und wenn ich sagte, daß ich Martinson aufspüren wollte, konnte er morgen tot sein. Wenn er nicht schon tot war. Sicher fühlen konnte ich mich nur, wenn ich nicht viel redete – nicht einmal mit Robinson. Vorsichtig tastete ich meinen Schädel ab. Er tat noch immer weh.

Das Gefühl der Isolation war bedrückend. Ich war der einzige, der um die Einzelheiten wußte – die Scheinfirma, Lehmans Notiz, Martinsons Verschwinden –, auch wenn ich sie nicht zusammenfügen konnte. Und ich konnte dieses Wissen nicht preisgeben. Nützlich wäre es nur gewesen, wenn ich zu jemandem hätte aufrichtig sein können. Am liebsten jemand, der nickte, wenn ich von Mord und undichten Stellen in der Behörde sprach, und der mir auf die Schulter klopfte, wenn ich log und Sachen in meinem Schreibtisch versteckte. Aber diesen Jemand gab es nicht. Ich fragte mich gerade, wie es wohl Martinson ergehen mochte, als Robinson die Tür öffnete.

Er blinzelte im Sonnenschein, der durch mein Fenster fiel. »Wie geht's dir, Chris? Noch Schmerzen?«

Ich griff zur Jalousie. »Bloß im Kopf.«

»Du bist ein bißchen blaß. Bist du beim Arzt gewesen?«

»Vielleicht geh ich noch hin.«

Zufrieden nickte er. »Was ist vorgefallen?«

Er bekam eine geraffte Fassung des Ganzen, in der die Chips, die Notiz und Tracys Gesicht nicht vorkamen. Allmählich bekam ich das ziemlich gut hin. Robinson saß da und hörte gespannt zu. »Und Martinson konntest du nicht finden?«

»Nein.«

»Glaubst du, er ist ebenfalls tot?«

»Himmel, ich hoffe es nicht.«

Robinson schüttelte den Kopf. »So etwas bin ich nicht gewöhnt.«

»Wer denn schon?«

»Was ich nicht begreifen kann, ist, warum Lasko, der wegen seiner Kartellklage sowieso schon genug Ärger mit dem Justizministerium hat, sich auch noch welchen mit uns einhandelt.« Robinson dachte über seine Frage nach und wechselte dann jäh die Richtung. »Und wie sieht's jetzt für dich aus?«

»Meinst du damit, wie viele Hinweise auf meine Sterblichkeit ich habe?« Er nickte bedrückt. »Nun ja, ich sage mir ständig, wenn man mich umbringt, ist das genauso, wie wenn man einen Polizisten umbringt. Also denke ich mir, das werden sie solange nicht tun, wie sie nicht unbedingt müssen.«

»Die logische Folge davon ist, daß sie's tun werden, wenn sie müssen.«

»Mach mich nicht depressiv.«

»Ich will dich aber depressiv machen.«

Unser Gespräch führte in eine Sackgasse. Ich blickte auf meine Uhr. »Wann treffen wir uns mit Sam Green?«

»Um halb zehn.«

»Dann weihe mich lieber in das ein, was ich wissen sollte.«

Robinson zuckte die Achseln. »Okay. Lasko gehören fünfundzwanzig Prozent Anteile an der First Seminole Bank. Eigentlich gehören sie nicht ihm. Sie gehören seinen Firmen – Lasko Devices und den Tochtergesellschaften – als Pensionskasse. Dadurch war das auch so schwer rauszubekommen. Jedenfalls gehören die fünfundzwanzig Prozent effektiv ihm. Dadurch ist er der größte Aktienbesitzer, was zwar nicht reicht, um die Bank allein zu kontrollieren, aber er hat doch gewaltigen Einfluß.«

»Ist ja bestens. Hast du mit jemandem bei der Bank geredet?«

»Nein. Ich dachte mir, das könnte Lasko wieder zugetragen werden.«

»Sonst noch was?«

»Nur, daß ich O'Hair daran erinnert habe, daß unsere Vorladung noch gilt, und Sam noch einmal herzitiert habe. Ich bin aber nicht deutlicher geworden.«

»Okay.«

»Wie willst du die Sache handhaben?«

»Ich werde O'Hair durch die Blume Strafverschonung anbieten und dann mit einer Anklage wegen Meineides drohen. Dann will ich versuchen, ihn glauben zu machen, daß wir zu der Bank durchgedrungen sind, was nicht stimmt. Wir werden schon sehen, was dabei herauskommt.«

»Ich hoffe, O'Hair kauft uns das ab.«

»Ich auch. Hör zu, ich muß noch ein, zwei Sachen erledigen.«

Er stand auf. »Okay. Wir sehen uns dann unten.«

»Alles klar.« Ich hatte leichte Schuldgefühle. »Jim, danke für deine Hilfe. Ehrlich.«

»Kein Problem«, antwortete er und schloß die Tür hinter sich.

Freudlos starrte ich das Telefon an. Sobald ich abhob, mußte ich zusehen, wie ich allein weiterkam. Doch mir blieb nichts anderes übrig. Also machte ich den einfacheren Anruf zuerst.

Greenfeld meldete sich. »Lane, ich muß dich um einen großen Gefallen bitten. Ohne Gegenleistung.«

»Versuchen kannst du's ja«, antwortete er trocken. »Worum geht's denn?«

»Hast du Quellen beim Finanzamt?«

»Klar.«

»Kannst du dich, ohne jemanden neugierig zu machen, mal beim Finanzamt nach einer Aufstellung aller psychiatrischen Kliniken oder Sanatorien erkundigen, die von der Lasko Foundation unterstützt werden. Vor allem im Raum Boston. Kannst du das machen?«

»Darf ich fragen, warum?«

»Klar. Du kriegst bloß keine Antwort.«

»Kannst du das über deine Kanäle nicht besser?«

»Nein. In dem Fall nicht.«

»Was, zum Teufel, geht bei euch eigentlich vor?«

»Kannst du es machen?« beharrte ich.

»In Ordnung«, sagte er eingeschnappt. »Ich rufe dich zurück.« Er legte auf.

Ich mußte noch um einen weiteren Gefallen bitten. Dazu mußte ich um Jahre zurückgehen, die Vergangenheit mit der Gegenwart verknüpfen. Ich stellte mich innerlich darauf ein, dann machte ich den Anruf.

»Mister Stansbury? Christ Paget.«

»Chris«, antwortete die energische Stimme, »wo stecken Sie?«

»Hier. In Washington. Ich arbeite hier.« Ich fügte nicht hinzu, daß ich das schon seit drei Jahren tat.

»Ist ja wunderbar. Sie müssen mich besuchen.«

»Das hatte ich vor. Könnten Sie mir einen Gefallen tun?«

»Aber herzlich gerne.« Seine Stimme klang plötzlich warm und voller alter Hoffnungen. Einst waren dies auch meine Hoffnungen gewesen, doch sie waren jäh gestorben. Ich hatte sie längst begraben.

»Es ist geschäftlich, fürchte ich.«

Sein Tonfall wurde etwas kühler. »Sicher, Chris. Worum geht es?«

»Soweit ich mich entsinne, waren Sie doch Elektroingenieur, bevor Sie in die Wirtschaft gingen. Wieviel verstehen Sie noch davon?«

»Noch ziemlich viel, glaube ich.«

»Ich brauche eine fachkundige Meinung zu einigen Computerchips. Könnten Sie noch heute einen Blick darauf werfen?«

»Sicher. Seit ich im Ruhestand bin, habe ich nichts als Zeit. Zuviel Zeit. Finden Sie noch hierher?«

»Klar.«

»Ich freue mich darauf.«

»Vielen Dank, Mister Stansbury.«

»Bis später dann.« Ich legte auf und tastete geistesgegenwärtig nach den Chips in meiner Tasche. Noch da. Dann ging ich Sam Green ausquetschen

Robinson saß bereits mit Green, O'Hair und meiner Lieblingsprotokollführerin im Konferenzraum. Noch immer wie Mona Lisa lächelnd, hatte sie ihre Maschine neben der Topfpalme aufgebaut. Green schwitzte. Der Raum war halbwegs kühl; der Schweiß floß, weil er sich fragte, was wir wußten. O'Hair saß neben ihm und wirkte betont ruhig.

Ich begab mich zum Kopf des Konferenztisches und setzte mich neben Robinson. Green starrte in eine leere Ecke, als würde ich dadurch verschwinden. Ich legte ein paar Papiere zurecht, um ihn noch eine Weile schmoren zu lassen.

O'Hair unternahm einen Vorstoß. »Im Namen meines Mandanten wünsche ich zu erfahren, weshalb er nochmals vorgeladen wurde.«

Ich entließ die Stenographin und wandte mich dann an O'Hair. »Weil wir diese Woche die Geistesgestörten verhören. Und heute steht Green im Mittelpunkt.«

»Was für einen Mist –«

»Sie können Ihre Wünsche nehmen und sie sich sonst wohin stecken. Jemand ist bereits tot, und Ihr Knabe führt uns an der Nase herum.«

O'Hair versuchte es eine Nummer kleiner. »Mein Mandant ist sich seiner verfassungsmäßigen Rechte bewußt.«

Der Handel hatte begonnen. Ich bat Green hinaus. Er erhob sich behäbig. Ich sah ihm hinterher. »Ich hoffe, die verfassungsmäßigen Rechte spenden ihm in Danbury Trost. Mit dem, was er auf dem Kerbholz hat, wird er einige Zeit sitzen.«

»Sie sagten selbst, Sie könnten ihm keinen Meineid nachweisen.« O'Hair klang gekränkt, als hätte ich ein Versprechen gebrochen.

»Ich habe meine Meinung geändert. Ich denke mir, kein Gericht der Welt wird ihm abnehmen, daß er sich einen Monat später nicht mehr daran erinnern kann, wer ihm vierhunderttausend Dollar Kredit verschafft hat.«

»Und warum klagen Sie ihn dann nicht an?«

»Weil Green ein Fliegenschiß ist, ohne jede Bedeutung. Ehrlich gesagt, kümmert es mich nicht viel, was er macht. Wenn er redet, ist er ein weiterer Zeuge gegen Lasko. Wenn nicht, klage ich sie beide an.«

»Sie haben mir keinerlei Beweise vorgelegt.«

Ich zuckte die Achseln. »Sie haben die Wahl, Mister O'Hair. Green kann sich auf sein Aussageverweigerungsrecht berufen, oder er kann kooperieren. Aber einen Meineid sollte er lieber nicht ablegen.«

Nun übernahm Robinson seine Rolle, indem er O'Hair mit einem leichten, aber überlegenen Lächeln bedachte. O'Hair stand auf. »Ich muß mit meinem Mandanten sprechen.«

Wir starrten ihn beide an. Er ging.

Robinson wandte sich an mich. »Das war hart«, stellte er fest. »Und ich dachte immer, McGuire wäre ein Schwein.«

Ich zuckte die Achseln. »Wenn dieser Fall vorbei ist und ich zum Nachdenken komme, werde ich einen Martini trinken und ein schlechtes Gewissen haben. Im Augenblick kann ich's mir nicht leisten.«

Robinson nickte. Er wußte, daß ich recht hatte; im Grunde war er sogar froh, daß ich den Rabiaten mimte. Und mir machte es nichts aus, insbesondere, wenn ich einen Gauner wie Sam Green vor mir hatte.

O'Hair kehrte zurück. »Können Sie dafür garantieren, daß Mister Greens Aussage vertraulich behandelt wird?«

Zumindest für die nächsten drei Stunden, dachte ich. »Bitten Sie um eine Ausnahmeregelung?«

»Ich kann meinem Mandanten zu nichts raten, was an die Öffentlichkeit gelangt.«

Ich versuchte, blasiert zu wirken. »Sie kennen doch unsere Spielregeln. Keine Ermittlung gelangt an die Öffentlichkeit, bevor der Fall nicht zur Anklage gebracht wird.«

Meine Antwort ging an der Sache vorbei. Im Fall Lasko waren unsere Regeln wertlos. Und letzten Endes konnte es durchaus passieren, daß O'Hair Gläubiger von Greens Liegenschaften wurde und sich mit der First Seminole Bank herumprügeln mußte. Doch O'Hair verzog sich wieder nach draußen.

Ich hörte undeutliches Gemurmel aus dem Flur. Dann kamen sie wieder herein. Zuerst Green, der sorgenvoll wirkte, wie ein Mann mit schwachem Willen, der von einem ausgebufften Vertreter in die Ecke gedrängt worden ist. O'Hair wirkte nur geheimnisvoll. »Machen Sie weiter«, sagte er nickend.

Die Protokollführerin zockelte hinter ihnen herein und lächelte ihre Maschine an. Ich schnappte ihren Blick auf und legte los.

»Wir fahren fort mit der Aussage von Samuel Green in Sachen Lasko Devices, Akte Nummer 774 des Innenministeriums.« Die Finger der Protokollführerin huschten über die Tasten ihrer Maschine. »Mister Green, Sie haben zuvor ausgesagt, daß Ihnen die First Seminole Bank in Miami im Monat Juli einen Kredit über vierhunderttausend Dollar gewährt hat. Beschreiben Sie bitte ausführlich und umfassend, wie dieser Kredit zustande kam.«

»Ja, Mister Paget, mit Vergnügen.« Die Niederschrift, dachte ich müßig, würde nie und nimmer wiedergeben, wie mißvergnügt er klang. »Ende Juni sprach mich Mister William Lasko an.«

»Wie?«

»Per Telefon.«

»Und worum ging es bei dem Gespräch?«

»Ich hatte von Mister Lasko gehört – Sie wissen schon, aus der Zeitung, dem *Journal* und so –, hatte ihn aber nie kennengelernt. Vielleicht ein-, zweimal ein Bild von ihm gesehen. Jedenfalls hab ich ihn gefragt, weshalb er mich anruft, und er sagt, woher er meinen Namen hätte, wäre nicht wichtig, aber er hätte ein geschäftliches Angebot für mich. Na ja, seit ich letztes Jahr Ärger mit Mister Robinson und den anderen hier gehabt habe, ist es mir nicht besonders gut gegangen. Also hab ich gesagt, klar. Ich meine, zuhören kann ja nicht schaden, oder?« Green hielt inne. Er wirkte durchweicht und unentschlossen.

»Fahren Sie fort.«

Green musterte seine Hände mit einem matten, leeren Blick, als habe er eben Schmutz unter der Haut entdeckt. »Na ja, also habe ich mich mit Mister Lasko getroffen, und er hat gesagt, er wüßte, daß ich nicht sonderlich flüssig wäre, und er würde mir helfen, wenn ich ihm helfen würde. Mister Lasko sagte, er würde mir vierhunderttausend Dollar Kapital beschaffen und dafür sorgen, daß ich wieder am Markt mitmischen kann. Ich müßte nichts weiter machen, als Lasko-Aktien zu kaufen. Er sagte, wenn ich nicht zurückzahlen könnte, würde er für den Kredit geradestehen, und wenn die Lasko-Aktien steigen, na ja, dann könnte ich die Aktien verkaufen, den Kredit zurückzahlen und den Profit behalten. Ich konnte also nichts verlieren. Er hat mich zweimal angerufen, einmal am vierzehnten und einmal am fünfzehnten, und mich gebeten zu kaufen. Er hat mir gesagt, wieviel ich kaufen soll und wo ich die Aufträge ordern soll. Ich habe nicht das ganze Geld gebraucht und er hat gesagt, mit dem Rest kann ich machen, was ich will. Also hab ich noch ein paar andere Sachen gekauft.« Green war außer Atem und hielt inne. Im Licht wirkte er blaß und dürr. O'Hair starrte aus dem Fenster, als gäbe es dort etwas Interessanteres zu sehen.

Green merkte, daß ich wartete. »Das ist alles«, sagte er.

Ich holte auch noch alles Weitere aus ihm heraus. Er hatte sich mit Lasko in New York zum Essen getroffen. Lasko hatte ihn mit Weißwein, Austern und einer Stange Geld eingewickelt. Wir gingen jeden Ankauf einzeln durch. Lasko rief ihn an, bevor morgens die Börse öffnete. Er habe keine Ahnung gehabt, warum Lasko das Ganze wollte, behauptete er. Das war etwa so wahrscheinlich, dachte ich, als wolle Green seinen Profit der Heilsarmee spenden. Aber im Grunde war es mir egal. Ich hatte, was ich wollte. Ich beendete die Anhörung. Die Protokollführerin lächelte, packte ihre Maschine ein und ging.

Green musterte mich mißtrauisch. O'Hair blickte zu Green und dann zu mir. »Ich hoffe, Sie wissen Mister Greens Mitarbeit zu würdigen.«

»Es war wunderbar«, sagte ich feierlich.

O'Hair wirkte zufrieden, Green hoffnungsvoll. Beide kamen überein, daß es an der Zeit war zu gehen. Ihre Schritte auf dem Flur wurden leiser und verklangen schließlich.

»Nun ja«, sagte ich, »damit haben wir Lasko wegen Manipulation dran.« Das Problem war nur, daß die Sache mit den Aktien im luftleeren Raum hing. Martinson, Lehman und St. Maarten waren nach wie vor Bruchstücke in einem großen Puzzle.

Robinson räkelte sich auf seinem Stuhl. »Weißt du, die haben ziemlich gute Aussichten auf Straffreiheit.«

Ich nickte. »Green wird immer auf die Füße fallen, solange er Verhandlungsmasse hat. So läuft das eben. Verdammt, denk an den Kerl, der Nixon verpfiffen hat. Locker drei Monate abgerissen, und seitdem ist er Star bei allen Literaturempfängen.«

Robinson lächelte und schwieg eine Weile. Dann ergriff er wieder das Wort. »Ich frage mich, warum Lasko sich auf einen Billigheimer wie Green einläßt.«

Mich störte das auch, und noch etwas anderes. Allmählich schmeckte mein Triumph etwas fad. »Hattest du nicht den Eindruck, daß O'Hair viel zu entgegenkommend war?«

Robinson wirkte interessiert. »Ich habe ihn schon härter erlebt.«

»Ich hatte beinahe den Eindruck, als wäre es ihm egal, wenn wir Lasko wegen der Manipulation drankriegen.«

»Das wäre nur dann sinnvoll, wenn er Greens Anwalt wäre.«

»Genau. Aber ich glaube, daß er Laskos Anwalt ist und hier nur Laskos Interessen schützt. Und warum sollte Green seinen Hals riskieren? Lehman ist wegen so was gestorben.«

»Was schließt du daraus?«

»Vielleicht will Lasko, daß wir die Aktienmanipulation herauskriegen und den Fall damit auf sich beruhen lassen. Vielleicht will er, daß wir die Ermittlung damit abschließen, bevor wir auf etwas Schlimmeres stoßen.«

Robinson dachte darüber nach. »Ehrlich gesagt, ich weiß es nicht.« Er legte den Kopf zurück, als habe er etwas vergessen und hoffe, es an der Decke zu finden. »Dann muß er schon einen ganz dicken Hund in der Hinterhand haben.«

Meine Kopfschmerzen machten mich langsam wahnsinnig. Ich entschuldigte mich. Dann nahm ich die Chips und fuhr mit dem Taxi zum Krankenhaus. Ich fragte mich, ob Stansbury mir verraten konnte, was ich wissen wollte.

Einer Sache war ich mir jedenfalls ziemlich sicher. Um Aktienmanipulation ging es in diesem Fall gewiß nicht. Ich hatte noch einen weiten Weg vor mir. Und nicht viel Zeit.

22

Ich mußte bis etwa halb vier im Krankenhaus bleiben, wo ich hauptsächlich mit dem Ausfüllen von Formularen beschäftigt war. Nichts war gebrochen, erklärten sie mir freundlich, und auch einen Hirnschaden schlossen sie so gut wie aus. Ich war begeistert.

Normalerweise hätte ich draußen ein Taxi angehalten. Statt dessen suchte ich mir im Foyer ein Münztelefon und bestellte mir ein Taxi zum Hinterausgang. Zehn Tage früher hätte ich darüber gelacht, doch jetzt war mir der Spaß vergangen.

Ich wartete drinnen, bis das Taxi vorfuhr, dann stieg ich ein und dirigierte den Chauffeur über den George Washington Parkway parallel zum Potomac in Richtung Old Town Alexandria. Soweit ich es erkennen konnte, folgte uns niemand.

In Alexandria endete der Parkway und wurde zur Washington Street. Der Fahrer bog links ab und steuerte durch enge Seitenstraßen auf die Duke Street. Old Town bestand vorwiegend aus alten Ziegelhäusern mit kleinen, bis an den Gehsteig reichenden Vorgärten. Den Durchbruch würde es, genau wie Georgetown, nie ganz schaffen. Nicht genug Bäume und kein nennenswertes Restaurant. Aber es war weitestgehend friedlich und nicht von Touristen überlaufen, die einem das Leben zur Hölle machten. Das hatte durchaus seine Reize.

Stansbury wohnte an der Pitt Street, benannt nach

William Pitt. Dem Älteren. Zu dem Haus gehörte ein für Old Town vergleichsweise großer Vorgarten, in dem dicht an dicht das für Washington so typische saftige Grünzeug wuchs. Das Haus selbst bestand aus grau gestrichenen Ziegeln und verfügte über eine frisch gestrichene schwarze Tür mit einem neuen Messingklopfer. Ich hätte es auch ohne die Hausnummer gefunden.

Ich bat den Fahrer zu warten und ging zur Tür. Ich drückte auf die Klingel und betätigte zweimal den Klopfer, um ihm eine Freude zu machen.

Die Tür ging auf, und da stand Stansbury. Er sah genauso sauber und gepflegt aus wie das Haus. Er lächelte breit. »Chris, wie geht's Ihnen?«

»Prima, Mister Stansbury. Aber Ihnen geht's auch nicht schlecht, wie ich sehe.« Ich schüttelte ihm die Hand.

Mit vergnügter Miene winkte er mich hinein. Ich suchte nach Alterserscheinungen, konnte aber keine entdecken. Achtundsechzig etwa. Graue Haare. Ledrige, aber noch immer faltenlose Haut. Nur seine Stimme, eine Art männliches Krächzen, zollte dem Alter Tribut.

Er geleitete mich ins Wohnzimmer. Ich sah mich um. Wenige Möbel, hauptsächlich Antiquitäten, sehr geschmackvoll und nicht überladen. Einen Großteil kannte ich noch von seiner alten Wohnung her.

»Hübsch haben Sie es sich hier gemacht«, sagte ich.

Er nickte dankend. »Dadurch hatte ich nach Marthas Tod etwas zu tun. Damals hatte ich beschlossen, hierher zu ziehen. Cheryls Mann ist beim Außenministerium, wissen Sie, und sie haben gerade den zweiten Jungen bekommen. Hier wohne ich nah genug bei ihnen, daß ich sie jederzeit besuchen kann, und zugleich weit genug weg, um ihnen nicht auf die Nerven zu fallen.« Und noch weiter von Boston weg, dachte ich, ohne es auszusprechen.

Er musterte mich von Kopf bis Fuß. »Sie sehen gut aus, Chris. Älter. Alt genug«, fügte er lächelnd hinzu, »für einen Drink. Gin mit Tonic?«

»Bestens«, sagte ich und folgte ihm in die Küche. Wir erzählten einander, wie es uns ergangen war, während er die Drinks zubereitete. Er maß sie genau ab und rührte sie sorgfältig um. Dann schnitt er Limonen in Scheiben und drückte sie mit einer genauen, gut eingeübten Drehbewegung aus. Komischerweise war es diese Geste, die mir klarmachte, daß er mir gefehlt hatte.

Er besah sich noch immer die Drinks. »Haben Sie jemals etwas von Brett gehört?«

Ich schüttelte den Kopf. »Nein. Wie geht's ihr?«

»Ich weiß es im Grunde genommen selber nicht.« Er blickte zur Seite. »Nein, vermutlich weiß ich es doch. Das ist einer der Gründe, weshalb ich hier wohne und nicht mehr dort.«

Ich blickte auf den Drink. »Es ist vieles vorgefallen, an dem mich die Schuld trifft. Im nachhinein tun einem manche Dinge noch mehr leid.«

Er warf mir einen kurzen Blick zu und legte mir dann die Hand auf die Schulter. »Tut mir leid, daß ich's angesprochen habe«, sagte er. »Womit kann ich Ihnen helfen?«

Die Chips steckten in einer Papiertüte in meiner Tasche. Ich zog sie heraus und schüttete sie auf den Küchentisch. Mit hohlem Klappern kullerten sie heraus. Er sah sie an und hob fragend die Augenbrauen.

»Ich brauche eine fachmännische Auskunft dazu.«

»In welcher Hinsicht?«

»Kennen Sie sich mit Chips aus, die von Yokama Electric hergestellt werden?«

Er nickte. »Ich habe in der Firma damit gearbeitet.«

»Können Sie an ein paar Yokama-Chips rankommen und sie mit diesen vergleichen? Ich muß wissen, ob sie identisch sind.«

»Das kann ich. Aber vor Montag kann ich Ihnen vermutlich keine Antwort geben. Wozu müssen Sie das wissen?«

»Ich wünschte, ich könnte es Ihnen sagen. Aber ich kann nicht. Ich befinde mich damit ein bißchen außerhalb meines Reviers.«

Er sah mich spöttisch an. »Streng geheim?«

»So ungefähr. Müssen Sie dazu jemanden von Yokama ins Vertrauen ziehen?«

»Nicht unbedingt, wenn das so wichtig ist.«

»Das ist es.«

»In Ordnung. Bleiben Sie noch?«

Unbehaglich trat ich vom einen Fuß auf den anderen. »Nur zu gern, aber ich kann nicht. Ich stehe im Augenblick ziemlich unter Zeitdruck.«

Er wirkte besorgt. »Kann ich Ihnen mit irgend etwas helfen?«

»Das tun Sie bereits.«

Wir redeten noch einen Augenblick. Dann brachte er mich zur Tür und drückte mir fest die Hand. »Unsere Gespräche haben mir gefehlt, Chris.«

Mir auch. »Ich komme wieder vorbei.«

»Gut.« Er winkte, als ich den Weg hinunterging, dann wandte er sich wieder dem einsamen, stillen Haus zu und schloß die Tür.

Während ich zur Behörde zurückfuhr, versuchte ich über den Fall nachzudenken. Ich mußte mir dabei ein unerfreuliches Eingeständnis machen: Ich wünschte, jemand anders müßte sich damit herumärgern. Manchmal wußte ich nicht genau, ob ich Lehman rächen, Martinson retten oder bloß meine Schwierigkeiten aus der Welt schaffen wollte, bevor sie mich überrollten. Deprimiert ging ich in mein Büro – wobei mir immer wieder Brett im Kopf herumging.

Debbie erwartete mich schon mit einer Nachricht. McGuire hatte für morgen früh eine Konferenz einberufen. Woods, McGuire, Feiner und ich. Ich grübelte gerade darüber nach, als irgendein Erbsenzähler, der die Reisekostenabrechnungen bearbeitete, in mein Büro geschneit kam. Er trug karierte Hosen und weiße Lackschuhe und blinzelte aus irgendeinem Grund ständig, wahrscheinlich wegen seiner glänzenden Schuhe. Er war wegen meiner Bostoner Spesenabrechnung verwirrt und wollte sie erst abzeichnen, wenn ich sie ihm erklärt hatte. Warum ich unbedingt über Nacht in Boston hätte bleiben müssen? Weil der Flughafen aufgrund eines Schneesturms dichtgemacht habe, versetzte ich. Er fing an, mich über die Schwierigkeiten in seiner Position zu belehren, die ich gefälligst ernster nehmen sollte. Dann erklärte ich ihm, daß mein Zeuge von einem Auto überfahren worden sei. Sicherlich verstehe er, daß dies meine Aufgabe erschwert habe. Erst hätte ich helfen müssen, den Leichnam von der Arlington Street abzukratzen, und dann habe die Polizei alles noch einmal lang und breit durchkauen wollen. Daher sei ich erst am nächsten Tag dazu gekommen, die Witwe aufzusuchen, zumal ich ihr natürlich eine gewisse Trauerfrist hätte einräumen wollen. Ob er zur Erklärung eine Hausmitteilung haben wolle, fragte ich, oder würden auch die Autopsieaufnahmen genügen? Inzwischen war er grün angelaufen, und er tat mir ein bißchen leid. Vom Umgang mit Verrückten war in seiner Arbeitsplatzbeschreibung nicht die Rede gewesen. Er sagte, er wolle darüber nachdenken, und verzog sich mit betroffener Miene.

Robinson begegnete ihm in der Tür. »Wie war's im Krankenhaus?«

»Die Ärzte sagen, ich bin okay. Nichts gebrochen.«

Robinson wirkte zufrieden. »Sehr gut.« Er sah auf seine Uhr. »Dann machen wir Schluß, Chris. Ich fahr dich heim. Du hast es verdient.«

Es klang gut. Aber ich hatte mit Woods noch nicht über Green und St. Maarten gesprochen. Robinson wartete, während ich ihn anrief. Ich erwischte ihn nicht. Woods war am Hill, wo er über Firmenbestechungen aussagte, und danach zu einer Rede in New York. Morgen wollte er zurück sein. Ich gab es auf und ließ mich heimfahren.

Wir gingen zur Garage, stiegen in Robinsons Wagen und fuhren zu mir nach Hause. »Und was gedenkst du mit dem Ganzen anzufangen?« fragte er.

»Ich bin morgen in einer Konferenz. Mit Woods, McGuire und Feiner. Vielleicht kann ich jemanden wachrütteln.«

»Vielleicht solltest du mal etwas netter zu McGuire sein.« Ich sah ihn von der Seite an. »Weißt du, Chris, du gibst eine zu gute Zielscheibe ab. Du denkst gar nicht daran, um Hilfe zu bitten. Du gehst deinen eigenen Weg. Deine angenehmeren Eigenschaften bekommen die meisten Menschen nicht zu spüren, weil du so verdammt zurückgezogen lebst. Du könntest einfach mal eine Idee mehr Entgegenkommen zeigen.«

Mir war unbehaglich zumute. »Worauf willst du damit hinaus?«

Robinson schielte zu mir. »Nur auf folgendes. Bevor Menschen dich mögen können, müssen sie sich erst selbst mögen. Tun sie das nicht und sehen dich so, wie du dich gibst, dann füttert das nur den Bandwurm, den die meisten mit sich herumschleppen. Schau nur dich und McGuire an. Du bist mit dir auf eine Art und

Weise im reinen, wie es McGuire nie schaffen wird. Du mußtest nie um Geld katzbuckeln, konntest immer tun und lassen, was du wolltest, mußtest dich nie darum kümmern, jemandem zu gefallen. All das mußte McGuire tun. Und dann sitzt du mit deiner Rutsch-mir-doch-den-Buckel-runter-Miene da und läßt ihn wissen, daß es nicht das geringste bedeutet.«

Ich wollte ihm sagen, was ich gegen McGuire hatte. Aber ich konnte es nicht. »Schau, ich habe nie behauptet, ich wäre von Natur aus edelmütig. Aber es ist doch nicht mein Fehler, daß McGuire wachsweich geworden ist, und von den Gründen dafür – egal, welche es sind – wird Lehman auch nicht wieder lebendig.«

»Tu, was du willst.«

»Komm schon, Jim. Einer meiner Zeugen ist tot, ein anderer wird vermißt. Und ich kriege nicht mal raus, warum. Das sind die Dinge, die mir momentan auf der Seele liegen.«

Robinson hielt vor meinem Haus. »Schau, um ein Haar hättest du dich schon umgebracht. Was willst du denn, Vollkommenheit etwa?«

Ich öffnete die Tür, lehnte mich dann zurück. »Nein. Bloß irgendwas, damit ich die hervorragende Meinung, die ich von mir habe, wenigstens halbwegs rechtfertigen kann.«

Robinson warf mir ein müdes Lächeln zu. »Okay, Chris. Nimm McGuire einfach etwas leichter. Und sei am ersten Osterfest nach deinem Tod nicht enttäuscht.«

Es amüsierte mich trotz allem. Und ich wollte mit ihm reden. Trotzdem – es ging nicht. Also lächelte ich, klatschte auf die Haube seines Wagens und ging zu meiner Wohnung.

Ich mixte mir einen Martini, legte Chopin auf, setzte mich hin und starrte in den toten Kamin. Ich wälzte die Fakten hin und her, ohne daß ich Martinson und Sam Green unterbringen konnte. Ich konnte keinen klaren Gedanken fassen. Martinson konnte mir vielleicht helfen, aber dazu müßte ich ihn erst finden. Wenn er noch lebte.

In dieser Nacht erhielt ich wieder einen Anruf. Keinerlei Worte. Nur Schweigen, das mich daran erinnern sollte, daß sie da waren. Ich legte auf. Sie riefen nicht wieder an.

23

Die Konferenz war für den nächsten Morgen angesetzt. Ich betrat mein Büro und rief McGuires Sekretärin an. Der Termin gelte noch, sagte sie. Ich war gespannt.

Ich wollte gerade zur Tür hinaus, als das Telefon klingelte. Ich nahm ab.

»Guten Morgen«, sagte Greenfeld. »Willst du das Zeug vom Finanzamt noch?«

»Klar.«

»Okay. Die Lasko Foundation hat nur einer psychiatrischen Einrichtung im Raum Boston Spenden zukommen lassen, und zwar ziemlich umfangreiche. Dem Loring Sanatorium, etwas außerhalb von Boston. Letztes Jahr bekamen sie eine halbe Million und im Jahr zuvor dreihunderttausend.«

»Das ist eine Menge.«

»Lasko ist ein netter Kerl. Ich frage mich, was du damit anfangen willst.«

»Ich werd mir schon was einfallen lassen. Vielleicht fällt mir am ersten Osterfest nach meinem Tod was ein.«

»Was?«

»Nichts. Hör zu, ich weiß das zu würdigen.«

»Reicht nicht. Du schuldest mir zumindest ein Squash-Spiel. Halb eins?«

Am Dienstag Prügeleien und wildgewordene Autos, am Freitag Squash-Spiele. Irgendwie machte mein Leben keinen Sinn mehr. Aber ich stand in seiner Schuld.

»Okay. Ich muß mich jetzt sputen. Hab 'ne Konferenz.«

»Amüsier dich gut.«

»Mach ich doch immer«, sagte ich und legte auf.

Ich schaffte es rechtzeitig zu der Konferenz. Ich wußte sofort, daß sie es ernst meinten; eine angeschlagene Kaffeekanne und Styroporbecher zierten McGuires Konferenztisch. Ich goß mir einen Becher ein und blickte mich um.

Alle waren schon da. McGuire, der grimmig dreinschaute und an seiner Gürtelschnalle herumfummelte, als passe sie nicht, nahm seinen üblichen Platz am Kopfende in Beschlag. Feiner, der seine Märtyrergrimasse schnitt und es irgendwie schaffte, im Sitzen über dem Stuhl zu schweben, hockte neben ihm. Woods saß etwas abseits, zur Mitte hin, als wolle er einen besseren Blick auf das Schlachtfeld haben. Seine Miene wirkte betont sorglos, als habe er daran gearbeitet. Ohne sich zu rühren, schienen sie einander zu umkreisen wie fremde Hunde. Ich drückte mich ans andere Ende, direkt gegenüber von McGuire.

Der Kaffee schmeckte faulig, und die Luft roch nach blankliegenden Nerven. Aus derartigen Konferenzen kam ich selten so heil heraus, wie ich hineingegangen war, und diesmal hatte ich ein noch schlechteres Gefühl. Ich konnte Laskos Präsenz förmlich spüren. Grell fiel die Sonne durch das Fenster und stach mir in die Augen, so daß ich blinzeln mußte.

McGuire räusperte sich. »Wie wir alle wissen, hat Chris gestern Sam Green kleingekriegt. Nun verfügen wir über eine Aussage, wonach Lasko seine Aktienkurse hochgetrieben hat.«

Woods nickte mir beifällig zu. Feiner schloß sich mit einer leichten Halsverrenkung an. McGuire dozierte weiter. »Offenbar hat Lasko von Green erfahren. Diesen Morgen rief mich sein Anwalt an und wollte über eine gütliche Beilegung der Sache sprechen.« Bei seiner ausdruckslosen Stimme klang es nach gar nichts.

Ich mischte mich ein. »Moment mal, Joe. Hier geht's um eine Strafsache. Was genau bieten die denn an?« Woods' Augen verfolgten den Wortwechsel, als beobachte er ein Ping-Pong-Spiel. Er wandte sich wieder McGuire zu.

McGuire sah mich zum erstenmal an. »Lasko wäre, ohne die Verantwortung für Greens Aktivitäten zu übernehmen, mit einer Verfügung einverstanden, die ihm bei künftigem Vorgehen dieser Art Einschränkungen auferlegt.«

Hilfesuchend wandte ich mich an Woods. Er sah mich abweisend an. Allmählich fühlte ich mich ziemlich verloren.

»Was empfehlen Sie?« fragte ich McGuire.

»Ich meine, wir sollten auf den Vorschlag eingehen.«

»Sind Sie sicher, daß wir nicht zu streng sind? Vielleicht sollten wir einfach sein Besuchsrecht in Disney World aufheben.«

»Spielen Sie nicht den Schlauberger.«

»Ich wundere mich nur. Ist er auch mit einer Limitierung der Zeugen einverstanden, die er jedes Jahr umbringen darf?«

»Ich habe es einfach satt«, fauchte McGuire.

»Schauen Sie«, sagte ich zu Woods, »hier geht es um mehr als um Aktienmanipulation oder sogar Lehman.« Ich stockte. Ich konnte weder etwas von der Notiz, noch von den Chips oder meinem Gespräch mit Tracy verraten. Lasko würde dann nur einen weiteren Tip bekommen und sich wahrscheinlich zu noch einem Mord gezwungen sehen. Doch ich beschloß, eine Kleinigkeit preiszugeben, wobei ich mich fragte, ob ich mich nicht mit jedem weiteren Wort in Gefahr brachte. »Diese Carib Import in St. Maarten sieht aus wie eine Scheinfirma. Lasko hat sie im Juli mit einem gewissen Martinson als Strohmann eröffnet. Lasko hat Martinson eins Komma fünf Millionen dafür gegeben. Aber ich kann Martinson nirgendwo finden. Kaum daß ich dort war, wurde er vermißt.«

Woods nahm das auf. Doch McGuire unterbrach mich, bevor er einen Kommentar dazu abgeben konnte.

»Und wie soll das alles zusammenpassen?«

»Ich weiß es nicht. Tatsache ist«, fügte ich für Woods hinzu, »daß es nicht nur um Aktienmanipulation geht.«

Woods sprach nun zum ersten Mal, und er wandte sich an McGuire. »Auf welcher Grundlage empfehlen Sie eine beiderseitige Übereinkunft?«

»Aus praktischen Gründen.« McGuires Tonfall war ernst und drängend zugleich. »Wir haben das Problem erkannt und eine Wiederholung verhindert. Zugleich haben wir das Weiße Haus nicht mehr als notwendig in Verlegenheit gebracht. Man wird sich daran erinnern, sobald die Haushaltsverhandlungen anstehen.«

Eins mußte ich McGuire lassen: Er war ein kaltschnäuziger Pragmatiker durch und durch. Und er kam damit auch noch an. Der Grund für Greens Kooperationsbereitschaft war klar. Lasko hatte Green gerade soviel sagen lassen, daß wir den Fall beilegen konnten, wodurch er verhindern wollte, daß ich mich auch noch um den Rest kümmerte.

»Was ist mit den anderen Sachen, die Chris angesprochen hat?« fragte Woods McGuire.

McGuire zuckte die Achseln. »Das ist reine Spekulation. Um Lehman kümmert sich die Polizei, und alles weitere gehört nicht zum Thema.« Schwamm drüber, sollte das heißen. Ich fragte mich, wie oft er es mit Catlow geprobt hatte.

Woods sah mich mit hochgezogenen Augenbrauen an. »Chris?«

Es war sinnlos, McGuire die Schuld an Martinsons Verschwinden vorzuwerfen. Woods würde mir das nicht abnehmen, und sie konnten jederzeit auf De Jonge verweisen. Statt dessen sagte ich zu Woods: »In der Nacht, in der ich in St. Maarten war, versuchte mich jemand zu überfahren. Später schlug man mich von hinten nieder und durchwühlte mein Zimmer.«

Woods klang erschrocken. »Was ist geschehen, um Gottes willen?«

Ich erklärte es ihnen. Woods zog eine mitfühlende Miene. »Tut mir leid, Chris. Ist mit Ihnen wieder alles in Ordnung?« Die anderen murmelten betroffen vor sich hin.

Mir ginge es bestens, sagte ich. »Tatsache ist, daß es im Zusammenhang mit diesem Fall wiederholt zu Gewalttaten gekommen ist. Und nun wird ein Mann vermißt. Dieser Martinson ist verschwunden.«

Woods beugte sich über den Tisch. »Irgendeine Ahnung, wo er stecken könnte?«

Ich blickte zu McGuire und wählte meine Worte mit Bedacht. Ich wollte Tracy schützen – und Martinson. »Nein, nicht die geringste. Aber es liegt doch auf der Hand, daß an dem Fall noch mehr dran ist. Und egal, was es ist, es ist gefährlich.«

»Aber Sie wissen nicht, ob sich dieser Martinson in Gefahr befindet«, sagte Woods.

»Beweisen kann ich es nicht. Aber ich nehme es an.«

»Und was genau schlagen Sie vor?« fragte McGuire.

»Ich glaube, wir sollten weiterwühlen.« Ich wandte mich an Woods. »Sie haben mir gesagt, Fälle wie dieser wären der Gradmesser für eine Behörde. Glauben Sie, daß wir uns mit der vorgeschlagenen Beilegung eine besondere Erwähnung wegen Zivilcourage verdienen?«

Woods wirkte bekümmert. »Die Regelung hat ihre Vorzüge.«

»Nicht viele, selbst wenn man über die Extrawurst für Lasko hinwegsieht.«

Er schüttelte den Kopf. »Der Haken dabei ist, Chris, daß wir keine Kriminalpolizisten sind. Dieser Fall geht über unsere Zuständigkeit hinaus. Was mit Ihnen geschehen ist, beweist das. Ich möchte nicht, daß Ihnen etwas zustößt. Es wird höchste Zeit, daß sich jemand anderer darum kümmert.«

Ich probierte es weiter. »Aber ich bin auf der richtigen Spur; wenn Sie mich weitermachen lassen. Wir können die Sache nicht einfach beilegen und vergessen. Genau das will Lasko doch. Ich glaube, er hat Green gestehen lassen, damit wir genug Gründe zu einer Beilegung des Falles haben. Hier geht es um noch etwas anderes, das Lasko unbedingt vor uns verbergen will.«

Woods dachte einen Augenblick nach. »Was mich stört«, sagte er zu McGuire, »ist, daß wir auch alles Weitere fallenlassen.« McGuire antwortete nicht, und Woods fuhr fort. »Ich schlage deshalb vor, daß Chris das Ganze dem Justizministerium vorträgt und denen dann die Sache überläßt.«

McGuire nickte. Feiner wirkte erfreut. Und ich war den Fall los, einfach so. Mein Magen schien einen halben Meter durchzusacken. Ich konnte Laskos Lächeln förmlich vor mir sehen. Ich unternahm einen letzten Vorstoß gegen Woods. »Sie wissen doch verdammt genau, daß das Justizministerium darauf hocken bleibt. Der Justizminister ist Kabinettsmitglied, um Himmels willen.«

»Das kann ich so nicht akzeptieren«, erwiderte Woods ruhig. »Und es ist das beste, was wir tun können. Ihre Ermittlung ist, milde ausgedrückt, ziemlich unkonventionell gewesen. Dieser Fall gehört ins Justizministerium.« Das klang endgültig.

Ich hoffte nur, daß keiner wußte, daß ich hinter Martinson her war. Dann dämmerte mir, daß dies nicht mehr der Fall war. Ich vergaß meine Person und dachte an Tracy. Jemand mußte ihn für sie finden – Di Pietro, hoffte ich. »Ich würde gern noch der Bostoner Polizei Bescheid sagen, bevor ich die Sache abgebe«, sagte ich.

»Wozu?« fragte McGuire.

»Weil die für Lehman zuständig sind. Das haben Sie selbst gesagt.«

Das wurmte ihn. »Glauben Sie nicht, Sie haben schon genug getan?«

Woods übertönte ihn. »Wenn Chris sich an die Fakten hält, ist das, glaube ich, akzeptabel. Wir können nicht so tun, als gäbe es keine Fakten.«

McGuire lief rot an und schwieg.

»In Ordnung«, sagte Woods glatt. »Wenn Sie dem Ausschuß eine Beilegung in beiderseitigem Einvernehmen empfehlen, werde ich das unterstützen. Ich werde eine Sitzung einberufen. Chris wird bis Montag seinen Bericht abfassen und die Polizei informieren, wenn er möchte. Danach ist der Fall für uns abgeschlossen.«

»Das reicht nicht«, sagte ich zu Woods. »Es reicht nicht einmal annähernd.«

Woods musterte mich ruhig. »Tut mir leid, Chris. Sie haben allerhand mitgemacht; Sie haben hart gearbeitet, und Sie waren gut. Ich glaube, dies ist sowohl für Sie als auch für die Behörde der beste Weg.« Er schaute in die Runde. »Gibt es sonst noch etwas?«

Alle wandten sich mir zu. Langsam ließ ich den Blick von einem zum anderen wandern. Dann stand ich auf, schob sorgfältig den Stuhl zurück und ließ sie allein weitertagen.

Ich marschierte in mein Büro zurück und rief Di Pietro an. Er war wenig begeistert, erklärte sich aber einverstanden, sich am Montag mit mir zu treffen. Das machte mich nur noch wütender. Ich wollte auf der Stelle los. Doch wenn ich ohne Auftrag vor Montag loslegte, würde ich nur meine Pläne verraten und Martinson gefährden. Ich mußte warten – und hoffen. Und ich brauchte Di Pietro. Also dankte ich ihm für sein Entgegenkommen.

Ich hatte im Stehen telefoniert. Nun knallte ich den Hörer auf die Gabel und ließ mich in meinen Plastiksessel fallen. Aus irgendeinem Grund starrte ich die einzigen Dinge an, die mir gehörten: meine Buchstützen, grimmige Aztekengesichter, aus Onyx geschnitten. Mein Urgroßvater Kenyon hatte sie letztes Jahrhundert in Mexiko eingesackt. Bedrückt sah ich sie an. Das einzige, was ich zugunsten der von McGuire empfohlenen Beilegung sagen konnte, war, daß ich dadurch eventuell sicherer war – genau so sicher wie der netteste kleine Bürokrat in der verschlafensten Behörde der Stadt. Ich fragte mich, warum ich mich nur so verdammt mies fühlte.

Ich starrte noch immer auf die Buchstützen, als McGuire hereinkam. Ich war überrascht. Das hatte er noch nie gemacht.

»Meinen Sie nicht, daß Sie genug erreicht haben?« fuhr ich ihn an.

Er ging nicht darauf ein. »Sie glauben, Woods sei Ihr Freund, nicht wahr?«

Ich fragte mich, woher das kam. Er stand mit völlig ausdrucksloser Miene vor meinem Schreibtisch. »Wollen Sie etwa mein Freund werden, Joe? Das ist ja ein wirklich tröstlicher Gedanke.«

Er kniff die Augen zusammen, als überlegte er, ob er noch etwas fragen solle. Ich beobachtete ihn, und meine Gefühle waren etwa so freundlich wie die aztekischen Schnitzereien. »Ich wollte Ihnen nur sagen, daß Sie auf sich aufpassen sollen«, sagte er ruhig.

Ich zuckte die Achseln. »Ich nehme an, Sie wissen, was mit Menschen passiert, die nicht auf sich aufpassen.« Ich blickte zu ihm auf, aber alles, was ich sah, war Tracy – und Lehman, der zerschmettert auf der Straße lag.

Seine Augen funkelten, dann wurden sie ausdruckslos. »Halten Sie bloß den Mund, Chris«, sagte er sehr leise. Er drehte sich um und ließ die Tür hinter sich zuschnappen, als sei ich für ihn erledigt.

Das Leben geht weiter, dachte ich. Die Fälle kommen und gehen, und auch die Witwen kommen darüber hinweg. Ehemänner kommen abhanden und bleiben verschwunden. Ich konnte mich nicht um alles kümmern. Schließlich hatte ich wichtige Dinge zu erledigen. Greenfeld und ich waren zum Squash verabredet.

24

Der grüne Ball prallte von der weißen Wand ab, gefolgt von einem Echo, einer Art langgezogenem Jaulen, das bis zum nächsten Schlag anhielt. Greenfeld und ich hechelten mit unseren Holzschlägern hinterher. Das flinke, hohle Tappen unserer Tennisschuhe war das einzige Geräusch.

Greenfeld spielte konzentriert und wachsam, so als sei Squash sein eigentlicher Beruf. Der Ball schoß auf meine Rückhand. Ich wirbelte herum und schmetterte ihn tief in die linke Ecke. Greenfeld stürmte zur linken Wand. Sein ausgestreckter Schläger zuckte durch die Luft, verfehlte den grünen Ball aber um einen Zentimeter. Er schüttelte den Kopf. Normalerweise waren wir gleich stark. Heute aber machte ich ihn zur Schnecke.

Es ging so weiter. Ich spielte halb unterbewußt, getrieben von einem entfesselten Adrenalinstoß. Der letzte Schlag kam niedrig auf meine Rechte. Ich hechtete danach und drosch heftig aus dem Ellbogen heraus zu. Der Ball sprang von der Vorderwand zurück. Greenfeld stürzte sich darauf und verfehlte ihn. Wieder um einen Zentimeter. Mein Spiel.

Er starrte dem Ball nach, der in der anderen Ecke auskullerte. Die Hände in die Hüften gestemmt, drehte er sich um.

»Das machst du nicht noch mal«, sagte er.

»Ich weiß.«

Wir duschten und zogen uns schweigend an, dann fuhren wir mit dem Taxi zum Hill. Greenfeld war ein schlechter Verlierer. Er lehnte an der rechten Hintertür und dachte nach. »Du hast auf dem College gerudert, stimmt's?«

»Genau.«

»Daher deine Unterarme«, sagte er, als habe er mich beim Schummeln erwischt.

»Nicht zuletzt war's ein gutes Training für meine derzeitige Position. Ich mußte nur völlig stillsitzen, bis mir jemand was zurief. Dann zog ich so schnell durch, wie man es mir befahl, nicht schneller, bis jemand stopp sagte. Dann habe ich aufgehört.«

Greenfelds geistesabwesendes Lächeln wurde fragend. »Was ist eigentlich passiert?«

»Nichts. Wie immer.«

Sein Blick wurde scharf. »Haben sie deinen Fall vermasselt?«

»Nein, wir sind zu einem großartigen Ergebnis gekommen. Lasko hat versprochen, es nie wieder zu tun, mußte aber nicht zugeben, daß er überhaupt was gemacht hat«

»Du klingst nicht gerade beeindruckt.«

»Bist du's etwa?«

»Nicht sonderlich.«

»Tja, dann bist du schlauer als der Großteil deiner Kollegen vom Wirtschaftsressort. Vom Kongreß gar nicht zu reden.«

»Wenn du mir schmeicheln willst, mußt du schon ein paar Informationen mehr rausrücken. Warum«, sagte er gedehnt, »habe ich eigentlich das Gefühl, daß du mit etwas hinter dem Berg hältst?«

»Ich weiß es nicht, Lane. Paranoia vielleicht.«

Er lächelte nicht. Ich beschloß zu antworten. »Wenn ich mit etwas hinter dem Berg halte, dann nur, weil noch etwas auf dem Spiel steht.« Martinsons Leben zum Beispiel. »Wir können nicht immer am gleichen Strang ziehen.«

»Überzeugt mich nicht«, sagte er spöttisch.

»Du weißt eben nicht das, was ich weiß.«

»Das ist es ja, was mich ärgert.«

»Quatsch, Lane. Weiß ich vielleicht alles Wissenswerte über die *Post*? Wissen deine Leser alles Wissenswerte über die Nachrichten?«

Er verfolgte es nicht weiter, und ich auch nicht. Ich wollte ihn noch immer aushorchen. Auch wenn der EEC den Fall abgeschlossen hatte, suchte ich nach wie vor Antworten. »Nur so aus reiner Neugier«, hob ich an. »Was macht das Justizministerium mit der Kartellklage? Stellen sie die ebenfalls ein?«

»Wieso sollte ich dir das verraten?« stichelte er, ohne zu scherzen.

»Weil ich dich beim Squash geschlagen habe.«

Er lächelte leicht. »Ehrlich gesagt, ich weiß es nicht. Einer der Juristen im Justizministerium hat mir unter der Hand etwas zugeflüstert. Er sagt, sie wären zu einer Anklage bereit gewesen. Dann sei dein Freund Catlow aufgekreuzt und habe in Laskos Namen verhandeln wollen. Im Juli sei dann irgendwie durchgedrungen, daß sie den Fall einstellen wollten. Einfach so. Mein Informant hielt das für ziemlich sicher. Diesen Monat hat er dann gehört, die Einstellung sei vom Tisch, da sie durch irgendwas verhindert worden sei. Ich denke mir, dieses Etwas könnte deine Ermittlung sein.« Er hielt inne und blickte mich fragend an. »Und was hast du rausgekriegt?«

»Ich wünschte nur, ich dürfte etwas rauskriegen.«

»Und warum enthältst du mir dann etwas vor?« Er drängte mich nicht, aber er war wirklich neugierig.

»Dazu kann ich nur sagen, daß du es genauso machen würdest.«

»Danke.« Die Stichelei nervte uns beide.

»Bitte sehr.«

Das Taxi blieb am Hill stehen und setzte uns beide ab. Wir gingen zu Fuß weiter. Die Sonne brannte unbarmherzig vom Himmel. Wir lockerten unsere Krawatten und hängten die Sakkos über die Schulter. Greenfeld sah mich an. »Ich habe bei einem Typen, der eine unserer Wirtschaftskolumnen schreibt, ein Gerücht aufgeschnappt. Er sagt, Lasko sei derzeit knapp bei Kasse. Daß die Fabriken, die er für die Aufträge des Verteidigungsministeriums gebaut hat, eine Menge Geld verschlingen. Hast du davon gehört?«

Ich schüttelte den Kopf. »Nein. Ich habe keinerlei Anzeichen entdeckt, habe aber auch nicht darauf geachtet. Möglich ist es schon – wenn sie sich finanziell überhoben haben.«

Er dachte darüber nach. Ich auch. Aber ich wollte nicht darüber reden. »Was ist eigentlich aus dem hübschen Mädchen und dem Bogart-Film geworden?« fragte ich.

Er lächelte säuerlich. »Das Mädchen wollte, daß wir auf gute Freunde machen. Aber der Film war ganz nett.« In seinen Worten klang ein ironischer Unterton mit, so als sei er seiner selbst überdrüssig. Ich verfolgte es nicht weiter. Ich war meiner ebenfalls überdrüssig – und der seltsamen und hinterhältigen Welt, in der ich arbeitete.

Wir hielten uns im Schatten der Bäume, während wir über das Capitol-Gelände auf den Senats-Flügel zugingen. Auf dem Parkplatz blieben wir stehen. Die Sonne knallte herunter, daß der Asphalt aufweichte und die Windschutzscheiben blendeten. Greenfeld, der noch immer sein Sakko hielt, stand etwas abseits.

»Weißt du, Chris«, sagte er, »neulich ist mir was aufgegangen.«

»Und zwar?«

»In deinem Alter war Mozart schon tot.«

»Ist ja großartig, Lane.«

»Gern geschehen«, sagte er trocken und spazierte in Richtung Senat.

Ich ging zur Behörde zurück und wünschte mir, ich wäre irgendwo anders. Das Foyer wirkte wie ausgestorben, und die Fahrstühle schienen zu kriechen. Debbie war außer Haus. Ich fühlte mich ebenso verlassen wie mein Büro. Martinson mußte bis Montag warten, und Lehman suchte mich heim. Ich griff zum Telefon und rief Mary an.

25

Gegen acht Uhr abends fuhr Mary in einem Sekretärinnen-Volkswagen vor meinem Haus vor. Sie trug Bluejeans, einen Ledergürtel und eine dezente, aber teure Kreppbluse. »Hi«, sagte sie sanft, aber direkt, »ich bin froh, daß mit dir alles in Ordnung ist.«

Ich dankte ihr und führte sie ins Wohnzimmer. »Weißt du«, gestand ich, »ich habe mir für heute abend noch nichts einfallen lassen.«

»Ist ja eigentlich auch egal. Irgend etwas wird uns schon einfallen.« Ich betrachtete sie verstohlen. Sie hatte sich der Wand zugekehrt und bewunderte den Kunstdruck neben dem Kamin.

»Das ist ein Vasarély«, erklärte ich.

Sie nickte, ohne sich umzudrehen. »Gefällt mir.« Ich hatte keine Ahnung, wieviel sie von Kunst verstand. Eigentlich war es mir auch egal.

Inzwischen hatte sie ihr Interesse anderen Dingen zugewandt und musterte das ganze Zimmer, wobei mir ihr Blick irgendwie besitzergreifend vorkam. »Für einen Junggesellen bist zu ausgesprochen ordentlich.«

»Ja«, sagte ich lächelnd, »zu Hause bin ich schon immer ein Reinlichkeitsfanatiker gewesen.«

Amüsiert grinste sie zurück. »Ich nehme an, das war ziemlich herablassend.«

»Ziemlich. Hast du Lust auf Wein?«

»Was hast du denn anzubieten?«

Ich ging zum Kühlschrank und rief zu ihr zurück:

»Kalifornischen Riesling, billig, aber trinkbar. Jedenfalls trinke ich ihn.«

»Klingt prima.«

Ich goß zwei Gläser ein und trug sie vorsichtig ins Wohnzimmer. Sie saß auf der Couch gegenüber vom Kamin. Ich gab ihr ein Glas und setzte mich zu ihr.

Sie nahm einen Schluck. »Ich habe gehört, du willst den Fall Lasko einstellen.«

»Die wollen das«, sagte ich nachdenklich.

»Aber du bist nicht besonders glücklich darüber«, stellte sie fest und warf mir einen Blick zu.

»Immerhin gibt es da noch einen ungelösten Mordfall und einen verschwundenen Ehemann.«

»Tut mir leid, Chris.« Sie klang einigermaßen mitfühlend. »Was willst du jetzt tun?«

Ich bemerkte, daß ich die linke Hand erhoben hatte, als wolle ich ihre Fragen abwehren. »Das Thema Lasko ist nichts für heute abend. Wirklich.«

Auf dem Glastisch vor der Couch hatte ich ein hölzernes Backgammon-Spiel stehen. Sie bat um eine Runde. Ich legte eine Platte von Melissa Manchester auf, während sie das Spiel aufbaute. Rasch brach die Nacht herein, und in den Ecken nistete sich die Dunkelheit ein. Ich schaltete gedämpftes Licht ein und kehrte zur Couch zurück.

Ich gewann den ersten Zug, eine sechs-fünfer Kombination. Während ich mein Schlußfeld abräumte, beobachtete ich sie. Sie spielte mit grimmiger Entschlossenheit. Ich räumte das andere Schlußfeld, bekam dann ein paar großartige Würfe und heimste etliche Punkte ein. Das Spiel war turbulent, und sie bot mir einen energischen Endkampf. Doch letzten Endes schlug ich sie. Anscheinend hatte ich heute Glück im Spiel. Abgesehen von dem, auf das es ankam.

Wir redeten leise miteinander, tranken ein zweites Glas Wein, während Melissa »New Beginnings« sang. In einer Zigarettendose, die ich in einer Schublade im Schlafzimmer aufbewahrte, hatte ich einige vorgedrehte Joints. Ich fragte sie, ob sie einen wolle. Sie nickte zustimmend.

Ich ging ins Schlafzimmer, holte zwei und dämpfte auf dem Rückweg das Licht noch mehr. Mit übereinandergeschlagenen Beinen saßen wir einander auf der Couch gegenüber, zwischen uns ein Aschenbecher und auf dem Tisch die halbleere Weinflasche.

Ich zündete den ersten Joint an. Mary lehnte sich zurück und nahm einen Zug. »Was ist das für Dope?«

»Es heißt Meshpecon. Wird in Mexiko angebaut, oder auch in Peru, irgendwo da unten.« Sie nahm noch einen Zug, einen tiefen.

»Ich habe dich noch gar nicht gefragt, wo du im Urlaub gewesen bist. Ich meine« – sie suchte nach einer zeitlichen Zuordnung, ohne Lasko ansprechen zu müssen – »vor zwei Wochen.«

»Ach so«, sagte ich. Es schien Jahre her, so, als sei jemand anders in Urlaub gewesen. »Ich war in New Hampshire.«

»Warum gerade in New Hampshire?«

»Meine Familie besitzt da oben ein Haus, an der Grenze nach Maine. Bietet sich immer wieder an, wenn man ein paar Tage allein sein will.«

»Fährst du eigentlich immer allein?«

»Normalerweise schon.« Früher war das anders gewesen. Ich fragte mich, ob Brett noch hinfuhr. Natürlich lebte sie noch dort, gewissermaßen jedenfalls. Ab und zu entdeckte ich in dem alten Haus eine Spur von ihr, wie ein Artefakt in fremden Ruinen.

»Ist das nicht ziemlich einsam?« fragte sie.

Ich nahm einen weiteren Zug. »Eigentlich nicht. An

zwei, drei Tagen habe ich mich mit Freunden von früher getroffen. Den schönsten Tag aber habe ich allein zugebracht. Ich bin auf den Green Mountain gestiegen. Etwa anderthalb Stunden Kletterei. Da oben steht ein alter Aussichtsturm, von dem aus man überall hinblicken kann. Über Seen und Wälder, Farmhäuser, alte Ortschaften, andere Berge, meilenweit. Ich hab zwei Stunden da oben gesessen. Ich wollte gar nicht mehr runter.«

»Klingt wunderbar«, antwortete sie leise. »Es ist gut, wenn man allein sein kann, ohne sich einsam zu fühlen.«

Sie lächelte verträumt. Ich betrachtete sie erneut. Sie war wunderschön. Keine Frage. Aber im Augenblick berührte es mich nicht. Meine Gedanken bewegten sich zwischen hier und New Hampshire, zwischen Vergangenheit und Zukunft, dem damaligen Mädchen und dem jetzigen Mädchen hin und her. Rod Stewarts rauch- und dopegeschwängerte Stimme drang durch den Dunst.

Ich zündete den zweiten Joint an. Er flammte auf, knisterte und brannte dann. Ich reichte ihn ihr mit einem weiteren Glas Wein. Im Zimmer war es nun ziemlich dämmrig. Ich trieb nun dahin. Als sie mir plötzlich eine Frage stellte, drang jedes Wort einzeln zu mir durch.

»Was erwartest du von einer Frau, Chris?«

Es war, als habe sie in meinen Kopf geblickt und das Mädchen gesehen. Doch ihre Stimme klang nicht aufdringlich, nur neugierig. Und ich war so bekifft, daß ich mich auf eine Antwort einließ. »Zum größten Teil dasselbe, was ich von allen Menschen erwarte, nehme ich an. Neugier. Abneigung gegenüber allzu leichten Antworten. Daß sie sich in guten Momenten vorstellen können, wie es ist, eine alte Frau oder ein kleines

Kind zu sein. Daß sie mehr sind als das, was sie tun oder was sie sind.«

»Du verlangst nicht eben viel«, sagte sie lächelnd.

»Überhaupt nicht viel.« Früher hatte ich das getan und damit alles vermasselt.

Nun waren Jefferson Airplane dran. Ich blickte zu Mary und fragte mich, was sie wohl dachte.

Sie beendete das Schweigen. »Weißt du, Chris, du hast großes Glück gehabt. Du hast nie etwas gewollt – oder gebraucht.«

»Das höre ich ständig.«

»Nein, ich meine es ernst. Die Hälfte der Mädchen, die ich kannte, war mit achtzehn verheiratet. Manchmal hasse ich es zurückzublicken.«

Ich lächelte. »Denk nicht soviel darüber nach. Du hast eine Menge erlebt. Auch das mag ich an Frauen.«

Sie lächelte ebenfalls. Dann streckte ich die Hand nach ihr aus. Sie sah mich mit klaren schwarzen Augen an. Dann hob sie anmutig den Arm und zog mich zu sich herunter.

Danach lagen wir benommen und schweigend da und genossen die wärmende Dunkelheit. Eine Stunde lang, vielleicht länger. Reden war überflüssig. Sie strich mir sacht über die Wange.

Wie sich herausstellte, hatte sie Kleidung im Wagen. Sie blieb bis Sonntag.

Am Sonntagabend schaltete ich den Fernseher ein. Der Hintergedanke dabei war, daß auf der Welt noch andere Dinge vor sich gingen, die mich eventuell ablenken konnten. Es funktionierte eine Zeitlang. In Indien herrschte Hungersnot. Die OPEC hatte den Ölpreis angehoben. In Pittsburg bekam man keine Luft mehr, und irgendwo hatte noch ein Araber noch ein

Flugzeug entführt. Alles war bestens, bis ein bekanntes Gesicht auftauchte.

Sie hatten ihn im Rose Garden erwischt, und er war in Redelaune. »Als ich ein kleiner Junge war«, sagte der Präsident, »hatten wir kein Geld. In meiner Familie war noch nie jemand aufs College gegangen. Ich mußte mich abrackern, um dahin zu kommen, wo ich jetzt bin.« Die Kamera ging näher ran. »Meiner Überzeugung nach hat in diesem Lande jeder das Recht, ein gutes und angenehmes Leben zu führen, es sogar zu Reichtum zu bringen, obwohl ich für meine Karriere im Dienste der Öffentlichkeit auf viele Gelegenheiten, Geld zu verdienen, verzichtet habe.« Er klang irgendwie enttäuscht. »Daher«, schloß er, »hat jeder das Recht, gesellschaftlich aufzusteigen, und jedermann in diesem Lande hat auch die Gelegenheit dazu. Besonders unsere jungen Menschen dränge ich immer wieder dazu, dies zu bedenken. Es ist eine unserer größten Errungenschaften.«

Ich war kurz davor, in Tränen auszubrechen. Das Telefon hinderte mich daran.

»Hallo, Mister Paget?«

»Tracy. Wo stecken Sie?«

»Zu Hause. In St. Maarten.« Durch die Entfernung klang ihre Mädchenstimme noch jünger. »Ich habe noch nichts von Peter gehört.« Ihre bekümmerte Frage blieb unbeantwortet.

»Tut mir leid, Tracy. Ich auch nicht. Ich habe es wirklich versucht.« Ich konnte ihr nicht erklären, was Freitag passiert war, und ich konnte auch mein Wochenende nicht erklären, selbst wenn ich es gewollt hätte.

Ihre Stimme zitterte. »Bitte – gibt es denn überhaupt keine Möglichkeit, ihn zu finden?«

»Ich fahre morgen nach Boston. Ich werde mit der

Polizei sprechen.« Ich stockte. »Ich glaube, die helfen gern.«

»Glauben Sie wirklich?« Ein kleiner Hoffnungsschimmer klang zwischen den Worten durch. Ich bekam davon nur Schuldgefühle.

»Lieutenant Di Pietro wird die Sache in die Hand nehmen. Ich bin sicher, er interessiert sich dafür.«

»Oh«, sagte sie. Ich sah sie regelrecht vor mir, wie sie sich an ihre hoffnungsvollen Phantasien klammerte: Di Pietro, der mitfühlende Retter aller Ehemänner. »Mister Paget, Sie haben mir sehr geholfen.«

»Sagen Sie bitte Chris zu mir. Und falls ich nicht hier sein sollte, können Sie mich jederzeit im Büro erreichen. Wann immer Sie mit mir reden möchten.«

»Vielen Dank, Chris«, sagte sie. »Das ist nett von Ihnen. Ich mache jetzt lieber Schluß.«

Ich wollte, daß sie dran blieb, hatte aber keine Ahnung, was ich sagen sollte. Ich ließ es sein. »Passen Sie auf sich auf, Tracy.«

Sie versprach es und legte auf.

Der Präsident war verschwunden. Ich schaltete die Glotze aus und starrte aus dem Fenster.

An diesem Wochenende rief keiner an. Ich war einfach keinen Anruf mehr wert.

26

Diesmal war es in Boston sonnig, wenn auch dank einer frischen Brise nicht allzu warm. Das war doch schon was. Ich hatte allmählich angefangen, Boston mit Nieselregen, Leichen und alten Freundinnen zu assoziieren, eine Art Hinterhof meines Bewußtseins, wo ich die halbgaren Ängste ablagerte.

Ich nahm meine Taschen und ging sofort zur Autovermietung. Das Mädchen am Schalter hatte eine niedliche Stupsnase und einen aufgeweckten Gesichtsausdruck. Ihr Blick wurde wachsam, als würde ich ihr gleich einen unanständigen Antrag machen.

»Ich will Ihnen keinen unanständigen Antrag machen«, sagte ich, »sondern nur ein Auto mieten.«

Ihre Augen wurden etwas größer. »Na, das ist wenigstens originell.«

»Ich nehme irgendwas Billiges, Hauptsache, es läuft. Dieser Job muß für ihr Ego ja eine tolle Sache sein.«

Sie lächelte amüsiert. »Eigentlich nicht. Sie sollten mal die Leute sehen, die zu mir kommen. Runzeln und Zahnfäule. Heute hatte ich einen, der stank so aus dem Mund, daß mir fast die Plomben geschmolzen wären. Herrgott, ich frage mich, was die so zu Hause treiben.«

»Weiß der Himmel. Ich ziehe am liebsten Taucheranzug und Flossen an und hüpfe aus dem Kleiderschrank. Aber ich wußte gleich, daß Sie auf so was nicht stehen.«

»Wie auch immer«, sagte sie ungerührt. »Ist ein Mustang okay?«

»Wenn Sie keinen Edsel haben.«

»Den letzten Edsel hab ich an den Typ mit dem Mundgeruch vermietet«, sagte sie und trug meinen Namen in den Mietvertrag ein.

Sie überreichte mir die Schlüssel und sagte mir, wo der Stellplatz war. Dann sah sie mich an. »Geben Sie den Wagen wieder hier ab, Mister Paget?«

»Ich denke schon.«

»Gut«, sagte sie lächelnd.

Man weiß ja nie. Ich dankte ihr und wollte schon gehen. »Apropos Taucheranzug und Flossen«, rief sie mir nach. »Probieren Sie's doch mal in Radcliffe.«

Was die College-Abgänger doch heutzutage alles anstellten. Ich grinste und winkte über die Schulter zurück. Doch mir war keineswegs komisch zumute.

Ich holte den Wagen ab und steuerte durch den Callahan Tunnel in Richtung Stadt. Ich fragte mich, was Mary wohl heute machte.

Ich hielt vor dem Ritz an und ließ den Wagen stehen. Ein Portier nahm meine Taschen. Ich blieb eine Sekunde stehen und starrte auf die Arlington. Die Straße war ruhig. Die Stelle, wo Lehman gelegen hatte, war nichts als ein gewöhnliches Stück Asphalt. Dahinter lag der Public Garden warm im Licht der schräg einfallenden Sonne. Es war, als sei nie etwas geschehen. Ich blickte auf meine Uhr. Viertel vor vier. Ich wandte mich um und ging ins Foyer.

Ich bekam ein Zimmer zugewiesen, ein ruhiges, nicht das, was ich vor zwölf Tagen gehabt hatte. Ich war wie aus einem Reflex heraus wieder ins Ritz gegangen. Aber einen Martini an der Bar wollte ich nicht. Ich fuhr mit dem Fahrstuhl hinunter, stieg in den Wagen und begab mich zum Polizeirevier.

Ich parkte zwei Straßen entfernt und lief hin. Das Revier wirkte diesmal weniger düster. Doch der Sergeant am Empfang war genauso fett, und seine Augen waren immer noch genauso öde wie Cape Cod im Januar. Ich fragte nach Di Pietro. Er forderte mich auf zu warten. Also wartete ich und musterte ihn von Kopf bis Fuß. Absolut nichts dahinter. Entweder hatte er schon zuviel mitgemacht, oder die Langeweile hatte ihm das Hirn erweicht. Ich wollte gerade auf Langeweile tippen, als Di Pietro erschien und mich in sein Büro bat.

Ich folgte ihm in das bekannte Kabuff und setzte mich. Erstaunlich flink für einen derart großen Mann zwängte er sich hinter seinen Schreibtisch und lehnte sich auf seinem Stuhl zurück. »Was kann ich für Sie tun, Mister Paget?« fragte er. Ich fragte mich, wie sein Schildkrötenblick bei seinen Kindern ankam.

»Nur eine Kleinigkeit.«

Sein Blick war weder freundlich noch unfreundlich. »Was haben Sie vorliegen?«

Ich ratterte es herunter. »Erstens: Wir haben eine Aussage, wonach Lasko Aktien manipuliert hat. Zweitens: Ich habe Beweise, daß Lasko einen Mann namens Martinson benutzt hat, um eine Scheinfirma zu gründen. Martinson mußte eine karibische Insel verlassen, als ich dort ermitteln wollte.« Di Pietro spielte mit einem Federmesser, während ich ihm berichtete, was ich auch in der Behörde berichtet hatte. »Martinson könnte Lasko sehr gefährlich werden. Ich habe Hinweise, daß er in Boston festgehalten wird, möglicherweise in einem gewissen Loring Sanatorium.«

Er sah mich kühl an, ohne auf meine Informationen einzugehen. »Haben Sie herausbekommen, was Lehman Ihnen mitteilen wollte?«

»Nein.«

Di Pietro wirkte schläfrig. »Nun ja, das eine oder andere ist ja ganz interessant, aber mit Lehman hat das alles herzlich wenig zu tun.«

»Vielleicht kann Martinson eine Verbindung herstellen.«

»Das wissen Sie nicht. Warum glauben Sie überhaupt, daß er im Loring ist?«

Ich betete es herunter: Martinsons geistige Erschöpfung, der Anruf bei Tracy und Laskos Verbindung zum Loring. Di Pietro dachte eine Weile darüber nach.

»Das ist ziemlich vage«, sagte er. »Und was erwarten Sie nun von uns?«

»Fahren Sie raus zum Loring Sanatorium. Schauen Sie nach, ob Martinson da ist. Möglich, daß er in tödlicher Gefahr schwebt.«

Er sah finster drein. »Das kann ich nicht machen.«

Meine Antwort fiel etwas zu schroff aus. »Ich wünschte, Sie würden etwas mehr Engagement zeigen.«

Er klang wie ein Macher, der einen Grünschnabel zurechtweist, als er mich unterbrach. »Schauen Sie, ich bin Polizist und habe einen Beruf, von dem Sie keinen Schimmer haben. Vielleicht ist das hier Ihr erster Mord, falls es einer ist, meiner aber nicht. Nun besteht durchaus die Möglichkeit, daß Lehman umgebracht worden ist und nicht bloß überfahren. Aber mehr als eine Möglichkeit ist das nicht. Sie haben keine Ahnung, was Lehman wußte, und ich habe keine Ahnung, wie ich das rauskriegen soll. Seine Witwe ist ein Totalausfall. Also habe ich nichts als Ihre Theorien, und damit kann ich Lasko nicht einbuchten. Verdammt noch mal, ich kann ihn allenfalls fragen, wer die böse Hexe umgebracht hat. Und wie gesagt, wir haben nicht die Möglichkeiten, gegen große Firmen zu ermitteln.«

»Tut mir leid, wenn ich Sie beleidigt habe.«

Er ging nicht darauf ein. »Noch etwas. Das Loring Sanatorium ist außerhalb von Boston. Ich habe dort keinerlei Befugnis. Wir müßten uns an die dortige Ortspolizei wenden, und dazu bräuchte ich einen Grund, den Sie mir nicht liefern können. Wissen Sie«, seine ruhige Stimme wurde noch ruhiger, »das gibt's bloß im Fernsehen, daß die Cops landesweit Befugnisse haben. Sie wären überrascht, wie selten mich die Polizei von Beverly Hills nach meiner Meinung fragt.«

»Ist ja komisch.«

»Nicht sonderlich.«

Er hatte es auf den Punkt gebracht. Es war nicht komisch. Vor allem deshalb nicht, weil er vermutlich recht hatte. Ich war verzweifelt, mit meinem Latein am Ende. »Ich versuche ja nur, Martinson am Leben zu erhalten, während ich hier zwei und zwei zusammenzuzählen versuche.«

Kaum hatte ich es gesagt, war mir klar, daß ich einen Fehler begangen hatte. Di Pietro sprach mit kaltem, ausdruckslosem Ton. »Wissen Sie, Mister Paget, ich mag Sie nicht besonders.«

»Wissen Sie«, versetzte ich, »das ist mir ziemlich egal.«

Er überraschte mich, denn beinahe hätte er gelächelt. »Dann müssen wir's, glaube ich, hinter uns bringen.«

Das war's dann. Ich stand auf. »Danke.«

Er blickte gelassen zu mir auf. »Keine Ursache.«

Ich ging hinaus.

Ich verließ das Revier und lief geistesabwesend zu meinem Auto, während ich die ganze Zeit daran denken mußte, wie sehr ich Tracy damit geholfen hatte.

Als ich die Telefonzelle sah, fiel mir Stansbury ein. Ich ging hinein und rief an.

»Mister Stansbury, Chris hier.«

»Chris? Wo stecken Sie?«

»In Boston.« Er schwieg. »Ich rufe wegen der Chips an«, hakte ich nach.

»Oh, gewiß«, entschuldigte er sich. »Es sind dieselben.«

»Sind Sie sicher?«

»Absolut. Ich kenne Sie, und ich habe ein paar Tests gemacht. Die Chips, die Sie mir gegeben haben, wurden von Yokama Electric hergestellt. Absolut kein Zweifel. Ich hoffe, das hilft Ihnen weiter.«

»Das tut es, und besten Dank. Ich rufe an, sobald ich wieder in der Stadt bin.«

»Tun Sie das, Chris.« Ich verabschiedete mich und hängte ein.

Als ich beim Auto war, stieg ich ein und blieb erst einmal still sitzen. Ich konnte weiter auf meine Sicherheit achten, oder auch nicht. Ich hatte die Wahl.

Im Handschuhfach war eine Straßenkarte. Ich klappte sie auf und nahm sie mir vor. Nach einer Weile faltete ich die Karte wieder zusammen und drehte den Zündschlüssel um. Dann fuhr ich zum Loring Sanatorium.

27

Das Loring Sanatorium befand sich in Brookline, gleich neben dem Country Club. Statt über die Brookline Avenue fuhr ich über die Boylston Street, bis sie in die Route 9 überging, und hoffte, gegen halb sieben da zu sein. Mir war leicht übel. Ich hatte die Grenze überschritten. Das hier geschah auf eigene Faust, ohne Auftrag, und brachte mich möglicherweise in Gefahr. Vielleicht war Martinson gar nicht da. Und ich hatte noch nicht die geringste Ahnung, was ich tun wollte, falls er sich dort aufhielt.

Ich hatte das untrügliche Gefühl, daß ich nicht genau zugehört hatte. In den letzten vier Tagen hatte mir jemand den Schlüssel geliefert, mir wollte bloß nicht einfallen, was es war. Aber ich hatte in zu kurzer Zeit zuviel gehört und war zu unruhig, die Puzzleteile zusammenzufügen. Angewidert und entnervt kam ich in Brookline an.

Das Loring Sanatorium war nicht schwer zu finden. Es handelte sich um eines jener Bauwerke, die entweder ein Sanatorium oder eine Oberschule sind – ein nackter, einstöckiger Klotz aus braunen Ziegeln, im reizlosen Stil der fünfziger Jahre abseits jeder Wohngegend auf der grünen Wiese errichtet. Ich wußte, daß es keine Oberschule war, weil nirgendwo Schilder standen. Deswegen und wegen der Abgeschiedenheit wirkte es irgendwie böse, verstohlen: ein Bauwerk, zu dem die Menschen nicht hinsahen, wenn sie vorbeifuhren.

Ich hielt auf dem Parkplatz davor und stieg aus. Aus der Nähe sah es aus, als sei es aus dem Lot geraten, wie ein Patient, der zu verwirrt ist, um noch auf sich zu achten. Der Rasen war ungepflegt, und etliche Fenster hingen schief wie die Brille eines Idioten. Laskos Geld war jedenfalls nicht für Renovierungsarbeiten verwendet worden.

Auf den Steinen neben dem Eingang war eine Eisentafel angeschraubt. »The Loring Sanatorium« stand in Großbuchstaben darauf, und darunter in kleinerer Schrift »Dr. Ralph Loring, Director«. Die Eingangstür bestand aus zwei breiten Glasflügeln. Ich öffnete den einen Flügel. An einem Metallschreibtisch vor einer weiteren Doppeltür saß ein uniformierter Wachmann. Er warf mir einen zufriedenen, aber argwöhnischen Blick zu, so als sei Argwohn immer noch besser als Langeweile.

»Ja, Sir«, fragte er, aber es klang nicht so höflich wie bei einem Oberkellner oder einer Verkäuferin.

»Ich möchte Doktor Loring sprechen«, sagte ich und tat so, als würde sich Loring gewiß darüber freuen.

Der Wachmann ließ sich nicht beeindrucken. »Sind Sie angemeldet?«

»Nicht, bevor Sie ihm sagen, daß ich hier bin.«

Das gefiel ihm gar nicht. »Er ist also nicht über Ihren Besuch informiert?« fragte er ungehalten.

»Nein.«

Seine Miene wurde verschlossen. »In welcher Angelegenheit kommen Sie?«

Das zwang mich zu dem, was ich nicht wollte: mich als Bundesbeamten auszugeben, dessen Chef Bescheid wußte. Ich zog meinen Dienstausweis hervor. »Ich bin beim EEC, in der Zentrale. Meine Angelegenheiten möchte ich lieber direkt mit Doktor Loring besprechen.«

Das trug mir einen weiteren bösen Blick ein. Doch

er griff mit seiner dicken Pranke widerwillig zum Telefon. Er wählte zwei Ziffern und verlangte, ohne den Blick von mir zu wenden, Dr. Loring zu sprechen. Ich starrte an ihm vorbei durch die nächsten Türen. Dort erstreckte sich ein Flut von grünem Linoleumbelag, der zwischen den dunkelgrünen Kachelwänden weiter hinten zu einem fahlen Wachsgrün verblaßte. Auf der rechten Seite befanden sich offenbar Büros.

»Ja, Sir«, sagte der Wachmann gerade. »Hier ist ein gewisser Mister Paget. Laut seinem Ausweis arbeitet er beim« – er schaute noch einmal nach – »Ausschuß für Wirtschaftskriminalität der Vereinigten Staaten.« Was immer das auch sein mag, besagte sein Blick, obwohl es seiner Stimme nicht anzumerken war. Er hörte einen Augenblick zu, dann legte er auf.

»Doktor Loring ist bereit, Sie zu empfangen.« Er klang enttäuscht. Offenbar war ich doch nicht der erhoffte Zeitvertreib. Ich wollte zur Tür gehen. »Warten Sie hier«, grummelte er und deutete vor seinen Schreibtisch.

Ich gehorchte. Der Wachmann lehnte sich zurück und ließ einen Blick zwischen mir und der Eingangstür hin- und herschweifen. Dr. Loring ließ sich Zeit. Ich steckte die Hände in die Hosentaschen, trat nervös von einem Fuß auf den anderen und kam mir albern vor.

Meine Beine wurden allmählich müde, als ein großer grauhaariger Mann hinter der nächsten Tür auftauchte und leicht gebeugt auf mich zukam. Er trug einen Tweedanzug und wirkte durch das Glas wie ein englischer Gentleman auf Moorhuhnjagd. Die Erscheinung kam auf die Tür zu und öffnete sie.

»Mister Paget«, sagte er, ohne den Wachmann auch nur eines Blickes zu würdigen. »Ich bin Ralph Loring.« Er hatte eine schmale Nase und ein teilweise von einem Bart bedecktes, leicht pockennarbiges Gesicht.

Die braunen Augen wirkten unstet und flüchtig, als wollten sie jeden Augenblick den Aggregatszustand wechseln. Psychiateraugen, dachte ich.

Ich schüttelte ihm die Hand und folgte ihm durch die zweite Tür. »Vielen Dank, daß Sie mich empfangen haben«, sagte ich. »Ihr Mann da draußen wollte mich abwimmeln.«

Es sollte ein Witz sein, doch er warf mir einen bekümmerten Seitenblick zu. »Sie haben gewiß Verständnis für unsere Sicherheitsmaßnahmen.«

Vielleicht, dachte ich. Loring hatte wieder seine gebeugte Haltung eingenommen. Ich musterte ihn. Er war dünner, als er zunächst gewirkt hatte, dabei aber nicht drahtig, sondern einfach nur dürr. Seine Haut war bleich und wirkte fast durchsichtig.

Loring führte mich in ein rechts vom Flur gelegenes Büro. Es war mit Holz getäfelt und ziemlich schlicht: zwei gerahmte Diplome und zwei Drucke von dem Typen, der immer die Kinder mit den großen Augen malt. Ich hatte nicht viel für diese Art Bilder übrig, und wenn ich Loring ansah, mochte ich sie noch weniger. Seine Augen waren so ähnlich.

Ich nahm mir einen Stuhl. Loring setzte sich an seinen Schreibtisch, schlug die Beine übereinander und faltete die Hände. Er betrachtete mich mit unstetem Blick, als wäre ich eine Gefahr für die sensible Ausgewogenheit der Umgebung.

»Man sagte mir, Sie könnten sich ausweisen«, insistierte er.

Ich holte meine Plastikkarte heraus und schob sie ihm über den Schreibtisch zu. Er ergriff sie mit zwei Fingern und halbgeschlossenen Augen – eine altbekannte Geste, wenn jemand gerade einen Entschluß gefaßt hat. Dann blickte er viel zu lange darauf, als könne sie ihm etwas verraten.

Er sah mich an. »Weswegen sind Sie hier, Mister Paget?«

Ich ließ es darauf ankommen. »Wegen Peter Martinson.«

Seine Augen flackerten eine Sekunde lang. »Ich weiß nicht, ob ich Sie recht verstehe.«

Ich beschloß, aufs Ganze zu gehen. »Martinson ist ein Zeuge bei einer Ermittlung. In dem Fall geht es um Betrug, Mord und Ihren großen Gönner William Lasko. Ich weiß, daß Martinson nicht verrückter ist als Sie und ich, und daß er nicht freiwillig hier zur Schlafkur ist. Womit Sie in der Klemme stecken.«

Ich hätte mich auch täuschen können. Und er hätte sagen können, ich sei wohl leider einem Irrtum erlegen. Aber das tat er nicht. »Mister Martinson ist einer meiner Patienten.« Die Antwort hatte den für schwache Männer typischen starrsinnigen Unterton.

»Ich würde ihn gern sehen.«

»Dessen bin ich mir sicher«, sagte er leicht sarkastisch, als sei ich der Rüpel von nebenan, der immer die Tiere quält. Loring, der Beschützer. Wahrscheinlich spielte er die Rolle schon so lange, daß er selbst daran glaubte.

Ich sagte nichts. Er beendete das Schweigen. »Meiner Meinung nach würde Mister Martinson ein Besuch gar nicht guttun.«

»*Wem* würde er nicht guttun?«

Er errötete leicht. »Ich kann wegen Ihnen nicht das mentale Befinden eines Patienten aufs Spiel setzen.«

Ich beschloß, Loring mal kurz eine Dosis Realität zu verpassen. »Haben Sie ihn wenigstens am Leben erhalten?«

»Natürlich«, sagte er beleidigt.

»Ein Punkt für Sie, Doktor. Der Letzte, der soviel

wußte wie Martinson, ist inzwischen toter als Ihre beschissenen Bilder.«

Er fuhr auf. »Junger Mann, Sie benehmen sich alles andere als freundlich.«

»Hier geht's auch um kein freundliches Thema. Und ich habe die Spiegelfechtereien satt.«

Er ergriff meinen Ausweis, als könne ihm der irgendwie weiterhelfen. Dadurch hatte ich die Gelegenheit, einen Blick auf die auf seinem Schreibtisch liegende Liste zu werfen.

»Christopher Kenyon Paget«, las er vor. »War Christopher Kenyon nicht der Name eines kalifornischen Eisenbahnbarons aus dem letzten Jahrhundert?«

Ich war noch immer am Entziffern. »Mein Urgroßvater, falls es Sie interessiert.«

Irgendwie konnte er dadurch etwas mit mir anfangen. »Soweit ich mich entsinne, hetzte er bewaffnete Aufseher auf streikende Arbeiter. Neun Menschen kamen ums Leben, glaube ich. Benehmen Sie sich deshalb so, Mister Paget? Möglicherweise hat das etwas mit Überkompensation zu tun.«

Mir reichte es. »Wissen Sie«, sagte ich ruhig, »allmählich habe ich die Schnauze voll von irgendwelchen Wichsern, die von mir eine Entschuldigung dafür wollen, daß ich einen zweiten Familiennamen habe und einen Urgroßvater, um den ich nicht gebeten habe. Vor allem aber habe ich die Schnauze voll von Wichsern, die davon auch noch leben. Außerdem habe ich noch nie gehört, daß der alte Mann den Strohmann für Mörder gemacht hat. Genau das machen Sie nämlich.« Ich schnappte mir die Liste auf seinem Schreibtisch. »Und nun, Doktor, würde ich gern Martinson sehen.«

Vergeblich versuchte er mir die Liste zu entreißen. Dann brach er mit einem Mal zusammen. »Sie müssen verstehen, daß ich für unsere Arbeit hier Geld brauche«, stammelte er. »Sonst müßte diese Klinik nämlich schließen.«

Laut Liste befand sich Martinson in Zimmer 19-W. Ich blickte zu Loring. Er hatte noch immer die Hand ausgestreckt, bettelte nun geradezu. »Machen Sie sich nichts draus, Doktor«, sagte ich und wollte gehen.

Er lief hinter mir her. »Haben Sie einen Durchsuchungsbefehl?«

Ich drehte mich um. »Nein.«

»Dann begehen Sie Hausfriedensbruch.«

Das stimmte. Ich hatte das Gefühl, als hätte ich irgendwann zwischen Lehmans Tod und jetzt aufgehört, Jurist zu sein, und wäre nun etwas völlig anderes. Ich wußte nicht, was. Ich schob all das beiseite. »Wenn Sie sich hinsichtlich Ihrer Rechte so sicher sind, dann rufen Sie doch die Polizei. Als Helfershelfer bei einer Entführung werden Sie bei denen bestimmt auf vollstes Verständnis stoßen.«

Er zog die Schultern ein. Nun stand er vor seinem Schreibtisch, und seinen nassen Augen war anzusehen, daß er das Verhängnis unweigerlich kommen sah. Er sah aus, wie ein Mann im Luftschutzbunker, der die ersten Sirenen hört. Ich ließ ihn stehen und ging Martinson suchen.

Der wesentliche Bereich lag auf dem Flur gegenüber. Er war genauso grün, aber durch das gedämpfte Licht wirkte er ziemlich gruselig. Vor mir sah ich Türen und davor einen breiten Lichtstrahl, der aus dem Schwesternzimmer fiel.

Eine ältere Schwester blickte verblüfft heraus. Ich nickte lächelnd und ging weiter. Hinter mir hörte ich Stimmen, erst von einer Frau, dann von einem Mann. Danach rasche Schritte in die entgegengesetzte Richtung. Das erinnerte mich an die Beule an meinem Kopf. Aber ich drehte mich nicht um. 19-W lag auf der anderen Seite des Flures. Ich war überrascht. Kein Aufpasser. Nur ein schlichtes Schnappschloß, das die Tür von außen verriegelte. Ich drehte den Schnapper um und öffnete die Tür.

28

Martinson saß in einem Armsessel und las in einer zerfledderten Ausgabe der *SPORTS Illustrated.* Er senkte die Illustrierte etwas und starrte mich furchtsam an. Seine Augen fragten, wer ich sei, aber er brachte die Worte nicht heraus.

»Ich bin Christopher Paget vom EEC. Ich habe Sie gesucht.«

»Mein Gott«, rief er aus, klang aber alles andere als dankbar. Ich sah ihn mir genauer an. Die Ähnlichkeit mit Tracys Bild war groß. Er war braungebrannt und drahtig, hatte lockige schwarze Haare und ein gut geschnittenes Gesicht. Die einfarbige Hose und das Oxford-Hemd paßten zu den teuren Slippern. Ein guterhaltener College-Knabe aus den frühen sechziger Jahren, Lockvogel für alle leichtgläubigen Frauen. Die Schattenseiten deuteten sich in dem verschlagen kurzsichtigen Blick seiner grünen Augen an und setzten sich unterschwellig in seinen Zügen fort, die dadurch verdorben und weichlich wirkten.

»Verdammt, Sie bringen mich in Teufels Küche«, platzte er los.

Damit hatte ich nicht gerechnet. Die raschen Schritte auf dem Flur fielen mir wieder ein. »Warum erklären Sie es mir nicht auf dem Weg nach draußen?«

»Wohin gehen wir?«

»Zur Polizei.«

Er schüttelte den Kopf. »Sehen Sie, wenn ich mich

bedeckt halte, passiert mir nichts.« Furcht und Berechnung vermischten sich in seinen Worten. »Schließlich haben Sie mich in diesen Schlamassel gebracht.«

Vor Anspannung hob ich die Stimme. »Streiten können wir uns später. Kommen Sie schon.«

Martinsons Hand klammerte sich am Stuhl fest. »Die bringen mich um. So wie sie schon Alec Lehman umgebracht haben.«

Das bremste mich einen Augenblick. Doch für Fragen war keine Zeit. »Dann stecken Sie verdammt in der Klemme«, sagte ich, »weil sie's jetzt, wo ich Sie gefunden habe, erst recht tun werden.«

Er zögerte, starr vor Furcht und Bedenken. Ich packte ihn am Unterarm und zog ihn hoch. Er torkelte mit mir durch die Tür und glotzte in den öden, leeren Flur. Seine Stimme klang weinerlich. »Hat Tracy Ihnen etwa gesagt, wo Sie suchen sollen?« Ich nickte und zog ihn mit mir. »Blöde Ziege«, murmelte er.

Mein Griff wurde fester. »Wissen Sie, Martinson, es ist eine echte Enttäuschung, Sie zu retten.« Doch irgendwie verstand ich ihn. Er hatte Angst. Genau wie ich auch.

Der Gang durch den Flur verlief quälend langsam. Das Schwesternzimmer war leer. Rasch blickte ich mich um. Bis auf Martinson war die Station leer.

Dann hörte ich eilige Schritte. Am Ende des Flures tauchten plötzlich mehrere Gestalten auf. Ich machte Loring und den Wachmann aus sowie zwei schwergewichtige Männer, die ich nicht kannte. Der letzte Mann war groß und breitschultrig. Lasko. Martinsons Wissen, was immer es auch war, hatte ihn offenbar aufgescheucht.

Ich spürte, wie Martinson erbleichte. »Himmel.«

Ich versuchte einen mutigen Eindruck zu machen.

»Überlassen Sie das nur mir«, sagte ich, ohne ihn anzusehen. Lasko stand erwartungsvoll vor der Gruppe. Der einzige Weg nach draußen führte an ihm vorbei.

Wir waren jetzt etwa zehn Meter von ihnen entfernt. Laskos Gesicht war von mühsam beherrschter Wut verzerrt. Aus irgendeinem Grund, den ich nicht ganz verstand, drohten seine Pläne zu platzen, und man sah es seinem Gesicht an. Die beiden schwergewichtigen Männer standen links und rechts von ihm und versperrten uns den Weg. Loring und der Wachmann hingen wie verloren zurück.

Drei Meter vor ihnen blieben wir stehen. Lasko starrte uns mit hartem, berechnendem Blick an. Der Mann links von ihm war kahlköpfig und beobachtete uns mit wäßrigen Bluthundaugen. Der andere Mann war jünger und hatte einen Schnurrbart und dichtes braunes Haar. Ich fragte mich, ob sie Schußwaffen hatten. Niemand bewegte sich. Ich wünschte sehnlichst, ich wäre nicht hierher gekommen.

Laskos Stimme hallte durch den Flur. »Sie sind sehr hartnäckig, Mister Paget, und Sie achten nicht auf das, was man Ihnen sagt. Aber hier kommen Sie nicht heraus.«

In meiner Panik stieß ich die Worte wie im Reflex hervor. »Doch, das werden wir, es sei denn, Sie planen einen Massenmord.« Meine Stimme gefiel mir gar nicht. Mein Mund fühlte sich merkwürdig trocken an, als wäre ihm jeglicher Speichel entzogen worden.

In Laskos Gesicht flackerte kurz Interesse auf. »In Ordnung. Ich höre Ihnen zu.« Bei seinem sorgsam beherrschten Tonfall klang es, als würden wir eine geschäftliche Angelegenheit besprechen.

»Sie hätten Martinson gleich umbringen sollen. Aber jetzt weiß ich, was er weiß.« Was nicht stimmte.

Laskos Blick zuckte zu Martinson. Doch Martinson konnte oder wollte nichts sagen. »Wenn Sie also Martinson umbringen, müssen Sie auch mich umbringen. Außerdem weiß ein Bostoner Polizist, wo ich mich aufhalte.«

Ich warf Loring einen Seitenblick zu. Beim Wort »Mord« riß er den Mund auf, als höre er eine Fremdsprache und hoffe, er habe etwas nicht ganz richtig verstanden. Ich fuhr fort: »Loring können Sie auch nicht trauen. Wenn Sie uns umbringen, ist morgen die Polizei hier und schnüffelt herum. Seine Zulassung steht auf dem Spiel, von seiner Existenz gar nicht zu reden.«

Mein Tonfall war drängend geworden. Lasko schwieg, als habe er meine Worte auch schon aus Catlows Mund gehört. Die zwei Männer neben ihm warteten kühl und gelassen auf Befehle. Es konnte so oder so ausgehen, dachte ich. Ich war mir der kalten Realität bewußt; aus irgendwelchen Gründen wollte Lasko, daß wir tot waren.

Ich deutete auf den Wachmann. Er erstarrte. »Auch ihn wird die Polizei aufspüren. Also denke ich mir, daß Sie auf jeden Fall vier Menschen umbringen müssen. Möglicherweise habe ich noch jemanden vergessen. Vor einer Weile habe ich zwei Schwestern gesehen.«

Lasko wirkte nun geistesabwesend, als überlege er, ob er lieber warten sollte. Er sagte nichts mehr; überall waren Zeugen.

Ich setzte mich in Bewegung und dirigierte Martinson etwas nach rechts. Anderthalb Meter noch zwischen mir und dem Schnurrbärtigen. Mein Magen fühlte sich leer an. Der Kerl mit dem Schnurrbart hatte die Hände in den Hosentaschen und sah uns mit ausdruckslosem Blick an. Er trat einen Meter zurück, so daß er Lasko und uns gleichzeitig im Blick hatte. Wir gingen weiter. Der Mann achtete aus den

Augenwinkeln auf Lasko. Dann änderte sich sein Ausdruck.

Wir waren bei ihnen. Die Hand in der Tasche bewegte sich. Dann trat er beiseite. Wir passierten ihn, bogen um die Ecke und gingen auf den Ausgang zu.

Loring stand krumm und bucklig links von uns, wie ein einsamer, ausgemergelter Vogel kurz vor dem Aussterben. Wir gingen vorbei. Er starrte auf seine Füße.

Die inneren Doppeltüren waren nur noch ein paar Schritte entfernt. Hinter uns Schweigen. Unsere Schritte hallten durch den Flur. Martinson sah kalkweiß aus. Mein Rücken brannte unter eingebildeten Einschüssen.

Wir gelangten durch die ersten Türen. Sie schlossen sich mit einem leisen Seufzen hinter uns. Ich ergriff die Außentür. Sie ging auf. Frische Luft schlug uns entgegen.

Wir gingen zum Wagen und fuhren weg.

29

»Himmel«, sagte Martinson immerfort. Wie automatisch fuhr ich zurück zur Route 9. Meine Hände waren verkrampft, und mein Verstand wollte noch immer nicht glauben, daß wir davongekommen waren. Neben mir zitterte Martinson hilflos wie ein Malariakranker.

Wir fuhren durch Brookline und hielten uns Richtung Boston. Es war noch hell. Martinson plapperte dies und jenes und drohte jeden Augenblick in einen Redeschwall auszubrechen. Ich langte zum Autoradio, stieß aber lediglich auf einen Folksong, in dem es um irgendeinen selbstmitleidigen Hanswurst ging. Ich schaltete das Radio wieder aus.

»Wie ist Lasko dort hingekommen?« Martinsons Stimme klang vorwurfsvoll.

»Loring hat mich lang genug hingehalten. Wahrscheinlich hat er ihn angerufen.«

»Aber warum hat er uns dann gehen lassen?«

»Zwei Möglichkeiten. Die eine ist, daß Lasko beschlossen hat, lieber das Risiko einzugehen und sich aus der Sache mit Lehman und dem, was Sie wissen, herauszureden, als noch jemanden umzubringen. Die andere ist, daß er sich uns noch vorknöpft, aber fernab von allen Zeugen, so daß er die Chance hat, noch einmal mit blauen Augen davonzukommen. Ich hätte nichts dagegen, wenn Sie das Rückfenster im Auge behalten würden.«

»Worauf soll ich achten?« fragte er.

»Auf alles, das so aussieht, als würde es uns verfolgen.«

»Himmel«, sagte er wieder. Er drehte sich um und stützte das Kinn oben auf den Beifahrersitz. Es wunderte mich, daß er noch nicht mit den Zähnen klapperte.

»Was ist passiert?« fragte ich, um ihn abzulenken.

»Wann?«

»Zwischen St. Maarten und jetzt.«

»Was für ein Tag ist heute?«

»Montag.«

Er kniff die Augen zusammen. »Letzten Dienstag morgen sind zwei Typen von Lasko aufgekreuzt...«

Ich unterbrach ihn. »Die beiden aus dem Sanatorium?«

»Nein, ein Typ mit Bürstenschnitt und einer mit einer großen Kolbennase. Sie haben gesagt, daß Sie wegen dem Carib-Kauf nach mir suchen würden. Ich habe gefragt, warum.« Sein Tonfall wurde gelöster. »Sie sagten, das Warum sei egal – daß ich auf der Stelle abreisen sollte. Ich habe gesagt, daß ich keine Lust hätte, daß ich wissen wollte, um was es ginge. Sie sagten, Lasko würde später mit mir reden – ich sollte keinen Ärger machen. Ich sagte, ich wollte ihn anrufen. Dann erklärten sie mir, daß auch ich in Schwierigkeiten stecken würde, wenn ich nicht mitkäme. Genau, und sie haben meine Frau bedroht.« Letzteres klang wie eine Nebensache. Ich hatte den Verdacht, daß sie für ihn nie mehr gewesen war.

Martinson schwieg und konzentrierte sich auf das Rückfenster.

»Sehen Sie irgendwas?« fragte ich.

»Ich glaube nicht.«

»Fahren Sie fort.«

»Oh, ja, nun, die haben mich wie einen Gefangenen

in einen Mietwagen verfrachtet. Der Typ mit dem Bürstenschnitt ist dann zurück ins Lagerhaus gegangen, um mit diesem verdammten Kendrick zu reden.«

»Ich habe ihn kennengelernt. Warum haben Sie den eigentlich eingestellt? Damit er den Briefträger beißt?«

»Die haben ihn mir aufgedrängt. Jedenfalls sind wir zum Flugplatz gefahren. Unterwegs habe ich mich beschwert, und der eine Typ sagte, wir würden nach Boston fliegen, wo ich in Sicherheit wäre. Wir fuhren bis vor einen Lear-Jet, und dann sagten sie, ich sollte Tracy anrufen, damit sie keine Suchaktion anleiert. Der Typ mit der Kolbennase hört zu, damit ich nichts weiter sage. Ich erkläre ihr einfach, daß ich weg muß. Der Kerl mit dem Bürstenschnitt kommt her und redet mit seinem Kumpel, und so habe ich die Gelegenheit, Tracy irgendwie zuzuflüstern, daß ich in Boston bin und sie um Himmelswillen keine Scherereien machen soll. Ich sollte Tracy nichts von Boston verraten, und sie sollte es Ihnen nicht verraten.« Er klang noch immer beleidigt.

Ich ging nicht drauf ein. »Was ist danach passiert?«

»Sie sind mit mir nach Boston geflogen, mit einer Zwischenlandung in Orlando, glaube ich. Jedenfalls haben sie mich raus zum Sanatorium gebracht. Das Zimmer war von außen abschließbar und lag in einem verlassenen Flügel – Sie haben's ja gesehen.«

»Wann ist Lasko aufgekreuzt?«

»Wir sind nachts angekommen. Lasko kam am nächsten Morgen. Er sagte, bei dem Carib-Deal wäre es nicht ganz legal zugegangen, und ich würde bis über beide Ohren mit drinstecken. Er hat mir eine Heidenangst eingejagt. So was bringt er ohne Probleme fertig.«

»Ich weiß.«

»Dann sagte er, ich sollte mich lediglich ein, zwei Wochen bedeckt halten, bis er die Sache geregelt hätte. Ich habe immerzu gesagt, daß ich weg will. Daraufhin ist er wütend geworden und hat angedeutet, daß Alec Lehman bereits das Zeitliche gesegnet hätte. Danach habe ich den Mund gehalten.«

Es erschütterte mich nach wie vor. Lasko ließ seine Leute einfach über die Klinge springen. »Ich kann schon verstehen, warum er sich Sorgen gemacht hat«, sagte ich schließlich.

Seine Stimme klang gepreßt. »Was meinen Sie damit?«

»Ich meine, daß Sie jetzt ein Zeuge sind.«

Martinson verfiel wieder in düsteres Schweigen und starrte hinten hinaus, während ich versuchte, die Sache in den Griff zu bekommen. Lasko war ein heller Bursche. Aber seine Aktionen wirkten irgendwie überstürzt, als würde er von etwas getrieben, auf das er keinen Einfluß hatte. Ich fragte mich, was das sein mochte. Green, Martinson und Lehman waren Sicherheitsrisiken geworden. Die Quittung war ein Mord und eine Entführung, und es wurde immer schlimmer.

Allmählich näherten wir uns Boston; die Route 9 ging wieder in die Brookline Avenue über. Städtische Wohngegenden und mehr Verkehr. Martinson fing wieder an zu reden. »Wissen Sie, Doktor Loring ist ziemlich seltsam. Er ist immer zu mir gekommen und wollte mit mir über meine Ängste sprechen, als ob ich wirklich irre wäre. Und dann fing er damit an, daß er ebenfalls Schwierigkeiten hätte – seine Klinik würde nicht über die Runden kommen. Aber er hat sich weiter so benommen, als wäre ich ein Patient.« Entrüstet hob er die Stimme. »Außerdem glaube ich, daß er schwul ist.«

Das amüsierte mich irgendwie. »Das ist noch das geringste Problem, das er hat.«

Dann entdeckte ich den schwarzen Cadillac, der uns auf der anderen Spur entgegenkam. Ich krampfte die Hände um das Lenkrad. Er kam näher. Ich zog den Kopf ein und wartete. Er war jetzt vor uns. Kurz konnte ich den Fahrer erkennen. Eine alte Frau. Der Wagen fuhr ruhig vorbei. Verdammt, dachte ich.

Martinson hatte es bemerkt. »Was war das?« krächzte er.

»Bloß mein eigener Schatten.« Ich wollte jetzt reden, meine Verlegenheit überspielen. »Wie sind Sie überhaupt mit Lasko in Berührung gekommen?«

Martinson beschwerte sich in Richtung Rückfenster. »Meine verdammte Alte hat mich in all das reingeritten. Sie hätte ja nicht mit Ihnen reden müssen. Wissen Sie eigentlich«, platzte er los, »daß sie nicht mal Kinder kriegen kann?«

»Ich nehme an, dann sind Sie das einzige Kind in der Ehe.«

Er glotzte mich an. »Sie mögen mich nicht besonders, was?«

Ich musterte ihn von der Seite. »Schauen Sie, Sie haben Angst. Das kann ich verstehen. Ich habe selber eine Scheißangst. Ich kann's bloß nicht ausstehen, wenn Sie auf Tracy herumhacken.«

Bei »Tracy« spitzte er die Ohren. »Was, zum Teufel, soll das heißen?«

»Ich habe sie kennengelernt. Ich mag sie.«

»Wie sehr mögen Sie sie?« versetzte er.

»Seien Sie kein Narr. Sie liebt Sie, weiß der Himmel, warum. Aber wir haben über den Carib-Deal geredet.«

Wir waren nun in Boston und fuhren in Richtung Fenway Park. Martinson brütete einen Augenblick vor sich hin. »Was wollen Sie denn wissen?«

»Alles, von Anfang an.«

Er wandte sich wieder dem Rückfenster zu. »Ich habe bei Yokama Electric als Handelsbevollmächtigter für den amerikanischen Markt gearbeitet. Wir haben in Japan gelebt.« Aus seinem Mund klang es wie die letzte Station auf einer langen Liste. »Ich habe auf die große Chance gewartet, irgendwas, bei dem ich mein Können einsetzen konnte.«

Anhand von Martinsons berechnend funkelnden Augen konnte ich mir ein Bild machen. Ein Zukurzgekommener, der auf das große Los wartete und sich dabei selbst austrickste. Ich konnte ihn förmlich vor mir sehen, wie er quer durch Europa zog, von einem Einsatz zum nächsten, bis seine Ausreden immer fadenscheiniger wurden. Und dann mußte Tracy das Nähzeug herausholen.

Er fuhr fort. »Zu meiner Aufgabe gehörte auch der Verkauf an Lasko Devices. Letzten Juni kam dann Mister Lasko nach Japan und erkundigte sich nach mir. Ich hatte ihn nie kennengelernt, aber er schien über mich Bescheid zu wissen. Er sagte, er bräuchte jemanden, der ihm bei der Gründung einer Importfirma auf St. Maarten hilft. Ich sagte, ich wäre daran interessiert. Er bot mir einen Zweijahresvertrag über fünfundsiebzigtausend Dollar pro Jahr und hunderttausend Dollar Prämie. Es machte einen guten Eindruck und es war mehr Geld, als ich je auf einem Haufen gesehen habe.«

»Und wie kam es dazu, daß Sie als Gründer von Carib-Imports ausgegeben wurden?«

Martinson klang gereizt. »Das war ein Teil der Abmachung«, sagte er eilig. »Mister Lasko wollte, daß ich als Inhaber von Carib auf dem Papier stehe, damit er von mir kaufen konnte. Er ließ seine Leute Ausschau nach einem Lagerhaus halten und den ganzen

Papierkram vorbereiten. Aus steuerlichen Gründen, sagte er.«

»Und Sie haben das natürlich geglaubt?« Er antwortete nicht. »In Laskos Firmenunterlagen befindet sich ein Kaufvertrag, demzufolge Sie eins Komma fünf Millionen bekommen haben. Glauben Sie, das geschah ebenfalls aus steuerlichen Gründen?«

»Sehen Sie, er hat mir eine Menge Geld gegeben.«

»Doktor Loring hat mir fast exakt das gleiche gesagt.«

Er verdaute das einen Augenblick, während er weiter aus dem Rückfenster blickte. Ich fuhr fort. »Sie haben das Geld also bekommen, vermute ich.«

Schweigen. Ich blickte zur Seite. Er starrte zu Boden. Laskos Geld und die Gier danach zogen sich wie ein schmutziger Faden durch diesen Fall. Meine Stimme war ruhig. »Mister Martinson, Sie sind nicht mehr Laskos Hätschelkind. Sagen Sie sich von ihm los, das ist das beste, was Sie zu Ihrer eigenen Sicherheit tun können. Außerdem haben Sie ihm beim Geldwaschen geholfen, und das kann Sie ebenfalls ins Gefängnis bringen. Sie sind dank Lasko in diesen Schlamassel geraten, auch wenn Sie selbst einen ordentlichen Teil dazu beigetragen haben. Jetzt liegt es an Ihnen, da wieder rauszukommen.«

Schweigend sackte er auf dem Sitz zusammen. »In Ordnung«, sagte ich, »ich helfe Ihnen dabei. Diesen Juli kauft Lasko für eins Komma fünf Millionen Carib Import. Carib liefert angeblich Chips. Aber Lasko bezog seine Chips bereits von Yokama. Warum also brauchte er jemanden in der Karibik? Die Firma ist eine Bruchbude mit einem Rüpel, der zwei Einheimische in einer Wellblechbaracke herumschikaniert. Angeblich haben Sie im Juli an Lasko verkauft, aber Sie haben nicht einmal die Papiere zur Firmengründung unterschrieben, wurden aber von Lasko eingestellt, um sie zu leiten. Doch laut Firmenunterlagen haben Sie eins Komma fünf Millionen Dollar erhalten. Kendrick, der Verantwortliche, hat mir erzählt, er hätte noch nie etwas von Yokama gehört. Aber die Chips, die Carib erhielt, waren Yokama-Chips. Doch statt sie direkt zu beziehen, werden sie durch die Karibik geschippert, was teuer und vom wirtschaftlichen Standpunkt aus gesehen blanker Unsinn ist.

Lasko gründete also eine wertlose Firma, setzte Sie als vorgeschobenen Eigentümer ein und schmiert Sie ab. Als Methode zum Geldwaschen ist das ziemlich simpel. Aus irgendeinem Grund brauchte Lasko Geld, eine Menge sogar. Er wollte aus seiner eigenen Firma anderthalb Millionen abziehen, ohne daß es irgendwie illegal aussah. Er wollte es im Ausland machen, wo wir das Geld nicht verfolgen konnten, und wo er sich um eventuelle steuerliche Komplikationen durch den Verkauf kümmern konnte. Also hat er eine Scheinfirma gegründet und sie dann gekauft. Die Chips sind ein Vorwand. Aber damit es funktionierte, mußten Sie das Geld bekommen.«

Er saß noch immer zusammengesunken da. »Ich habe das Geld bekommen«, gab er schließlich zu.

»Was haben Sie damit gemacht?«

»Lasko« – Martinsons Stimme wollte ihm nicht recht gehorchen – »vereinbarte mit mir, daß ich den Scheck auf einer Bank in Curaçao einlösen sollte. Das habe ich gemacht.«

»Wann war das?«

»Etwa in der dritten Juliwoche.«

»Was haben Sie mit dem Geld angestellt?«

»Lasko sagte, ich sollte damit nach Miami fliegen.«

»Haben Sie das getan?«

»Ja. Ich habe es in einen Aktenkoffer gepackt, bin

zum Miami Airport geflogen und habe es in einem Schließfach deponiert. Jemand anders sollte es abholen.«

Allmählich begriff ich, wie alles wirklich abgelaufen war. Wir fuhren auf die Fens zu, das große, grasbestandene Sumpfland neben dem Sportpark. Inzwischen herrschte Zwielicht. Ich bemerkte es kaum. Die Fakten nahmen Form an und reihten sich an Ort und Stelle ein wie gut gedrillte Soldaten. Ich konnte es kaum glauben. Aber ich tat es. Und dann wurde mir eine weitere Tatsache klar. Ich hatte den Durchbruch geschafft. Ich wußte viel zuviel, als daß Lasko mich am Leben lassen konnte.

»Verdammt«, flüsterte ich in die Dunkelheit.

Martinson sagte kein Wort.

30

Ich drehte mich um. Im Rückspiegel sah ich, daß Martinson die Augen vor Angst zu grünen Schlitzen zusammengekniffen hatte.

»Sehen Sie irgend etwas?«

»Da ist ein Auto«, stammelte er. »Ich glaube, ich habe es schon vor einer Viertelstunde gesehen.«

»Welche Farbe?«

»Grün. Eine Art stumpfes Grün.«

Ich entdeckte es im Rückspiegel. Ich hatte es auch schon gesehen, dann aber im Stadtverkehr wieder aus den Augen verloren. Aber es war derselbe Wagen, und er war ziemlich dicht hinter uns. Zehn Meter etwa, schätzte ich. Im Zwielicht konnte ich zwei Köpfe erkennen.

Ich kurvte auf den Fenway und beschleunigte. Im schwindenden Licht wirkte das Gelände wie ein schottisches Hochmoor im Kleinformat. Ich kannte mich hier ziemlich gut aus – etwa eine Meile lang hüfthohes, marschiges Grasland, das sich zwischen dem Fenway Park, dem Fine Arts Museum und einer Handvoll Colleges erstreckte. Keinerlei Verkehr auf der zweispurigen Straße. Ich trat fester aufs Gaspedal. Vorbei an graugrünem Sumpfland rasten wir auf die Innenstadt zu. In der Ferne ragte das Prudential Center auf.

Doch der Fenway war ein Fehler gewesen. Die Scheinwerfer blieben an uns hängen, als seien sie an der Stoßstange festgeschweißt.

»Dasselbe Auto?« fragte ich.

Der Vinylsitz knisterte unter Martinsons Griff. »Ja.«

Der Tacho stand auf fünfundachtzig Meilen. Ich schätzte, daß wir höchstens noch eine Minute durch den Sumpf fuhren. Dann hörte ich Gummi quietschen. Zwei Lichtstrahlen schwenkten auf die Nebenspur und bohrten sich vor uns in die Dunkelheit.

»Sie überholen«, schrie Martinson. Ich verriß das Steuer. Schaukelnd brach der Wagen aus. Unsere Scheinwerfer erfaßten einen Baum am Straßenrand. Ich riß das Lenkrad nach links, und wir schlingerten auf den grünen Wagen zu, einen halben Meter, dann nur mehr dreißig Zentimeter entfernt. Die Kotflügel schabten aneinander. Martinson schrie zusammenhangloses Zeug. Ich riß das Steuer nach rechts, schlug die Hand vors Gesicht und bremste heftig. Reifen quietschten, und wild schlingernd zog der Wagen nach links. Er schlitterte bis auf zwanzig Sachen runter, dann hatte ich ihn wieder unter Kontrolle.

Ich schielte über das Armaturenbrett. Der grüne Wagen war nun zehn, zwölf Meter vor uns. Abrupt trat ich auf die Bremse, so daß wir uns querstellten wie ein Segelboot im Nachtwind. Ich latschte aufs Gaspedal, um rechts zu überholen. Der andere Wagen hielt die Spur, schoß jäh nach vorn und raste neben uns her. Ein weißes Gesicht lehnte sich aus dem hinteren Fenster des anderen Wagens, dann wurde ein Arm herausgeschoben. Langsam zog der grüne Wagen vorbei.

Vor uns beschrieb die Straße eine Rechtskurve. Ich sah es, und dann zog sich plötzlich ein Sprung über die Windschutzscheibe. Ein Einschuß. Martinson kreischte auf und griff sich mit blutigen Händen an die Stirn. Das Steuer entglitt meinen Händen, und wir schossen nach links auf den grünen Wagen zu. Durch den Aufprall wurden wir zurückgeschleudert und gerieten halb von der Straße ab. Dann hoben wir ab und beschrieben wie in Zeitlupe eine halbe Rolle durch die Luft. Plötzlich war die Windschutzscheibe vor mir voller graublauem Glas. Dann schoß der Wagen in den Sumpf, pflügte sich tief ins Erdreich und kam holpernd zum Stehen. Wie eine Puppe flog ich gegen das Lenkrad und quetschte mir Rippen und Schlüsselbein. Der Sicherheitsgurt riß mich zurück und zur Seite. Zitternd krümmte ich mich zusammen.

Ich blickte zur Seite. Martinson, aus dessen Mund Blut tropfte, saß vornübergebeugt und eingerollt wie ein Fötus da. Das Armaturenbrett war mit Blutstropfen gesprenkelt.

Ich beugte mich zu ihm, um ihn hochzuziehen. Er prallte schwer gegen die Lehne, das Gesicht jetzt mir zugewandt. Seine Stirn blutete an der Stelle, wo ihn die Kugel gestreift hatte, und sein Kiefer stand erschreckend weit offen. Er rührte sich nicht und gab keinen Ton von sich. Ich fühlte seinen Puls, genauso wie ich es bei Lehman gemacht hatte. Aber Martinson lebte noch.

Der andere Wagen fiel mir wieder ein. Ich zwängte die Tür auf, wäre beinahe hinausgefallen. Dann richtete ich mich auf und wälzte mich hinaus.

Ich hörte keinen Ton. Ich kroch aus dem Wagen. Es war still wie in einer Prärienacht. Unsere Scheinwerfer waren kaputt. In weiter Ferne sah ich vereinzelt Lichter in Büros und Reihenhäusern. Der einzige Orientierungspunkt waren die Scheinwerfer des grünen Wagens, die sich in die Dunkelheit bohrten. Der Wagen hatte sich einmal in der Luft überschlagen, wieder aufgerichtet und hing nun gefährlich wackelig über einem Graben.

Noch immer kein Verkehr. Es kam mir so vor, als sei ich der einzige Mensch auf Erden. Ich wartete. Dann ging ich zusammengekrümmt, mit rebellierendem Magen und unter Schmerzen, ein paar Schritte auf den grünen Wagen zu. Langsam schob ich mich auf die Fahrerseite zu, voller Angst davor, was mich erwartete.

Das erste, was ich sah, war der Fahrer. Er war in sich zusammengesackt, hatte den Mund ins vor Blut triefende Lenkrad geschlagen und starrte mit leerem Blick geradeaus. Er hatte sich das Genick gebrochen. Seine Arme baumelten unbeholfen herunter, wie die Ärmel eines großen Mantels auf einem zu kleinen Kleiderbügel.

Ich blickte hoch zum Nachthimmel. Dann schaute ich noch einmal in den Wagen. Ungewollt, wie bei einem Schluckauf, zuckte ich mit dem Kopf. Ich schaute weg.

Doch es gab noch einen zweiten Mann. Unter den Augen des toten Fahrers ging ich vorn um den Wagen herum. Ich sah eine Pistole, dann ein Bein, dann ihn. Sein Gesicht war blutig und aufgerissen, und er hing hilflos und tot auf dem Rücken. Die rechte Hand hatte er achtlos nach der Pistole ausgestreckt, als habe er sie weggeworfen.

Die Augen des Mannes starrten mich ebenfalls an. Ich blickte wieder zum Fahrer. Vor kurzem waren die beiden mit Sicherheit noch eiskalt und zu allem bereit gewesen. Jetzt waren sie allenfalls noch neunzig Piepen an Laborchemikalien wert, einschließlich Inflationsrate. Weil ich Glück gehabt hatte. Stöhnend bückte ich mich und hob die Pistole auf.

Ich hörte einen Automotor. Ich blinzelte die Straße entlang. Die Scheinwerfer wurden größer. Sie kamen aus unserer Richtung. Ich entsicherte die Pistole und stellte mich auf die Straße.

Der Wagen blieb stehen, und ein Mann mittleren

Alters mit einer schwarzen Krawatte und einem Dinner-Jackett stieg aus. Die Frau blieb im Wagen. Ich steckte die Pistole in die Tasche und ging zu ihnen hinüber.

Der Mann hatte ein Mondgesicht und trug eine Brille. Er glotzte zu unseren Autos. »Was ist passiert?«

»Die wollten uns von der Straße abdrängen«, sagte ich. »Mein Beifahrer ist schwer verletzt. Wir brauchen unbedingt einen Krankenwagen. Und rufen Sie Lieutenant Di Pietro von der Bostoner Mordkommission an.«

»Worum geht's hier eigentlich?« fragte er alarmiert.

»Hören Sie, wir brauchen Hilfe. Bitte.«

Er dachte darüber nach – viel zu lange. Plötzlich bekam ich Panik. Ich hatte Angst, Martinson könnte sterben, grundlos, nur um meine Arroganz zu bestrafen. Ich ging auf den Mann zu. »Wenn Sie ihn sterben lassen –«

Er erstarrte. »Okay, sobald ich ein Telefon sehe, rufe ich an. Ist sonst alles in Ordnung?«

Mit der Hand deutete ich auf den grünen Wagen. »Von den Toten einmal abgesehen.«

Entsetzt starrte er hin. Da wollte er guter Dinge zu einer Party fahren, und statt dessen war Totenwache angesagt. Aber er ließ mich Di Pietros Namen wiederholen, versprach, sich zu beeilen, und fuhr davon.

Es dauerte keine zehn Minuten, dann waren sie mit heulenden Sirenen und Blinklichtern da. Ein Streifenwagen, ein Krankenwagen und zwei Abschleppwagen. Als sie mich fanden, saß ich wie ein Waisenkind neben der Straße, den bewußtlosen Martinson in meinen Armen.

Mit den beiden Polizisten kam auch Di Pietro. Schweigend deutete ich auf die zwei Toten. Di Pietro warf ihnen einen kurzen Blick zu. Er brauchte nicht lange.

Die Sanitäter beugten sich über Martinson. Er war noch immer weg. Ich stand auf und ließ sie arbeiten. Mit teilnahmsloser Miene trat Di Pietro zurück. »Alles in Ordnung mit Ihnen?« fragte er.

Ich reichte ihm die Waffe. »Bloß ein bißchen durchgerüttelt und ein paar blaue Flecken.«

»Wie ist das passiert?«

Die Sanitäter knieten noch immer. Ich deutete zu ihnen hin. »Das ist Peter Martinson.«

Di Pietros Blick folgte mir. »Sie sind im Sanatorium gewesen«, sagte er.

»Genau.«

»Wissen Sie«, sagte er ruhig, »ich hätte auf Sie hören sollen.«

»Ich will mich nicht mit Ihnen streiten.«

Er wechselte das Thema. »Erzählen Sie mir, was passiert ist.«

Das tat ich, angefangen mit Loring. Di Pietro verschränkte die Arme und stellte gelegentlich eine Frage. Nach fünf Minuten war er auf dem laufenden.

Der Fahrer lag nun auf einer Bahre. Wir sahen zu, wie sie ihn zum Krankenwagen rollten. »Wer ist der Kerl?« fragte Di Pietro.

»Ich kenne keinen von beiden.«

Nachdenklich blickte er zum Krankenwagen. »Nun denn«, sagte er schließlich, »dann sollten wir uns lieber um Ihre Aussage kümmern.«

Die Polizisten räumten die Unfallstelle, die hinterher wieder so dunkel war wie eh und je. Dann brachten sie Martinson ins Krankenhaus und mich zum Streifenwagen. Der Beifahrer kam als letzter dran. Sie trugen ihn unter einer Decke auf einer Bahre vorbei. Ich schaute nicht hin.

31

Wir gingen in das gleiche düstere grüne Zimmer, in dem ich in Sachen Lehman ausgesagt hatte. Di Pietro lehnte in der einen Ecke, während ich auf einem Klappstuhl saß und für die Polizeistenographin alles noch einmal wiederholte. Diese Stenographin lächelte nicht. Ich hätte es auch nicht gemacht.

Di Pietro ging hinaus und kam mit einem Bericht über Martinson zurück. Die Schußwunde war nur oberflächlich, aber er war noch immer bewußtlos, und sie wußten nicht, wie schlimm es um ihn stand. Ich stellte sämtliche Fragen, die mir gerade einfallen wollten. Di Pietro war geduldig und verständnisvoll.

Das Verständnis galt sowohl Martinson als auch mir. »Er ist Ihnen jetzt keine Hilfe«, stellte Di Pietro mit düsterer Stimme fest. »Und Sie wissen nicht, ob er's je sein wird. Was wir haben, ist nichts weiter als das, was Martinson Ihnen angeblich erzählt hat. Das kann für eine Anklage reichen, aber vor Gericht gilt das allenfalls als Hörensagen.«

Ich nickte. »Selbst wenn er aufwachen sollte, könnte Martinson zu dem Entschluß kommen, daß es besser ist, den Mund zu halten und auf stur zu schalten. Ich weiß nicht einmal, ob ich es ihm verübeln würde. Und Lasko wäre schließlich doch am Ziel.« Ich spürte, wie meine Hände zitterten. »Haben Sie eine Zigarette?«

Er ging hinaus und brachte mir eine vom Empfangsschalter. »Ich habe Sie noch nie rauchen sehen«, sagte er, während er sie mir reichte.

»Ich hab schon seit Ewigkeiten nicht mehr geraucht. Aber heute nacht habe ich Lust, wieder anzufangen.«

Er nickte. »Sie haben Glück gehabt.«

»Ich weiß.« Ich zündete die Zigarette an. Sie schmeckte beißend, und der Rauch schien mir das Gehirn zu vernebeln.

Di Pietro fuhr fort. »Wenn die beiden Kerle nicht umgekommen wären, hätten sie Sie umgebracht. Aber damit haben wir auch keinerlei Zeugen, die uns dabei helfen könnten, Lasko diese Geschichte anzuhängen.«

»Aber Sie können sich Lasko vorknöpfen.«

»Sicher.« Er schwieg einen Moment. »Ich kann ihn verhören. Aber ich kann ihn nicht festhalten.«

»Und wann werden Sie endlich loslegen?«

»Jetzt«, sagte er und stand auf. »Er ist ganz in der Nähe – am Beacon Hill. Hören Sie«, fuhr er fort, »lassen Sie sich von jemandem ins Krankenhaus fahren.«

Ich schüttelte den Kopf. »Danke, aber ich kann jetzt nicht. Haben Sie ein Telefon?«

»Klar.« Wir standen gemeinsam auf und verließen das Zimmer. Er kümmerte sich um Lasko. Ich entdeckte ein Telefon und rief Tracy Martinson an. Ihre Freude darüber, daß er am Leben war, half ihr über die schlechten Nachrichten hinweg. Sie hörte sich alles an und sagte dann, sie würde den nächsten Flug buchen. In Di Pietros Namen versprach ich ihr, daß sie jemand am Flughafen abholen werde. Sie bedankte sich noch einmal. Ich dankte ihr und schämte mich zugleich, da mir nur zu deutlich bewußt war, daß meine klägliche Hilfe weit weniger war, als sie verdiente. Andererseits war es mit Martinson dasselbe.

Ich entdeckte eine Kaffeemaschine, ging in Di Pietros Büro und setzte mich hin. Ich fühlte mich fehl am

Platz, als wäre ich in einem unbekannten Hotel. Ich trank eine Tasse und danach noch eine. Von einem Typ am Empfang schnorrte ich mir eine weitere Zigarette, eine Camel. Ich schaute sie mir an. Ohne Filter. Ich blickte auf. Viertel nach zwölf. Ich ging mir eine dritte Tasse Kaffee holen.

Ich stand gerade an der Kaffeemaschine, als sie Lasko vorbeiführten. Gegen ihn wirkte das Zimmer samt aller, die darin waren, geradezu zwergenhaft. Di Pietro war bei ihm. Polizisten liefen hierhin und dorthin und redeten durcheinander, während Di Pietro sich über den Schreibtisch beugte. Lasko blickte sich um und prägte sich Gesichter ein. Ich lehnte lässig an der Kaffeemaschine und versuchte, so lebendig wie möglich zu wirken.

Er zwinkerte, und diesen einen Augenblick lang sah ich Furcht in seinen Augen. Keine Furcht vor mir. Furcht, alles zu verlieren, was er besaß. Ein Abgrund tat sich vor ihm auf, und das zeigte sich in seinen Zügen. Dann verzerrten sie sich plötzlich und heftig, und zum Vorschein kam die furchtbare Maske des Monomanen, der er war. In diesem Augenblick spürte ich es. Er wurde von Urkräften – Stolz und Wut – getrieben und hoffnungslos verzehrt. Es war eine Hölle, die ich nie erleben wollte.

Der Ausdruck verschwand ebenso schnell von seinem Gesicht, wie er aufgetaucht war. Seine Züge wurden wieder beherrscht und berechnend, und vergnügt lächelte er mir zu, als wolle er sich über die Schwäche meiner Position lustig machen. Ich hatte keine Beweise, keinen Martinson, keine Verbindungen. Noch immer war ich auf mich allein gestellt. Mit mir konnte er es schon aufnehmen, sagten die Augen, auf die eine oder andere Art.

Es war ein surrealer Augenblick. Wir wußten beide,

daß er versucht hatte, mich umzubringen, ohne daß ich es beweisen konnte. Und daß ich nur solange in Sicherheit war, wie ich mich hier befand. In einem Polizeirevier. Dann wandte er sich rasch ab und folgte Di Pietro den Flur entlang. Ich sah ihnen hinterher und wußte genau, daß Pietro mit ihm nicht weiterkommen würde. Kein Stückchen weiter.

Angst und Verzweiflung wühlten in mir, während ich langsam zu Di Pietros Büro ging. Ich hatte Lasko nicht gekriegt, und er hatte alle möglichen Helfershelfer. Eine Sache jedoch lief zu meinen Gunsten. Beim EEC wußte niemand von heute abend, fiel mir ein. Damit blieben mir eventuell weitere zwölf Stunden.

Vielleicht war es mir möglich, ein paar Stunden Schlaf zu finden. Ich schob den Stuhl an die Wand, lehnte mich dagegen und fiel auf der Stelle in einen tiefen, schockähnlichen Schlaf.

»Möchten Sie einen Kaffee?«

Ich kämpfte gegen Spinnweben an, versuchte mich zu befreien. Dann öffneten sich meine Augen. Es war Di Pietro. Ich blickte auf die Uhr. Zehn nach zwei.

»Mußte das unbedingt sein?« fragte ich.

Er schien zu lächeln, ohne eine Miene zu verziehen. »Ich dachte, Sie möchten vielleicht reden.«

»Nun ja, erstmal nehme ich einen Kaffee, wenn ich auf Ihr Angebot zurückkommen darf.«

Er verschwand. Ich streckte mich und rieb mir die Augen. Als er zurückkam, hatte er zwei Plastiktassen in der Hand und ging mit leicht gebeugten Knien, fast wie ein Tanzbär. Aber er verschüttete nichts, nicht einmal, als er sich über den Schreibtisch beugte.

»Danke«, sagte ich. »Möchten Sie Ihren Stuhl wiederhaben?«

Schwerfällig, aber durchaus freundlich winkte er ab und setzte sich vor den Schreibtisch. Ich musterte ihn.

Der wachsame Blick war geblieben, doch die Steifheit war von ihm gewichen. Anscheinend war mein Ansehen bei ihm gestiegen, nachdem ich beinahe umgebracht worden war.

»Und was ist herausgekommen?« fragte ich.

»Nichts. Wir können ihn nicht einbuchten. Wir können ihn nicht festhalten. Er hat gesagt, Martinson sei freiwillig zu Loring gegangen, und er habe ihn lediglich besuchen wollen, weil er sich Sorgen gemacht habe. Davon abgesehen, hat er nicht viel gesagt, und was er gesagt hat, war alles Mist.«

Ich blickte auf meine Finger. Sie krümmten und streckten sich, als hätten sie ein Eigenleben. Ich spürte, wie ich mit einem Mal die Beherrschung verlor. Meine Hilflosigkeit würgte mich, daß ich meinte, auf der Stelle kotzen zu müssen.

Di Pietro bemerkte es. »Schauen Sie sich die Sache doch einmal an, Christopher. Wir können ihm Lehman nicht anhängen. Vielleicht kommt eine Anklage wegen Entführung zustande, aber nur dann, wenn Martinson auspackt – falls er je dazu kommt. Die beiden Gorillas, die Sie umbringen wollten, sind tot, daher können wir sie nicht mit Lasko in Verbindung bringen. Was wir brauchen, ist eine Art Bindeglied zwischen Lehmans Tod, Martinsons Entführung und Ihnen und Ihrer Ermittlung. Irgendeinen Grund, warum Lasko all das hätte tun sollen.«

Ich riß mich zusammen. »Also glauben Sie, daß Lasko Lehman umgebracht hat.«

»Sie haben mich bekehrt«, antwortete er ruhig, »als Sie beinahe umgebracht worden wären.«

»Und was gedenken Sie jetzt zu tun?«

»Zunächst werde ich jeden Schutz für Sie bereitstellen, den Sie brauchen.« Die tonlose Stimme wurde nachdrücklicher. »Im Augenblick sind Sie der einzige, der ihm an den Karren fahren kann. Das heißt, daß er Sie erneut ins Visier nimmt, sobald sich eine gute Gelegenheit dazu bietet.«

»Und was soll ich Ihrer Ansicht nach tun?«

»Nichts. Halten Sie die Ohren steif.«

»Sehen Sie, Sie haben gesagt, Sie brauchen eine Verbindung zwischen Lehman, Martinson und meiner Ermittlung. Ich stehe dicht davor. In ein, zwei Tagen – und mit etwas Glück – kann ich Ihnen die vielleicht liefern.«

»Und wenn Sie kein Glück haben, sind Sie tot.«

»Lieutenant, als ich heute nacht hier gesessen habe, ist mir all das klar geworden. Wenn er mich umbringen will, kann er das nächsten Monat machen, nächstes Jahr oder wann immer er möchte. Ich habe nur eine Chance, mich zu retten: indem ich ihn erledige.«

Di Pietro lehnte sich zurück und schloß nachdenklich die Augen. »Was haben Sie vor?«

»Solange ich Ihnen das nicht sage, müssen Sie nicht lügen, falls Sie jemand fragt.«

Er riß die Augen auf. »Was, zum Teufel, soll das heißen?«

Also erzählte ich ihm ein bißchen über das Leben beim EEC. Er schüttelte den Kopf. »Und ich dachte immer, nur in Massachusetts stinkt's in der Politik.«

Ich lächelte. »Das tut's auch, Lieutenant. Das tut's überall. Aber ich glaube, Sie sehen jetzt, wo meine Schwierigkeiten liegen.«

»Wer kann Ihnen da unten helfen?«

»Ich weiß es nicht.«

Er musterte seine Kaffeetasse, als seien darin die Antworten versteckt. »Ich könnte Sie hier als wichtigen Zeugen festhalten.«

»Damit täten Sie mir keinen Gefallen.«

Er sagte nichts. Ich blickte auf meine Uhr. Halb drei.

»Wann kommt das Ganze in die Zeitung?« fragte ich.

Er drehte sich nach der Uhr um. »Für die Morgenblätter ist es zu spät. Sie haben also noch ein bißchen Zeit.«

»Okay«, sagte ich. »Hören Sie, ich muß abhauen.«

Er warf mir einen harten Blick zu. »Ich lasse Sie von jemandem ins Hotel bringen und postiere einen Mann vor Ihrer Tür.« Das war seine Art zu antworten.

»Danke.« Er griff zum Telefon und bestellte einen Wagen. Mir fiel etwas ein. »Übrigens, Lieutenant, das Auto, das ich gemietet habe, ist doch sicher schrottreif, nicht wahr?«

»So gut wie. Außerdem ist es ein Beweismittel. Da ist ein hübsches Einschußloch drin.«

»Könnten Sie die Autovermietung am Flughafen anrufen?«

»Warum?«

»Mir ist nicht danach zumute, das Ganze zu erklären.«

Er lächelte beinahe. »In Ordnung.«

Ein Polizist, der mich fahren sollte, tauchte auf. Ich stand auf. Warnend hob Di Pietro die Hand. »Hören Sie, Christopher, Lasko wird Sie morgen noch viel weniger mögen als heute nacht. Er wird Boston nicht verlassen, aber er hat Leute, die für ihn arbeiten. Gehen Sie keinerlei Risiko ein, wenn Sie nicht unbedingt müssen.«

Ich nickte. »Danke, Lieutenant.«

Ich konnte ihm seine Bedenken ansehen. »Viel Glück«, sagte er schließlich und winkte mich aus der Tür.

Am nächsten Morgen rasierte ich mich, packte und überprüfte das Gültigkeitsdatum meiner Visa-Karte. Ich erledigte einen Anruf. Dann fuhr ich mit dem Taxi zum Flughafen und nahm eine Maschine nach Miami.

32

Der Anruf galt Robinson. Er nahm den Hörer ab und fragte, wie es mir ginge – so wie man einen Freund fragt, der gerade nicht da ist. Prima, sagte ich, da ich wußte, daß von mir und Martinson noch nichts in den Morgenzeitungen stand. Dann bat ich ihn um die Nummer seines Freundes in Florida, des staatlichen Bankaufsehers. Ob er etwas für mich tun könne, fragte Robinson. Ich sagte, es wäre einfacher, wenn ich selbst anriefe. Okay – wann könne er mich zurück erwarten? Ich wolle diesen Morgen fliegen, erwiderte ich. Was einigermaßen der Wahrheit entsprach.

Wahrscheinlich würden sie mich erst am Nachmittag vermissen, wenn die Neuigkeiten durchdrangen. Und ich glaubte nicht, daß mir jemand zum Flughafen folgte. Ich versuchte mich darüber zu freuen. Aber es kam zu einer verspäteten Schockreaktion, einer, bei der mir übel wurde. Ich wäre beinahe umgebracht worden, hätte beinahe Martinsons Leben aufs Spiel gesetzt – und erreicht hatte ich gar nichts. Schon in Vietnam hatte mir das nicht gepaßt, und es paßte mir auch jetzt nicht. Der Tod war etwas Ekelhaftes, Gewaltiges, eine Art personifizierte Unendlichkeit. Eine Stewardeß servierte mir einen Doughnut. Ich brachte ihn nicht hinunter.

Doch andere waren gestorben – die beiden Männer. Ich versuchte etwas zu empfinden, aber es ging nicht. Es tat mir nicht leid, und es würde mir auch nie leid tun.

Zum ersten Mal achtete ich auf die Gesichter um mich herum. Die Menschen plauderten und lasen; sie waren unterwegs zu Verkaufsgesprächen, wollten sich irgendwelche Dinge ansehen oder irgend etwas unternehmen, das zu ihnen paßte. Ich beneidete sie darum. Also beschloß ich, sie eine Weile zu imitieren, und bat die Stewardeß um ein *Wall Street Journal.* Mir fiel auf, daß sie wie Mary aussah, bis auf die Augen. Erstaunlich, dachte ich, was das für einen Unterschied macht.

Sie brachte das *Journal.* Ich brauchte etwa eine Minute, bevor mir der Text unter den »Kurznachrichten« auf Seite eins auffiel:

> Wie von gut unterrichteter Stelle im Weißen Haus angedeutet, werden Joseph P. McGuire, dem scharfsinnigen Leiter der Abteilung Strafverfolgung beim EEC, gegenüber drei anderen Anwärtern die größten Chancen zu einer Ernennung als Ausschußmitglied eingeräumt. Der entsprechende Sitz in dem siebenköpfigen Ausschuß wurde nach dem Rücktritt von Ausschußmitglied Charles Ludlow frei, der gestern ankündigte, er wolle wieder in einer Privatkanzlei tätig werden.

Das war mal wieder typisch Washington. Halte dem ehrgeizigen Kandidaten den Köder hin, aber erinnere ihn gleichzeitig daran, daß noch andere zur Verfügung stehen. Und gleichzeitig läßt man die Presse ein bißchen herumwühlen. Sollte sich herausstellen, daß der entsprechende Knabe ein Neonazi ist oder letztes Jahr im Tuntenfummel im Central Park erwischt wurde, kann man ihn immer noch fallenlassen und schlichtweg leugnen, daß er je zur Debatte stand. Hier war das Motiv ziemlich klar – den Kuhhandel bestätigen und McGuire an den Preis erinnern. Reite nicht auf dem Fall Lasko herum. Es war eine Botschaft, die er schwerlich überhören konnte. Ich faltete das *Journal* zusammen und griff zu meinem Kaffee. Er war kalt.

Gegen halb drei landeten wir in Miami. Ich ging ins Flughafengebäude, holte meine Taschen ab und stopfte sie in ein Schließfach. Dann suchte ich ein Münztelefon und rief Ken Parrish an, Robinsons Freund. Parrish wollte mir gern helfen. Ich dankte ihm und hängte ein. Ich drehte mich um. Niemand in meiner Nähe.

Jetzt mußte ich mir nur noch ein Taxi nehmen. Ich verließ das Gebäude und trat auf einen in der Hitze dampfenden Gehsteig, der im Bogen um eine enge Taxispur führte. Eine Reihe Taxis stand am Bordstein. Ich wartete und starrte auf eine grellgrüne Palme, die von einem Rasenstück auf der anderen Straßenseite aufragte. Sie gedieh eindeutig. Ein toller Ort für Palmen, dieses Miami.

Ich wurde unruhig. Schließlich löste sich ein Taxi aus der Schlange und rollte neben mich. Der Fahrer beugte sich aus der Tür und winkte mich an den Bordstein. Ich stieg ein. Mein Fahrer hatte dunkle Haare und einen Schnurrbart – ein Kubaner, dachte ich. Er wandte sich ab und sprach mit dem Fenster. »Wohin soll's gehen, Sir?«

»Biscayne Boulevard«, sagte ich. »Zur First Seminole Bank.«

Die First Seminole Bank befand sich in einem dieser völlig verglasten Hochhäuser, die in fünfundzwanzig Jahren scheußlich aussehen würde. Falls es solange dauerte. Ich bezahlte den Fahrer, stieg aus und ging auf den Eingang zu. Die Glastüren befanden sich etwas zurückversetzt in einer kleinen Nische, und davor standen Zeitungsautomaten. Ich warf zwanzig Cent ein, zog eine Zeitung heraus, blieb in der Nische stehen und überflog sie kurz. Es war die Nachmittagsausgabe, und ich stand auf Seite zwei. »Industrieller in Zusammenhang mit Mordversuch vernommen« lautete die Schlagzeile. Der erste Absatz war ein Knüller:

> William Lasko, ein Bostoner Industrieller und Freund des Präsidenten, wurde heute in den frühen Morgenstunden in Zusammenhang mit einem versuchten Mord an einem Angestellten und einem gegen Lasko ermittelnden Juristen im Dienste der Regierung verhört.

Ich las weiter. Es war eine Agenturmeldung. Associated Press, und die Fakten stimmten – soweit sie sie kannten. Bislang keine Anklage erhoben und keine Beweise, schloß ich daraus. Danach ist der Teufel los, dachte ich, als ich zu Ende gelesen hatte. Wenigstens hatten sie meinen Namen richtig geschrieben. Ich faltete die Zeitung zusammen und ging hinein.

Die Bank war neu und mit roten Teppichen und Formica-Schaltern ausgestattet, die fast wie Marmor aussahen. Dahinter wuselten Schalterbeamte herum und plauderten mit Kunden. Die Wände waren weiß und ab und zu mit dem Bild eines Seminolen verziert, der angab, er besitze 6 Prozent an der First Seminole Bank. Hinter den Schaltern und dem Teppichboden verlief ein niedriges Holzgatter mit einer Schwingtür, und dahinter standen die Schreibtische der sechs derzeitigen Vizepräsidenten. Ich suchte mir den nächsten aus, einen elegant wirkenden Burschen mit den entsprechenden grauen Haaren – laut Schild auf seinem Schreibtisch ein gewisser »Mr. Williams«. Ob er mir wohl helfen könne, fragte ich höflich. Ich zeigte ihm meinen Dienstausweis und erkundigte mich nach dem

Präsidenten. Das schüchterte ihn etwas ein. Er bat mich zu warten und ging zu einer Reihe Büros weiter hinten.

Ich zappelte auf meinem Stuhl herum. Dann kehrte Mr. Williams zurück und bat mich, ihm zu folgen. Wir umkurvten die sechs Schreibtische und gelangten dann in den Verwaltungsbereich. Am anderen Ende war ein großes Büro. Mr. Williams führte mich hinein, vorbei an einem Schild mit der Aufschrift »Richard Henry, Präsident«.

Das Büro enthielt einen herrlichen Ahornschreibtisch samt Konferenztisch sowie zwei Seestücke und einen ozeanblauen Teppich. Zwei Männer saßen an dem Tisch. Der eine war groß, trug eine Schildpattbrille und lächelte zu breit. Er erhob sich. »Mister Paget«, sagte er, »ich bin Dick Henry.« Wir gaben uns die Hand. Henry hatte eine Statur wie ein Offensivverteidiger, und sein zerklüftetes Gesicht bestand aus lauter Ecken und Kanten. Dem Verhalten nach aber war er ganz der zuvorkommende Bankier, und ich war ein wichtiger Kunde.

Der andere Mann blieb sitzen, und seine Miene verriet, wie sehr sie sich wirklich über meine Anwesenheit freuten. Henry schnappte meinen Blick auf. »Das ist Larry Carr, unser Syndikus«, sagte er hastig. Schweigend streckte Carr die Hand aus. Auch er war groß, abgesehen von seinem Mund, einem schmalen Spalt, der eher wie ein Schlitz wirkte. Doch während Henry zerzaust und zerknittert wirkte, war Carr sauber frisiert und korrekt gekleidet, und seine Bewegungen waren knapp, fast unfreundlich. Er wirkte dadurch viel kleiner. Ich lehnte den Kaffee ab, und wir nahmen alle Platz.

Henry löste seine Krawatte und lehnte sich zurück. »Möchten Sie bei uns Geld anlegen?« fragte er und stieß ein einstudiertes Kichern aus wie ein Ersatzkomiker in einer Mitternachts-Talkshow.

Ich schielte zu Carr, der ebenfalls lachte. »Ich nehme an, Ken Parrish hat Sie angerufen«, sagte ich.

»Das hat er, ja«, sagte Henry. »Er sagte, Sie wollten Einsicht in einige Bankunterlagen nehmen.«

»Das stimmt.«

Henry hörte auf zu lächeln. Carr ergriff zum erstenmal das Wort, und er sprach abgehackt, wie ein Staatsanwalt. »Haben Sie eine entsprechende Vollmacht?«

Ich musterte ihn von oben bis unten. »Die Antwort darauf wissen Sie doch bereits. Wenn Sie darauf bestehen, kann ich mir jederzeit eine besorgen«, bluffte ich, »aber ich bitte um ein freiwilliges Entgegenkommen.«

Sorgfältig bürstete Carr einen eingebildeten Fussel von seinem Revers. »Nun«, sagte er schließlich, »wir müssen auch an die Geheimhaltungspflicht gegenüber unseren Kunden denken.«

Ich sah ihn direkt an, ohne Henry zu beachten. »Es gibt noch einige andere Faktoren, über die Sie Bescheid wissen sollten, Mister Carr. Ein Mann namens Samuel Green erhielt im Juli von dieser Bank einen Kredit über vierhunderttausend Dollar. Mit diesem Geld kaufte er Aktien von Laskos Devices, und zwar auf Geheiß von William Lasko. Mister Green ist seit den fünfziger Jahren mehrmals wegen Betrugs straffällig geworden – also nicht unbedingt ein Bilderbuchkunde. Doch Lasko verfügt über fünfundzwanzig Prozent Anteile an dieser Bank. Folglich stecken Mister Henry und seine Bank« – ich nickte zu Henry hin – »bis zum Halse in einer Aktienmanipulation.«

»Wir hatten keine Ahnung von einer Manipulation.«

Dies kam von Henry, dessen rotes Gesicht inzwischen reichlich betrübt wirkte. »Dann haben Sie auch nichts zu verlieren, wenn Sie mir entgegenkommen.«

Carr mischte sich ein, war nun aber weit weniger aggressiv. »Ich möchte über Ihr Ersuchen nachdenken«, sagte er. »Wie lange bleiben Sie in Miami?«

Ich spürte, wie meine Schläfe pochte. Ich hatte keine Zeit zu warten. Ich holte die Zeitung heraus und hielt sie Carr unter die Nase. »Noch etwas. Lasko wurde letzte Nacht in Boston wegen versuchten Mordes verhört.«

Überrascht riß Carr den Mund auf. Hastig und mit ungelenken Fingern holte er eine Lesebrille aus seiner Innentasche. Etwa nach der Hälfte des Artikels bewegte er beim Lesen den Mund. Nachdem er fertig war, starrte er weiter darauf und hob dann langsam den Kopf. »Er wollte Sie töten?« fragte er ruhig, aber offensichtlich schockiert.

»Das stimmt.«

Erschrocken kniff Henry die Augen zusammen, als hätte ich ihm die Schuld gegeben. Mit einem Mal war die Atmosphäre intim und sehr persönlich. Genau so, wie ich mir den Tod vorstellte.

Carr schenkte mir nun seine uneingeschränkte Aufmerksamkeit. »Hier geht es um Betrug, hier geht es um das hier« – ich deutete auf die Zeitung – »und hier geht es um einen Mann namens Lehman, der vor zwei Wochen in Boston umgebracht wurde.« Henry zog plötzlich heftig an seiner Krawatte, als wolle er sich erhängen. »Vielleicht haben Sie schon mal von Lehman gehört, Mister Henry?«

Jäh wandte sich Carr an Henry und sah ihn mit stechendem Blick fragend an. Henry nickte.

Wachsam schaute Carr mich an. »War das jetzt alles?« fragte er mit einem hoffnungsvollen Unterton.

»Ich glaube, daß Lasko Lehman umbringen ließ.«

Carr nahm die Brille ab und betrachtete sie eingehend. Dann wandte er sich wieder an Henry. »Gib ihm alles, was er will«, sagte er mit tonloser Stimme.

Daraufhin stand Henry auf, rieb sich die Hände und rang sich ein gequältes Lächeln ab. »Was möchten Sie denn sehen?« fragte er mich. Sein aufgesetzt freundlicher Ton klang, als stünden wir vor dem Abschluß einer harten, aber zur beiderseitigen Zufriedenheit verlaufenen Kreditverhandlung.

Ich lächelte nicht. »Welche Seriennummern bestehen aus zwei Ziffern – der Zahl fünfundneunzig?«

»Unsere Bankschließfächer.«

»Bestens. Dann hätte ich gern die Einlagepapiere und die Signaturkarte für die Nummer fünfundneunzig.«

Henry ging sie persönlich holen. Carr starrte schweigend aus dem Fenster. Ich nahm an, es fiel ihm schwer, mit jemandem zu plaudern, der eigentlich hätte tot sein sollen.

Henry kehrte etwas außer Atem zurück und warf die Unterlagen beinahe auf den Tisch. Ich schnappte mir die Signaturkarte und schielte zu Henry. »Der Karte zufolge haben zwei Personen Zugang zu dem Fach, stimmt das?«

»Ganz genau«, sagte er und nickte betreten.

Ich drehte sie um. Alexander Lehmans jungenhaftes Gesicht sah mir entgegen.

Ich zog die Einlagepapiere zu mir her. Am 24. Juli hatte Lehman Zugang zu Schließfach Nummer 95 gehabt. Am 28. Juli war er noch einmal zurückgekehrt.

Ich starrte einen Augenblick lang auf Lehmans Bild. Dann blickte ich zu Henry. »Ich möchte diese Unterlagen«, sagte ich.

Er widersetzte sich nicht.

Ich ließ sie mit düsterer Miene im Konferenzzimmer sitzen und ging, vorbei an den Vizepräsidenten und den freundlichen Seminolen, zur Tür hinaus.

Ich holte den Zettel mit Lehmans Notiz heraus, obwohl ich ihn eigentlich nicht brauchte. Ich hatte mir die Worte gemerkt: »95 – Die ganze Packung über die Straße bringen – J859020. Justitia ist blind.«

Auf der anderen Straßenseite gab es nur eine Bank. Auf einem großen Schild an einem alten Zementbau stand »The Mariner Bank of Miami«. Dorthin ging ich.

33

Die Mariner Bank war alt, solide und wirkte etwa so zuverlässig wie die US-Münzprägeanstalt. Die Präsidentensuite lag im ersten Stock. Also ging ich dort hin und fragte nach Mr. Glendenning. Die stocksteife Empfangsdame musterte mich zweifelnd, dann telefonierte sie. Ein paar Minuten später tauchte mit schnellen Trippelschritten Glendennings Sekretärin auf, ein pummeliges Mädchen mit einem bestimmten Lächeln, das keinerlei Wärme enthielt. Ich folgte ihr.

Glendenning saß an einem Louis-XIV-Schreibtisch inmitten eines Büros voller Antiquitäten. Rasch stand er auf, schüttelte mir die Hand und bat mich, Platz zu nehmen. Ich setzte mich und betrachtete ihn kurz. Er hatte ein scharfgeschnittenes Dachsgesicht mit einer langen, geraden Nase. Seine Kleidung war tadellos: grauer Nadelstreifenanzug mit einem Tuch in der Brusttasche, burgunderfarbene Klubkrawatte, sehr fein. Ich konnte ihn förmlich vor mir sehen, wie er in Wertpapieren blätterte.

»Womit können wir Ihnen dienen?« fragte er.

Ich reichte ihm meine Karte. »Ich bin beim EEC. Ich arbeite an einem Fall, bei dem es unter anderem um den Verbleib von gewaschenem Geld geht. Ich glaube, daß sich das Geld hier befindet.«

Nachdenklich verschränkte Glendenning die Hände. »Welchen Grund haben Sie zu der Annahme?«

»Ich verfüge über vertrauliche Erkenntnisse und,

wie ich meine, eine Schließfachnummer. Die Nummer sollte Ihnen verraten, ob ich recht habe.«

»Nun«, warf er ein, »sie sollte uns zumindest verraten, ob jemand hier ein Schließfach hat. Wie lautet die Nummer?«

Ich zog den Zettel aus meiner Hemdtasche. »J-acht-fünf-neun-null-zwei-null.«

Glendenning zwinkerte kurz. »Habe ich richtig gezählt?« fragte er. »Handelt es sich um eine sechsstellige Nummer?«

Ich wiederholte sie. »Sechs Stellen und der Buchstabe ›J‹«, fügte ich hinzu.

»Diese Nummern haben wir hier« sagte er langsam. »An unseren Schließfächern.«

»Wie ist das System für Ihre Unterlagen?«

Glendenning war ein Mann, der es genau nahm. »Meinen Sie, nach welchem System sie funktionieren?« berichtigte er mich. Ich nickte, war nervös und ungeduldig. »In Ordnung. Wir haben die üblichen Signaturkarten, auf denen der Zugangsberechtigte zu dem Fach seine Unterschrift hinterlegt.«

»Worauf ich hinaus will, ist folgendes. Ich nehme an, daß nur diejenigen, die auf der Signaturkarte unterschrieben haben, etwas entnehmen können?«

Er nickte bestätigend; ich hatte recht.

»Okay«, sagte ich. »Dann hätte ich gern die Signaturkarte für J-acht-fünf-neun-null-zwei-null.«

Glendenning schob den Mund vor, als kaue er an meinem Ersuchen. Schließlich ergriff er das Wort. »Ich komme Ihnen gern entgegen, Mr. Paget. Allerdings möchte ich hinzufügen, daß unsere Bank nicht über die Möglichkeit verfügt, die Herkunft dessen zu erfahren, was im Schließfach deponiert wird.« Seine scharfen Augen unterstrichen diesen Punkt.

»Das ist mir durchaus bewußt.«

Glendenning entwirrte seine Finger und stand dann abrupt auf. »Ich werde mir die Unterlagen ansehen und Sie Ihnen dann geben. Sie können unseren Konferenzraum benutzen.«

Er führte mich hin und verschwand dann, um die Unterlagen zu holen. Der Raum war mit Bedacht eindrucksvoll gestaltet; Messingleuchter und ein übergroßer Konferenztisch. Die Buchregale zierten schwere Lederbände, meiner Ansicht nach seltene Ausgaben. Es nützte nichts. Ich fühlte mich trotzdem einsam und fehl am Platz.

Ich verbrachte unruhige zwanzig Minuten, in denen ich am liebsten pausenlos auf und ab gegangen wäre. Schließlich trat ich ans Fenster. Ich starrte geistesabwesend hinaus, als Glendennings Sekretärin hereingeplatzt kam. Sie hielt die Signaturkarte und wirkte aufgeregt. Ich nahm die Karte.

Auf der Signaturkarte befanden sich Catlows Name und sein Bild, daneben Lehmans. Außerdem war Lehmans erster und einziger Besuch auf der Karte vermerkt: am 28. Juli. Catlow war nie dagewesen.

Glendenning saß noch immer in seinem Büro. »Ich möchte mir das Schließfach ansehen« sagte ich.

»Das ist nicht möglich«, sagte er. »Erstens haben Sie keine Vollmacht. Zweitens bedarf es zweier Schlüssel, um unsere Schließfächer zu öffnen. Die Bank hat nur einen; den anderen hat der Inhaber des Faches.«

»Was ist, wenn jemand stirbt und der Schlüssel nirgendwo zu finden ist?«

»Dann lassen wir es von einem Schlosser aufbohren.«

»Ich mache Ihnen einen Vorschlag, Mister Glendenning. Ich kann Ihnen morgen eine Vollmacht vorlegen. Und wenn der Inhalt dieses Schließfaches dann nicht mehr da sein sollte, dann stecken Sie mitten in etwas drin, das Sie normalerweise nicht mal mit Gummihandschuhen anfassen würden. Ich kann Ihnen sagen, was sich in dem Schließfach befindet. Bohren Sie es auf und sehen Sie nach, ob ich recht habe. Wenn ja, dann hätte ich gern Ihr Wort, daß niemand an das Schließfach herankommt.«

Glendenning legte die Stirn in Falten. »In Ordnung, Mister Paget. Was glauben Sie denn, was sich darin befindet?«

»Eineinhalb Millionen Dollar«, sagte ich, ohne weitere Erklärungen abzugeben.

Er ließ einen Schlosser kommen.

Ich wartete im Konferenzzimmer und hoffte, daß ich recht hatte. Dreißig Minuten, dann fünfundvierzig. Ich starrte auf Catlows Unterschrift. Ich mußte los, bevor Lasko mich aufspürte. Ich brauchte die Notiz. Und ich brauchte Hilfe.

Glendenning wirkte ernüchtert, als er die Tür öffnete. »Es ist alles vorhanden«, sagte er. »In einem braunen Aktenkoffer.«

Ich steckte die Signaturkarte in die Brusttasche und bat ihn, das Geld als Beweismittel sicher aufzubewahren. Grußlos verließ ich ihn.

34

Ich hätte beim besten Willen nicht sagen können, wie lange ich bis zum Flughafen brauchte. Wie betäubt winkte ich ein Taxi heran. Der Fahrer schwafelte über Sport, Politik und die Vorzüge frontaler Nacktfotos. Ich grunzte ein paarmal geistesabwesend und versuchte ansonsten nachzudenken.

Ich hatte die Bankunterlagen und wußte, wo das Geld war. Aber ohne die in meinem Schreibtisch versteckte Notiz mit Laskos Gekritzel bedeutete das gar nichts. Zehn Tage lang hatte ich keinerlei Sinn erkannt. Und nun schien der ganze Fall ohne die Notiz sinnlos. Sie war das unentbehrliche Bindeglied in der Beweiskette, die Carib, Lasko und Lehmans Tod in Bezug zueinander brachte.

Und sie war mein persönlicher Schutz: das, was Lasko zur Strecke bringen konnte, bevor er mich erwischte. Lasko machte wahrscheinlich Überstunden, um darauf zu kommen, wie ich auf das Geld gestoßen war. Und früher oder später würde ihm die Notiz einfallen. Im Augenblick war ich jedenfalls kein bißchen sicherer als zuvor, nicht mehr. Ich mußte die Notiz schleunigst in die Finger bekommen.

»Welche Fluglinie, Sir?« fragte der Taxifahrer.

Ich fuhr auf. »Oh … Eastern.«

»Genau da sind wir.«

In der Abflughalle gab es ein Telefon. Mary meldete sich beim zweiten Klingeln.

»Mary, Chris hier.«

»Chris? Mein Gott, wo steckst du?« Sie klang angespannt, fast atemlos.

»In Miami.«

»Ich habe mir den ganzen Tag Sorgen gemacht. Hast du schon die Zeitungen gesehen?«

»Brauch ich nicht. Ich war dabei. Kannst du mich am National Airport abholen? Ich komme mit Eastern, Flug vier-drei-fünf.«

»Ja – sicher«, begann sie zerstreut. »Erzähl mir bitte, was geschehen ist.«

»Geht jetzt nicht. Hör zu, komm nicht zum Flugsteig. Bleib einfach draußen in zweiter Reihe stehen.«

»Okay, ich bin da«, sagte sie und legte auf.

Ich stand da, den Hörer in der Hand, und hoffte, daß ich es richtig angestellt hatte. Dann schnappte ich meine Taschen und rannte mit mehrmaligen Blicken über die Schulter zum Flugsteig. Niemand folgte mir.

Ich kam gerade noch rechtzeitig vor dem Abflug an.

Ich saß in der Touristenklasse und wollte einfach nur, daß der Fall endlich vorbei war. Das Gefühl hielt den ganzen Flug nach Washington über an.

Wir landeten bei Dunkelheit. Mary lehnte am Eisengeländer vor dem Flugsteig. Sie lächelte unsicher und drückte meinen Arm. »Chris, ist mit dir alles in Ordnung?«

Meine Stimmbänder fühlten sich straff wie Klaviersaiten an. »Was, zum Teufel, machst du hier? Ich habe doch gesagt, du sollst draußen warten.«

Sie sah mich beleidigt an. »Ich mußte dich einfach sehen.«

Ich nahm ihren Arm. »Nun ja, dann nichts wie weg von hier. Du bist hier nicht sicher, verstehst du?«

Ich zog sie mit mir, bis sie in Gleichschritt fiel. Mitten im Gewühl der Menschen, die zu ihren Maschinen eilten, liefen wir in Richtung Haupthalle. »Was ist geschehen?« wollte sie wissen.

Ich hielt den Blick geradeaus gerichtet. »Erinnerst du dich noch an Peter Martinson?«

»Ja, der Mann aus St. Maarten.«

»Lasko hat ihn nach Boston entführt, in das Sanatorium eines gewissen Doktor Loring.«

Sie sah mich aus ernsten schwarzen Augen an. »Er hat ihn entführt?«

Hmm. Letzte Nacht habe ich Martinson rausgeholt. Lasko hat uns zwei Gorillas hinterher geschickt. Wollten uns von der Straße boxen. Aber wir hatten Glück. Ich verlor die Kontrolle über den Wagen, und als sie uns ausweichen wollten, haben sie sich überschlagen.«

Sie blieb stehen und blickte auf. »Mein Gott, Chris«, sagte sie. Dann streckte sie langsam die Hand aus und strich mir die Haare aus der Stirn.

Wir setzten uns wieder in Bewegung, und Mary hakte sich bei mir ein. »Wie hast du Martinson entdeckt?«

»Ich habe mich beim Finanzamt nach Sanatorien erkundigt, die bei Lasko auf der Spendenliste stehen.«

Ihr Ton wurde um eine Spur kühler. »War das noch eins von deinen kleinen Geheimnissen?«

»Ich fürchte, ja.«

»Wann gedenkst du endlich ehrlich zu mir zu sein?« sagte sie leise.

»Ab sofort.«

Ärgerlich wandte sie sich an mich. »Das ist keine Antwort.«

Ich blieb stehen, antwortete aber nicht. Wir waren in der Nähe der Haupthalle; der letzte Abflugbereich war rechts von uns. Vor uns befand sich ein großer Raum mit Ticketschaltern auf der linken Seite und einer automatischen Doppeltür nach draußen. Auf der anderen Seite der Gepäckausgabe war nur noch ein weiterer Ausgang: ein Korridor, der die Flughafengebäude miteinander verband und einen Halbkreis um die Zufahrt zum Terminal bildete. Ich blickte mich um, erkannte aber keines der Gesichter an den Ticketschaltern oder an den Abflugsteigen. Dann sah ich, wonach ich Ausschau gehalten hatte.

»Was ist?« stieß sie mit angespannter Stimme hervor.

Es war der schnurrbärtige Mann aus dem Sanatorium, Laskos Mann, und er stand an der Doppeltür nach draußen. Er ließ den Blick über die Gepäckausgabe nach draußen schweifen.

Ich schielte zur Seite. Der Abflugbereich war leer. Ich zog Mary mit mir, während ich mir den Kopf darüber zerbrach, wie wir hier herauskommen wollten.

Ihr Ärger hatte sich in Furcht verwandelt. »Verdammt, was ist los?«

»Da draußen ist einer von Laskos Männern. Schau, du hast gefragt, warum ich dir nicht traue. Ich wußte nicht, wem ich noch trauen konnte: Feiner ist ein hoffnungsloser Fall, du und Woods, ihr steht auf Seiten der Politik, und McGuire – nun ja, der ist ein Fall für sich. Jemand hat Lehman an Lasko verraten. Er ist tot, und die haben versucht, auch mich umzubringen. Blindes Vertrauen konnte ich mir einfach nicht leisten.«

»Chris, worum geht es hier eigentlich?«

»Lasko hat Geld gewaschen, um jemanden abzuschmieren. Um die Kartellsache abzuschmettern, bevor sie ihn ruinieren konnte.«

»Und wer soll das sein?«

Ich hatte keine Zeit für Erklärungen. »Wir reden später drüber«, sagte ich. »Im Augenblick müssen wir zusehen, wie wir hier rauskommen. Ich habe sämtliche Fakten beisammen, um Lasko wegen Mordes und Catlow wegen Betrugs und krimineller Geldgeschäfte dingfest zu machen. Ich will alles Woods übergeben. Hilfst du mir dabei?«

Meine Antwort befriedigte sie nicht, aber sie nickte schwach.

»In Ordnung«, sagte ich, »und jetzt paß auf. Da draußen ist ein Mann, der mich jederzeit umbringen würde, wenn er es für angebracht hält. Wenn er dich mit mir zusammen sieht, könnte das auch dich in Gefahr bringen. Ich möchte, daß du jetzt zum Ausgang gehst, den Wagen holst und mich an der Zufahrtsschleife vor dem United-Terminal abholst. Wie lange wirst du etwa brauchen?«

Zerstreut stockte sie. »Ich habe etwas weiter weg geparkt. Eine Viertelstunde.«

»In Ordnung.«

Sie zögerte. »Und wo fahren wir hin?«

»In mein Büro.«

»Wozu?«

»Dort befindet sich etwas, das ich dringend brauche.«

Es klang ausweichend, und das sollte es auch. Ihr Körper spannte sich an. »Kommt nicht in Frage, Chris«, sagte sie wütend. »Du hast gesagt, es sei gefährlich. Und ich habe die Nase gestrichen voll von deiner Geheimniskrämerei.«

Unentschlossen blieb ich stehen.

»Muß ich es dir erst einzeln aufzählen, wie oft du mich während diese Falles belogen hast?« fragte sie.

»Spar dir die Mühe«, sagte ich. »In meinem Schreibtisch ist eine Notiz versteckt. Lasko hat sie für Lehman geschrieben. Diese Notiz ist das wichtigste Beweisstück, das ich habe.«

»Warum?«

»Sie enthält die Schließfachnummern von zwei Banken in Miami samt der Anweisung, das Geld von der einen zur anderen zu schaffen. Ich habe damit eine Verbindung zwischen Catlow und dem Geld, weil das zweite Fach unter seinem Namen läuft. Und dadurch habe ich ein Motiv dafür, weshalb Lasko Lehman umbringen ließ.

»Reicht das?«

Sie nickte rasch. »Wir treffen uns dann draußen.«

»Danke.«

Sie eilte zum Parkplatz davon. Ich beugte mich über das Geländer, um mich zu überzeugen, ob sie an dem Mann an der Tür vorbeikam. Er schenkte ihr kaum einen Blick.

Ich verzog mich außer Sichtweite, blickte auf meine Uhr und rechnete nach. Sie überwachten den Flughafen, weil sie mich abfangen wollten. Das hieß, daß auch jemand das nächste Terminal überwachte. Ich konnte mir keinen Schnitzer erlauben. Während ich nervös wartete, brachte ich kaum mehr als Bedauern für McGuire auf, der mich in diesen Schlamassel gebracht hatte, fragte mich aber, weshalb.

Die Minuten zogen sich dahin. Ich lehnte mich an das Geländer des verlassenen Abflugbereiches. Links und rechts gingen Passagiere vorbei. Einige warfen mir unbestimmte, neugierige Blicke zu. Ich beobachtete sie, bereit, mich sofort zu verziehen oder davonzulaufen. Ich wußte nicht, wohin.

Ein großer, grauhaariger Mann in einem für die heiße Jahreszeit ungewöhnlichen, viel zu warmen Trenchcoat kam den Korridor entlang auf das Terminal zu. Er blickte zu mir her.

Ich spannte die Knie an. Er ging weiter. Ich drehte mich um, beobachtete ihn. Er ging zu den Flugsteigen. Eine pummelige Frau kam auf ihn zu und umarmte ihn kurz. Er küßte sie. Ich blickte auf meine Uhr. Es war soweit. Ich setzte mich in Bewegung.

Ich wandte mich nach rechts, durch den Zugang zu den Flugsteigen und in den Korridor auf die Lobby zu. Ich ging nicht zu schnell und blickte geradeaus und nach links, weg von dem Schnurrbärtigen. Der Korridor führte in das Terminal. Im gleichen Augenblick sah er mich. Ich ging weiter, ohne auf ihn zu achten. Ich ging quer durch die Halle auf ihn zu, bis ich etwa auf halber Höhe zwischen den beiden Gepäckbändern rechts von mir war. Dann wandte ich mich nach rechts und fing an zu rennen.

Hinter den Laufbändern befand sich der Korridor zum nächsten Terminal. Ohne auch nur ein Gesicht wahrzunehmen, schlängelte und drängte ich mich durch die Menschen, die die Gepäckbänder umlagerten. Ich gelangte hindurch und blickte mich, während ich weiterrannte, einmal um. Das Menschenknäuel geriet in Bewegung, teilte sich, machte dem Schnurrbärtigen Platz. Ich rannte geradeaus weiter, vorbei an Läden, stieß mit Leuten zusammen. Kurz vor der Einmündung des Korridors in das zweite Terminal drückte ich im Vorbeirennen jemanden an die Wand.

Diese Halle hatte zwei Ausgänge, links und rechts des langen Ticketschalters. Vor diesem stand der Kahlköpfige und behielt beide Türen im Auge. Er sah mich, als ich aus dem Korridor gestürzt kam und nach links auf die nächste Tür zustürmte.

Er war flink, aber ich war zu nahe dran. Ich war knapp einen Meter von der Tür entfernt, als er noch vier Meter hinter mir war. Wenn er mich kriegen wollte, mußte er schon auf mich schießen. Ich stürmte durch die Tür in die Dunkelheit und hielt mich auf dem Gehsteig nach rechts.

Marys Wagen stand im Schummerlicht der Straßenlaternen vor dem United-Terminal. Kein anderer Wagen versperrte ihr den Weg. Ich mischte mich unter den langsam fahrenden Verkehr, umkurvte anhaltende Autos und kämpfte mich zu ihr durch. Hupen ertönten. Ich erreichte den Wagen und warf mich hinein, als sie auch schon aufs Gaspedal trat. Ich drehte mich um und blickte durchs Rückfenster. Laskos Männer standen inmitten des wild hupenden Verkehrsstroms. Wir rasten davon.

Mary fragte mich, was geschehen sei. Ich berichtete es ihr, während ich langsam wieder zu Atem kam. Ihre Hände am Lenkrad waren weiß. »Wahrscheinlich fahren sie jetzt zuerst zu meiner Wohnung«, endete ich, »danach möglicherweise zu deiner, falls sie die Autonummer haben. Und ich bin mir ziemlich sicher, daß ihnen danach mein Büro einfällt.«

Inzwischen waren wir auf dem Parkway und fuhren in Richtung Rochambeau Bridge. In der Dunkelheit ragte das Washington Monument auf, und dahinter schimmerte das Jefferson.

»Kannst du nicht etwas schneller fahren?« fragte ich.

Sie schielte zu mir. »Ich kann es einfach nicht glauben, daß du die Notiz versteckt hast.« Angst und Ärger klangen in ihrer Stimme mit.

Wir überquerten die Brücke. Der Potomac war schwarz, wie ein riesiger Tintenklecks. »Sei nicht so hart, Mary. Denk immer daran, daß du jemanden ausschimpfst, der beinahe die Hauptrolle bei einer Beerdigung übernommen hätte.«

»Das ist nicht zum Lachen.«

»Was ist das schon?«

Sie hielt inne. »Gar nichts, nehme ich an. Ich bin einfach froh, daß du noch lebst.«

Ich wandte mich vom Rückfenster ab. »Mary, wenn das hier vorbei ist, steigen wir auf den Green Mountain. Dort gibt es weder Politik noch einen Ausschuß.«

Sie versuchte zu lächeln. Schweigend fuhren wir durch die Dunkelheit, über die L'Enfant Promenade, am Capitol vorbei und bis vor den Eingang zum EEC. Niemand war hinter uns.

Es war neun Uhr. Nur das Foyer und ein vereinzeltes Büro waren beleuchtet. Wir parkten vor dem Gebäude. »Die werden nach uns Ausschau halten«, sagte ich. »Du solltest lieber mitkommen. Hier draußen ist es zu unsicher.«

»In Ordnung.«

Wir stiegen aus und gingen durch die Tür. Ich hielt sie ihr auf. Wir traten in das gelbe Licht. Officer Davis saß an seinem Schreibtisch. Wir zeigten ihm unsere Karten. Er lächelte nicht. Machte er nie.

Wir traten ins das gedämpfte Licht vor den Fahrstühlen. Ich drückte auf den Knopf. Eine Tür öffnete sich. Wir gingen hinein; und ich drückte auf »Drei«. Ächzend setzte sich der Fahrstuhl in Bewegung und zokkelte nach oben. In der dritten Etage war es stockdunkel.

Vorsichtig traten wir aus dem Fahrstuhl. Mary hielt meinen Arm. »Wo sind die Lichtschalter, Chris?«

»Ich weiß es nicht. Nett, nicht wahr?«

Ich wedelte mit der Hand vor dem Gesicht herum, als wollte ich Spinnweben beiseite fegen. Es funktionierte nicht. Also tastete ich mich an der Wand entlang auf mein Büro zu.

Wir bogen um die Ecke und kamen auf den Flur, der zu meinem Büro führte. Ein dünner Lichtstrahl drang durch die Tür und fiel in den Flur. Wir gingen darauf zu.

Meine Augen folgten dem Licht. Ich blieb wie angewurzelt stehen.

»Dein Büro?« flüsterte Mary.

Ich schubste Mary hinter mich und schob mich leise auf die Tür zu. Ich wußte, wer dort war.

Aber letzten Endes ist man nie so schlau, wie man meint. Ich stieß die Tür auf.

Es war Woods.

35

Er stand hinter meinem Schreibtisch und hatte den braunen Umschlag in der Hand. Einen Sekundenbruchteil lang war sein Gesicht vor Überraschung wie erstarrt. Dann faßte er sich wieder und wirkte so gezwungen stolz wie ein Dressman bei einer Hemdenreklame. Durch die gebrochene Nase wirkte er fast etwas gewalttätig. Nur eines sah man ihm nicht an: daß er etwas bereute.

»Was, zum Teufel, machen Sie hier?« platzte ich dümmlich heraus.

Er schwieg weiter, während er den Blick durch das Zimmer schweifen ließ. Nur der Schreibtisch befand sich zwischen uns. Das Deckenlicht überzog die Wände mit einem fahlen Schimmer. Rechts von mir reichte der Schreibtisch bis an die Wand. Zwischen dem Schreibtisch und der linken Wand war eine knapp anderthalb Meter breite Lücke. Seine Augen schätzten sie ab, dann wandten sie sich mir zu.

Ich spürte, wie mich eine Welle der Wut übermannte. »Geben Sie mir die Notiz.«

Er schüttelte den Kopf. Allmählich verwandelte sich meine Wut in Fassungslosigkeit. Beinahe wäre ich ihnen zuvorgekommen. Doch die ganze Zeit über war ich nichts als eine Ratte in Laskos Labyrinth gewesen, und Woods hatte den Ausgang versperrt. »Sie waren es«, sagte ich. »Überall, wo ich hinkam, war Lasko vor mir da. Und Sie waren derjenige, der dafür gesorgt hat.« Verächtlich starrte er mich an »Nichts rechtfertigt den Pfusch, den Sie bei Ihrer Jagd auf Lasko gemacht haben. Sie sind ein Narr ohne jeden Sinn für Verhältnismäßigkeiten.«

»Und Sie sind eine Art John Dean für Arme, Woods, mit dem Ethos eines Kriegsverbrechers.«

Er antwortete mit aalglatter, gleichgültiger Stimme. »Lehmann ist tot. Ich wollte es nicht, aber manche Dinge kann man nicht ändern. Nun können allenfalls noch Sie behaupten, daß überhaupt eine Notiz vorhanden war. Und über mir ist keiner mehr, dem Sie's erzählen können.«

Seine Worte trafen es ekelerregend genau auf den Punkt. Aber noch widerlicher war seine Gleichgültigkeit. Im Grunde genommen war ihm, abgesehen von seinen eigenen Interessen, alles egal. Und er war gerissen genug, die Beweismittel spurlos verschwinden zu lassen.

Wir befanden uns nun beide neben dem Schreibtisch. Knapp ein Meter zwischen uns. Woods stand vor dem dunklen Fenster. Wir beobachteten einander.

»Wenn Sie versuchen, mich aufzuhalten, Paget, überlasse ich Sie Laskos Freunden.« Er deutete an mir vorbei auf Mary. »Und sie auch, falls es Sie interessiert.«

»Keine Mittelsmänner mehr, Woods«, antwortete ich. »Wenn Sie hier rauswollen, müssen Sie mich schon selbst umbringen. Ich weiß jetzt alles. Am wichtigsten aber ist, daß ich weiß, wohin das Geld fließen sollte.«

»Aha«, sagte er lässig. »Wohin denn?«

»An den Präsidenten.«

Woods Blick wurde starr, doch seine Stimme blieb unnatürlich gelassen. »Und wie sind Sie zu diesem erstaunlichen Schluß gelangt?«

»Es ist die Erklärung für alles. Man muß nur die Fakten aneinander fügen. Am besten, man fängt mit der Kartellklage an, die Lasko so gut wie sicher ruinieren würde. Es gibt nämlich nur einen einzigen Mann in der Regierung, der den Fall niederschlagen könnte. Laskos Freund, der Präsident.

Der Preis dafür betrug eineinhalb Millionen Dollar, und Catlow war der geborene Mittelsmann. Schwerer war's schon, an das Geld ranzukommen. Laskos erstes Problem bestand darin, daß er knapp an Bargeld war. Also benutzte er Green, um den Börsenkurs so hochzujubeln, daß er zusätzliche eins Komma sechs Millionen machte, wusch über Martinson, Carib und die First Seminole Bank eins Komma fünf Millionen und beauftragte dann Lehman, das Geld an Catlow weiterzuleiten. Wahrscheinlich haben sie es als ›Wahlkampfspende‹ deklariert.«

Woods schien durch meinen Vortrag wie gelähmt – wahrscheinlich überlegte er, welche Rolle er als nächste spielen sollte. Doch mich hatte inzwischen die Wut übermannt; er mußte sich alles anhören. »Mir wollte einfach nicht in den Kopf, warum ein gewitzter Mann wie Lasko auf Kerle wie Green, Lehman oder Martinson zurückgriff. Die einzige Antwort war, daß ihm irgendein großer Verlust drohte, und daß der Prozeß kurz bevorstand, zu kurz, als daß Lasko noch entsprechend hätte planen können. Er mußte jede Hilfe annehmen, die er kriegen konnte. Wenn irgendwas schiefging, mußte er darauf bauen, das Problem hinterher ausbügeln zu können.

Lehman war das erste Problem, und Laskos Männer bügelten es aus. Danach kam ich, und diesmal waren Sie der Oberausbügler, nicht etwa aus Loyalität zu Lasko, sondern zum Präsidenten. Sie dachten, Sie hätten mich am Wickel. Aber sie wußten nicht, daß ich Lehmans Notiz hatte.«

Woods wägte das, seinem Blick nach zu schließen, alles ab und kam dann zu einem jähen Entschluß. Ich spannte mich an, wartete auf seinen nächsten Schritt. »Sie sind verloren«, sagte er kühl. »Die ganze Regierung ist gegen Sie – und ohne die Notiz glaubt Ihnen niemand auch nur ein Wort.« Während er sprach, versuchte er sich in Richtung Tür zu stehlen. Ich zog den rechten Fuß zurück, wappnete mich für den Angriff.

Plötzlich senkte Woods die Schulter, stürmte vorwärts und schleuderte mich gegen den Schreibtisch. Ich stieß mich ab und hieb mit voller Kraft brustaufwärts. Ich erwischte ihn, während er noch seine Dekkung bewunderte. Seine Zähne schlugen aufeinander, dann schoß mir der Schmerz durch den Unterarm. Woods flog zurück, fing sich aber wieder an der Wand ab.

Ich langte nach der Notiz. Aber Woods war zu flink und zu stark. Er trat beiseite, so daß ich das Gleichgewicht verlor und an ihm vorbeistolperte. Dann schmetterte er die Faust auf mein Jochbein. Meine Knie wurden weich, und dann sah ich plötzlich nichts als roten Nebel und knallte mit dem Gesicht voran auf den Schreibtisch. Der Nebel lichtete sich. Vor mir war eine Buchstütze aus Onyx, ein schwerer, handlicher Brocken. Ich packte sie mit der linken Hand und fuhr herum.

Ich erwischte ihn an den Zähnen. Er riß die Hände hoch und klammerte sie um seinen Mund, als wolle er ihn zusammenhalten. Ich hielt die Buchstütze etwas schräg und drosch damit nach seiner Stirn. Ich hörte Mary schreien. Woods taumelte zurück. Ich traf ihn noch einmal. Er torkelte, und seine Augen wurden glasig. Dann rutschte er langsam an der Wand herunter. Schweratmend starrte ich ihn an.

Ich drehte mich um. Mary stand mit erschrockenem

Blick in der Tür. »Alles okay mit dir?« fragte sie mit erstickter Stimme.

»Ich glaube schon.«

»Was tun wir jetzt?«

Ich konnte nicht antworten. Mein Gesicht schmerzte, und meine rechte Hand fühlte sich an wie ein Nadelkissen. Ich versuchte sie anzuspannen. Woods lag der Länge nach auf dem Boden, als habe ihn der Schlag getroffen. Sein Mund war blutig. Ich beugte mich über ihn, dachte an Lehman und Tracy, an McGuire und Lasko – und an Mary. Woods war es egal. Der bekam nichts mehr mit.

Ich richtete mich auf. Mary starrte noch immer auf Woods. »Ich kann es nicht glauben, Chris.«

»Ich auch nicht.«

Dann blickte sie auf und sah es mir am Gesicht an. Sie erstarrte, zunächst unentschlossen, dann wollte sie losrennen. Ich erwischte sie und schleuderte sie an die Wand. Sie gab ein leises Geräusch von sich, wie eine verletzte Katze. Sie schlug die Hand vor den Mund. Ich ging auf sie zu.

Sie schüttelte den Kopf wie eine Aufziehpuppe. »Nein. Nein, Chris. Du hast doch gehört, daß er auch mir gedroht hat. Du glaubst doch nicht –«

Ich schüttelte sie heftig durch. »Lehman«, herrschte ich sie an. »Das waren du und Woods.«

Sie starrte mir ins Gesicht, bewegte den Mund, als stecke ihr etwas in der Kehle.

»Sag's mir, bevor ich dein verfluchtes Gesicht in die Wand ramme.«

Die Worte kamen stoßweise aus ihrem Mund. »An dem Abend, als du gesagt hast, daß du nach Boston willst ... dich mit Gubner treffen.« Sie schnappte nach Luft. »Danach habe ich Jack angerufen ... aber er kannte Gubner auch nicht.«

»Und?«

Sie zögerte, dann redete sie leise weiter. »Und Jack rief Lasko an.«

»Weiter.«

»Der Fall war gefährlich für das Weiße Haus. Ich weiß nicht, mit wem Jack dort gesprochen hat. Er sagte nie etwas von Geld – ich glaube nicht, daß er Bescheid wußte. Jack ist ehrgeizig, falls du das noch nicht bemerkt hast.«

Sie klang jetzt wieder zuversichtlicher. Sie redete noch immer; ich hatte ihr nicht weh getan. Mein Griff wurde fester. Sie redete schneller, als wolle sie mich davon abhalten. »Er sagte, durch den Namen Gubner wisse Lasko, daß es um Lehman gehen würde.«

Das paßte. Gubner hatte gesagt, Lehmans Kollegen wußten, daß sie Freunde waren. »Hat Woods mich deshalb nach St. Maarten fahren lassen, weil du ihm gesagt hast, daß ich Lane Greenfeld kenne?«

Sie senkte den Blick. »Greenfeld wollte über Lasko berichten. Jack hatte Angst, du könntest unzufrieden sein und etwas durchsickern lassen.«

»Und warum das Weiterleiten des Falles ans Justizministerium?«

Sie sprach zum Fußboden. »Jacks Idee. Er berichtete Catlow davon. Catlow überzeugte McGuire.«

Ich umklammerte ihre Schultern. »Du verfluchtes Miststück.«

Mit schriller Stimme fuhr sie mich an. »Niemand wußte, daß Lasko Lehman umbringen würde. Ich konnte nicht mehr schlafen. Ich war fertig.«

Ich schüttelte sie. »Ich war dabei, erinnerst du dich?«

Das, was wir persönlich miteinander hatten, kam unterschwellig ins Spiel. Unausgesprochen stand es zwischen ihr und mir.

»Bitte, Chris«, sagte sie gefaßt. »Laß mich reden.«

Langsam lockerte sie meinen Griff. Ihr Mund bewegte sich tonlos, dann fing sie an. »Ich habe nie mit Lasko oder jemandem im Weißen Haus gesprochen. Ich wollte nicht, daß dir etwas zustößt. Ich wußte nicht Bescheid, wirklich. Ich wußte nicht, worauf ich mich eingelassen hatte – ich wollte Jack nur helfen, den Fall zu kontrollieren. Nach der Sache mit Lehman konnte ich ihn nicht mehr bloßstellen. Er sagte, wir würden beide in Schwierigkeiten stecken, weil ich gewußt hatte, was er tat. Das ist der einzige Grund, weshalb ich weitergemacht habe.«

»Einschließlich heute abend, als du ihn vom Flughafen aus angerufen hast?«

»Ja, verdammt noch mal. Und jetzt laß mich endlich los!«

»Hast du außer Woods noch jemanden angerufen?«

Sie schüttelte den Kopf. Wenn es stimmte, hatte ich Zeit – ein bißchen Zeit vielleicht, bevor Laskos Jungs aufkreuzten. Die brauchte ich auch. Ich ließ die Hände sinken. Sie reckte sich und strich ihre Haare glatt. Sie konzentrierte sich mit aller Macht und brachte sogar so etwas wie Haltung zustande. »Okay«, sagte sie mit altbekanntem Tonfall. »Du willst über McGuire Bescheid wissen. Er hatte keine Ahnung. Wirklich. Deswegen glaubte er nicht, daß Lasko für Lehmans Tod verantwortlich war.«

»Und was sollte der ganze Mist von wegen Einstellung der ganzen Sache?«

»Man lockte ihn mit einem Sitz im Ausschuß. Ich glaubte nicht, daß es ein Kuhhandel war. Aber die sorgten dafür, daß er an all das Gute dachte, das er tun könnte, wenn er dieses eine Mal ein Auge zudrückte.«

Hier ging es immer nur um »dieses eine Mal«. Mary fuhr fort. »Du warst sehr schlau, Chris, viel schlauer, als Woods dachte. Aber du warst zu sehr auf McGuire fixiert, du hattest es dir in den Kopf gesetzt, daß er es sein mußte. Jack hat es so gedreht, daß er dieser Rolle gerecht wurde. Dann spielte Jack den Guten. Du bist auf die Rollenverteilung hereingefallen, verstehst du?«

Ich brachte kein Wort heraus. »Weißt du«, sagte sie, »Woods wollte McGuire sogar soweit bringen, daß er dich von dem Fall abzieht. Aber McGuire wollte nicht. Irgendwie war es so, als würde er ahnen, daß du für seine besseren Seiten stehst.«

Ich stand da und fühlte mich töricht. »In Ordnung«, sagte ich schließlich. »Wenn du soviel weißt, dann erzähl mir doch, wie das Ganze angefangen hat.«

»Was meinst du damit?«

»Wer hat McGuire einen Tip wegen der Aktienmanipulation gegeben?«

Sie lächelte leicht. »Ike Feiner.«

»Versuch's noch mal.«

»Ich meine es ernst. Wir konnten uns nicht vorstellen, wieso das Feiner nicht auffiel. Es fiel ihm auf, zumindest einem seiner Börsenbeobachter. Ich habe es nachgeprüft. Feiner erklärte dem Mann, er werde es McGuire vortragen. Das hat er nicht getan. Deshalb nehme ich an, daß er der Tipgeber war.«

»Warum, zum Teufel, hat er das getan?«

»Mein Gott, Chris. Er wollte viel zu gerne selber Chef werden, als daß er McGuire in die Suppe gespuckt hätte. Ich nehme an, er dachte, daß der Fall McGuire entweder um die Ohren fliegen oder daß McGuire befördert werden würde. Es war ein Glücksspiel.«

Marys Augen wurden sanfter. Sie sprach rasch und blickte mich an. »Chris, du glaubst sicher, ich war nur wegen dem Fall mit dir zusammen. Und vielleicht habe ich das auch etwas ausgenützt. Aber in der zweiten Nacht hätte ich nicht kommen müssen. Und ich hätte nicht bleiben müssen. Ich habe es getan, weil ich es wollte.«

Vor zwei Tagen war sie bei mir gewesen. Es schien länger her. Ich schüttelte den Kopf. »Ich hatte die Freude, einen deiner kleinen politischen Vorträge hören zu dürfen, weißt du noch? Der Präsident ist dein Mann. Schwer zu glauben, daß Woods nur unter Zwang geholfen hat. Oder daß du dich aus reiner Verehrung mit mir rumgetrieben hast. Du warst lediglich eine andere Waffe. Wenn sie mich schon nicht umbringen konnten, konnten sie mich wenigstens am Flughafen abfangen. Und wenn das nicht funktioniert hätte, wärst immer noch du dagewesen, um mir den Wortlaut der Notiz zu entlocken und an Woods weiterzugeben. Sogar danach wolltest du noch weiter mitspielen.«

Sie nickte. »Okay. Aber das eine hat doch mit dem anderen nichts zu tun. Wenn ich in der Lage gewesen wäre, dich von Lasko fernzuhalten oder diese Notiz zu bekommen, wärst du in Sicherheit gewesen. Ich habe mich um dich gekümmert. Und ich will dich nicht verlieren.«

Es half alles nichts. »Ich habe mehr verloren, und zwar vor langem. Aber meine Martinis kann mir keiner nehmen, und auch den ersten Herbsttag werde ich nach wie vor mögen. Und ich gedenke beides noch eine Weile zu genießen.«

Ihre Miene verriet eine Spur Panik. Sie packte meine Handgelenke. »Gib mir die Notiz, Chris. Du hast keine Chance. Du kannst dich damit nirgendwo hinwenden. Nicht an Woods, nicht ans Weiße Haus, nirgendwo hin.«

Sie hatte recht. Ich blickte zu Woods hinüber. Er war immer noch weg. Das Funkeln in seinen Augen stammte lediglich von der Deckenbeleuchtung. Doch die Zeit lief ab. Ich mußte etwas unternehmen, wenn ich am Leben bleiben wollte. Ich wandte mich an Mary und deutete auf den Stuhl hinter meinem Schreibtisch. »Setz dich dorthin.«

Sie machte es und wirkte dabei leicht siegessicher. »Können wir jetzt alles bereden?«

Ich griff zum Telefon. »Erst kriegst du das Ende einer großartigen Karriere zu hören.«

Ihre Stimme klang schroff und ungläubig zugleich. »Was hast du vor?«

»Bleib einfach still sitzen.« Meine rechte Hand schmerzte, als ich wählte. Es war meine letzte Chance.

Ich hatte Glück. Er ging sofort dran. »Mozart ist erst mit fünfunddreißig gestorben, du Idiot, ich habe nachgeguckt.«

Greenfeld klang einigermaßen erstaunt. »Chris? Ich dachte schon, dir wäre etwas zugestoßen.«

»Nein. Hör zu, ich hab's eilig. Willst du die Lasko-Story noch?«

»Klar.«

Mary umklammerte mit beiden Händen den Stuhl. »Wir treffen uns heute abend«, fuhr ich fort. »Aber ich gebe dir rasch eine Kurzfassung, falls ich aufgehalten werde. Könnte helfen, mich vor Schlimmerem zu bewahren. Hast du einen Stift?«

»Hab ich. Schieß los.«

»Okay. Laskos Firma ist knapp an Bargeld. Lasko hat seine Aktienpreise hochgetrieben, damit er beim Verkauf zusätzliches Geld herausholt. Die Aussage von Sam Green ist deine Quelle. Lasko nahm die eins Komma fünf Millionen und hat sie durch eine Scheinfirma unter Leitung eines gewissen Peter Martinson auf St. Maarten gewaschen –«

»Das ist der Typ, der gestern bei dir war, stimmt's?«

»Hmm. Martinson hat das Geld an eine Bank in Chicago weitergeleitet, und dann hat es Alec Lehman am 28. Juli an ein Schließfach bei der Mariner Bank in Miami weitergeleitet. Ich habe die entsprechenden Bankunterlagen und eine Notiz von Lasko. Das Schließfach lief auf Lehman und Robert Catlow.«

»Himmel. Warum? Eine Schmiergeldzahlung?«

»Ich glaube, die wollten dem Präsidenten eine ›Spende‹ übergeben, wenn du verstehst, was ich meine. Der Zeitpunkt stimmt mit der Geschichte deines Informanten überein, daß die Kartellklage so gut wie eingestellt sei. Aber unsere Ermittlung hat die Einstellung verzögert, so daß das Geld die zweite Bank nicht verlassen hat und ich es nicht beweisen kann. Kannst du das so bringen?«

Ich hörte, wie er ausatmete. »Alles bis auf den Teil mit dem Präsidenten. Mag sein, daß es stimmt, aber das Geld ist schließlich nie dort angekommen. Hast du Dokumente oder zuverlässige Quellen zu allem anderen?«

»Du kriegst alles, was du brauchst. Außerdem kannst du mich als zusätzliche Quelle anführen.«

»Bist du sicher?«

»Ganz sicher. Ruhm ist die beste Möglichkeit, mich am Leben zu erhalten. Hör zu, was meinst du, was mit Lasko und Catlow passieren wird?«

»Wenn wir das drucken? Der Präsident wird gezwungen sein, Lasko fallenzulassen, und das Justizministerium wird sie wegen Manipulation und Unterschlagung anklagen müssen. Und die Kartellklage gegen Lasko wird vor Gericht kommen.«

Ich blickte zu Woods hinüber. Kein Lebenszeichen. »Es geht noch weiter. Vor zwei Wochen rief mich Lehmans Anwalt an, um ein Treffen zu vereinbaren.«

Mary beugte sich vor und wartete, ob ihr Name fiel. »Jack Woods rief Lasko an und warnte ihn. Lasko ließ Lehman umbringen, bevor er mir seine Notiz geben konnte. Ein Bostoner Polizist, Lieutenant Di Pietro, arbeitet gerade an dem Fall. Das – und die Veröffentlichung – sollte ihm ordentlich Feuer unter dem Hintern machen. Und das ist meine Rettung.«

Ich konnte Greenfeld förmlich vor mir sehen, wie er entfesselt mitkritzelte. »Das ist ja unglaublich«, sagte er schließlich. »Kannst du das mit Woods belegen?«

»Vielleicht.«

»Das ist nämlich die Schwachstelle.«

»Ich werde dran arbeiten. Jedenfalls bin ich raus zu Lehmans Haus gefahren und habe Laskos Notiz mit den Schließfachnummern gefunden. Ich habe sie in meinem Schreibtisch versteckt.« Mary verspannte sich, als halte sie die Luft an. Ich fuhr fort. »Woods hat es herausgefunden und wollte meinen Schreibtisch aufstemmen. Im Augenblick liegt er bei mir am Boden, nachdem ich ihn mit einer Buchstütze erwischt habe.«

»Verdammt, Chris.« Er stockte. »Und was ist mit McGuire?«

McGuires Anwartschaft war die Verbindung zum Weißen Haus. Doch jetzt würde McGuire nie und nimmer Ausschußmitglied werden.

»Chris, bist du noch dran?«

»McGuire hat nichts damit zu tun.«

»Sicher?«

»Ja, da bin ich mir absolut sicher. Hör zu, kannst du das in der Morgenausgabe bringen?«

»In der zweiten Ausgabe, wenn wir uns sputen.«

»Prima. Wie lange brauchst du bis zu meinem Büro?«

»Zehn Minuten.«

»Okay. Wir treffen uns vor der Tür. Bis gleich«, sagte ich und legte auf.

Mary starrte mich ungläubig an. »Warum hast du ihm nichts von mir erzählt?« fragte sie schließlich.

»Ich habe meine Gründe.«

Ihre Miene entspannte sich. Ich blickte auf meine Uhr. Fünf Minuten nach halb zehn. Ich wählte erneut und hatte Glück. Di Pietro war in seinem Büro. Er klang überrascht. »Haben Sie alles rausbekommen?«

»Lehman hat sich um das gewaschene Geld gekümmert. Ich habe eine Notiz von Lasko, auf der die entsprechenden Anweisungen und die Schließfachnummern stehen. Außerdem habe ich die Bankunterlagen. Reicht das, um Lasko wegen Mordes an Lehman anzuklagen?«

»Das hört sich ganz brauchbar an. Martinson ist heute morgen vorbeigekommen und hat eine Aussage gemacht – Ihnen hat er ja bereits alles erzählt. Die beiden Kerle, die Sie umbringen wollten, sind übrigens auch identifiziert – die beiden haben auch das Auto gestohlen, mit dem Lehman überfahren wurde... Ich lasse Lasko noch heute abend abholen. Halten Sie sich einfach bedeckt, dann passiert Ihnen nichts.«

»Na toll.« Ich blickte auf meine Uhr. Greenfeld war in fünf Minuten fällig. »Ich schicke Ihnen das ganze Zeug.«

»Danke, Christopher. Sie haben ganze Arbeit geleistet.«

»Danke für alles, Lieutenant.« Auf der anderen Seite wurde aufgelegt.

Ich schnappte mir einen Notizblock von meinem Schreibtisch. »Feiner überprüfen«, kritzelte ich. »Börsenaufsicht hatte Entwicklung von Lasko-Aktien.« Ich unterzeichnete mit CKP und steckte den Zettel in einen Umschlag. Auf den Umschlag schrieb ich »Zu

Händen – Joseph P. McGuire« und steckte ihn in meine Tasche.

Mary hatten die paar Minuten gutgetan. Ein Lächeln erschien um ihre Mundwinkel. »Du kümmerst dich heute abend um alles, nicht wahr?«

»Das stimmt.«

Woods stöhnte, rührte sich aber nicht. Mary sah teilnahmslos zu ihm hin. »Weißt du, er hatte recht. Ihm kannst du das, was du Lasko und Catlow antust, nicht antun.«

Ich antwortete nicht. Statt dessen blickte ich wieder auf meine Uhr. Dreizehn Minuten nach halb zehn. In einer Minute sollte Greenfeld vor der Tür sein. Ich griff zum Telefon und erledigte meinen letzten Anruf.

Eine Vermittlung meldete sich. »Polizeilicher Notfalldienst.«

»Hören Sie, ich möchte einen Vorfall melden. Die Adresse lautet: EEC-Gebäude an der D Street, nordwestlich, dritter Stock, Zimmer drei-zwo-sieben. Ich habe gerade einen Mann erwischt, der meinen Schreibtisch aufbrechen wollte. Ich habe ihn bewußtlos geschlagen, möglicherweise Gehirnerschütterung. Ich brauche zwei Beamte und eventuell einen Krankenwagen.«

Mary schoß hoch. Die Vermittlerin wiederholte die Adresse. »Innerhalb von drei Minuten wird jemand bei Ihnen sein«, sagte sie.

»Vielen Dank.«

Ich legte den Hörer auf. Mary stürmte zur Tür. Ich erwischte sie am Handgelenk und zog sie zu mir. »Okay, Mary, in etwa zwei Minuten ist die Polizei hier. Ich muß weg. Ich laß dir die Wahl – du kannst hierbleiben oder gehen.«

Wütend starrte sie mich an. »Dann laß mich gehen.«

Ich zwang mich dazu, ruhig zu bleiben. »Möglichkeit Nummer eins ist, hierzubleiben, und ich sage dann der Polizei die Wahrheit. Daß Woods gesagt hat, er hätte Lasko wegen Lehman angerufen, und daß du heute abend Woods angerufen hast, und daß er danach meinen Schreibtisch aufgebrochen hat –«

»Ich wußte nicht, daß er das vorhatte«, fuhr sie mich an.

»Und gleichzeitig kannst du die Unschuld vom Lande spielen und dich rauswinden. Sag Ihnen, du wärst hiergeblieben, um deiner Staatsbürgerpflicht Genüge zu tun. Es liegt in deinen Händen, sie davon zu überzeugen.«

Ihre Augen waren schwarz und unergründlich. »Und wenn ich gehe?«

»Dann nenne ich Greenfeld deinen Namen, und du wirst genauso berühmt wie Lizzie Borden.«

Sie krallte sich an mein Hemd. »Weißt du, was das heißen würde?«

»Zumindest würden sie dich aus der Anwaltskammer ausschließen, denke ich. Du hast etwa eine Minute Zeit, dich zu entscheiden.«

Woods gab ein erneutes Stöhnen von sich. Die Notiz lag noch immer neben seiner Hand. Ich hob sie auf und wollte gehen.

»Du bist ein Mistkerl, Chris.« Sie sagte es mit klarer, ruhiger Stimme.

Ich drehte mich um. Sie betrachtete mich mit einem komischen, erwartungsvollen Blick. »Greenfeld wird spätestens um Mitternacht die Polizei anrufen und sich für seinen Artikel deine Aussage über Woods bestätigen lassen. Wenn du deine Geschichte änderst und der Polizei verrätst, wo ich bin, findest du dich morgen früh selbst in der Zeitung wieder.«

Ihre Lippen teilten sich. Nie hatte ich sie schöner

gesehen. »Es hätte schlimmer kommen können, Mary«, sagte ich leise. »Es hätte viel schlimmer kommen können.« Ich drehte mich um und ging hinaus.

Bevor ich um die Ecke bog, warf ich noch einen Blick zurück. Mary starrte auf Woods hinab. Rund um das gelbe Licht herrschte Dunkelheit. Das Zimmer wirkte wie eine Zelle. Ich drehte mich um und tastete mich bis zur Treppe vor.

In der Wand befand sich ein Briefschlitz. Ich steckte die Hausmitteilung für McGuire hinein, dann blickte ich ins Treppenhaus. Es war beleuchtet. Ich ging die Treppe hinunter. Es reicht nicht, dachte ich, nicht nach all dem, was geschehen ist. Aber Lasko würde für Lehman büßen, und Woods und Catlow waren ruiniert. Der Präsident würde diesmal nicht reich werden, und Martinson war um Tracys willen in Sicherheit. Und ich lebte noch. Ich mußte es nur noch bis zur *Post* schaffen.

Ich kam ins Erdgeschoß und stieß die Tür auf. Ich bog um die Ecke und lief dann, die Notiz in der Hand, an den Fahrstühlen vorbei ins Foyer. Officer Davis war nirgendwo zu sehen.

Zwei Männer kamen durch die Eingangstür gestürmt. Polizisten in Uniform. Sie rannten auf mich zu. »Wo sind die Fahrstühle?« fragte der eine.

Ich deutete hinter mich. »Dort hinten.«

»Danke.« Sie liefen weiter.

»Keine Ursache,« murmelte ich.

Ich kam zu den Glastüren und blickte mich noch einmal um. Die beiden Polizisten traten in den Fahrstuhl. Ich sah, wie sich die Türen hinter ihnen schlossen. Möglich, daß Woods sie doch noch mit in die Sache hineinriß. Aber das war nicht mein Problem. Ich wandte mich ab.

Mit quietschenden Reifen kam ein Wagen vor dem

Gebäude zum Stehen. Es war nicht Greenfelds Wagen. Ich blickte mich um. Der Empfangsraum war rechts vom Foyer. Er war dunkel, und die Tür war offen. Die beiden Männer sprangen aus dem Wagen. Ich lief in den Raum und drückte mich an die Wand. Schweißperlen rannen über meine Stirn.

Die beiden Männer öffneten die Eingangstür und sahen sich im Foyer um. Ich schielte aus der Dunkelheit zu ihnen. Laskos Männer vom Flughafen. Herrgott nochmal, dachte ich. Dann rannten sie zu den Treppen. Ihre Schritte verhallten. Ich grinste im Dunkeln vor mich hin. Das, dachte ich, kann ja 'ne feine Fete werden. Leise verließ ich den dunklen Raum. Sie waren weg.

Ich blickte durch die Glastür. Draußen stand in zweiter Reihe Greenfelds Wagen.

Dann öffnete ich die Tür und ging.